若只初见

程永新 著

上海文艺出版社

目 录

若只初见……………………………001
风的形状……………………………063
青城山记……………………………133
麻将世界……………………………219
我的清迈,我的邓丽君………………267

后　记………………………………337
附　录………………………………343

若只初见

我在外省各处游荡,与月亮和星星相伴,一次次被旧时的云彩所追赶,迷失在绵绵无尽的梦境之中。

——题记

比慢板还要慢的

她的名字叫青青,别人都叫她古筝女王,有时甚至更省略,就叫女王。我认识她的时候她已从上海音乐学院毕业,就职于市舞剧团,每天晚上八点至十一点,在一家五星级酒店的大堂吧演奏古筝。

那个初夏的晚上,我和大卫一起赶到酒店大堂,与等在酒店门口的森子汇合。

大卫是比我高几级的大学同学,刚从法国回来寻求国内商机；森子是大卫的朋友。我们到达酒店时女王的演奏已近尾声，她演绎的曲目是《广陵散》，为其钢琴伴奏的是女王的闺蜜小依。女王整个身子前倾，左手在琴面右侧弹拨主调，右手在琴面向外大面积划动配以和弦，双手交替在空中柔美地舞动，勾勒出缠绕的无形弧线，女王的身体蛇一样随之律动，齐肩的黑发飘逸起来，遮住了整个脸庞。小依虽是伴奏，也全身心地投入，矮小的身躯在椅子上跳动，活泛灵动，有机地配合古筝演奏者的情绪。

那个年代钢琴配古筝还非常鲜见，加上女王异常投入的演奏，一曲《广陵散》在疾风骤雨中戛然而止，掌声从酒店大堂四周的衣着整洁的宾客们中间骤然响起。

我与大卫还有森子站在一起，远远望去，女王起身微微鞠躬，手指撩起披挂在额前的黑发，她的脸上浮现一酡红晕。大卫和森子也加入礼节性的鼓掌之中，而我那时候却木然站着，被一种奇怪而执拗的念头所包围，我的注意力全部投射在那架古筝排列整齐的琴弦上，经过刚才这么急风暴雨般充满力度的弹奏，琴弦为何没有一根崩断呢？

坐在咖啡馆的时候，我忍不住把幼稚的疑问提了出来。

玻璃窗外一辆辆汽车急速驶过，轮胎与路面摩擦的声音尖利而刺耳，随着汽车远去，我听到周围一片轰然笑声。

除了女王和小依，森子也是音乐学院毕业的，大卫五岁开始弹钢琴，他们把我这个外行的话当做是一种活跃气氛的幽默。我的脸愈诚恳，大家笑得愈起劲。都不相信我讲的是真话，人与人的误读就像病毒一样与生活共存。

女王点的是柠檬水，小依喝的是可乐，大卫从国外回来不久，要了一杯咖啡，他说他一天要喝十杯咖啡，哪怕临睡前喝咖啡也不会影响他坠入梦乡，我与森子要的是罐装青岛啤酒。这个局是森子组的，他没说给我介绍女友，只说有个才女是文青，很想认识在出版社工作的我。回过头去看，森子当初的表述并没有什么问题，但大卫和我，当然主要是我，对这个晚上的聚会在认知上产生严重的偏差。

因为时间已经不早了，我们在咖啡馆坐了一个小时左右。

女王虽说有几丝倦意，神情却异常兴奋，双眼在烛光里熠熠闪烁。她长着一张非常古典的瓜子脸，勾鼻梁，眼睛又细又长，眼角夸张地向脑门两后侧蜿蜒上翘。

女王与小依不停窃窃私语，然后露出暧昧而灿烂的笑容。酒吧的背景音乐偏响，我听不见她们的细语声，但直觉告诉我，她们一定是在议论我。后来森子特意要我给女王一张名片，这一环节被我误以为是通常介绍女朋友的必要程序，我递过名片，有股甜甜的暖流漫过心田。

我们一群人在酒吧门口的街边分手。女王招手叫了一辆出租，然后朝我们挥挥手，疾步走向出租，这期间她的眼睛始终没有朝我的方向瞥一眼，好像完全忽略我的存在。她的披肩直发在夜色中飘浮，米色的紧身上衣搭配湖绿色的绸裤，裤腿鼓胀开来，像迎风招展的船帆。

女王拉开车门钻进去，随着出租扬长而去，我的心情忽然开始收紧，一点点下沉，被一股莫名的惆怅所包围，我觉着女王的背影渐渐变得遥远。

以后想起这一幕，我意识到从一开始我就输了，女王是情场高手，她正是通过忽略我而获得我的青睐和珍视。

大学毕业以后，我被分配到出版社工作，认识了比我早两年毕业的师兄，在他的点拨和策划下，我给出版社的上级机关出版局打了一份申请分房的报告，师兄带着我连同那份报告在某天晚上夜闯局长的私宅。局长原是母校中文系的主任，师兄是大学期间的红人，他写的一出话剧在全国一炮打响之后，倏忽变成我们系的明星。去之前经师兄再三叮嘱，我去南货店买了两包上等的龙井茶，当时我的工资也就三十多块，两包茶叶花掉我差不多一个月的工资。

"舍不得孩子打不到狼"，师兄这样安慰我，他带着我脚步铿锵踏上干部楼的台阶时，隐藏在镜片下的眼神，在暗黑的楼道里闪烁狡黠的光芒。

事后证明师兄确实是高人，他的名言就是"只有想不到的事情，没有办不到的事情"。几个月后我分到一套一居室的房，底层一楼，还带几平米的天井。小区虽说比较偏僻，位于南浦东，一到晚上马路上阒无一人，但按照当时的分房条件，单身的我是不可能分到房的，能够与家人分开独居，有煤有卫，这简直可以说是天上掉下个大礼包砸在我头上。

在师兄的指点下，我开始装修房子。为了显示与众不同，我别出心裁采纳设计师一个富有想象力的方案，安了一个类似榻榻米的床。

师兄叼着烟皱着眉在房间里踱来踱去，镜片后闪烁严肃的光芒，他突然对我说一定要有电话，你知道吗，住在浦东假如没有电话，你与这个城市就没有任何关系了！

我认同他的说法，但一脸发愁，那时候装私人电话谈何容易。师兄又点上一支烟，烟圈在空中袅袅弥漫，一副老谋深算的样子，他眯着眼睛说：我来想办法帮你搞定。

很快，我的陋室拥有了一门电话。电话机就搁在榻榻米旁边的床头柜上。它在我与女王刻骨铭心的交往中，扮演尤为重要的角色，或者说，它就是一个不可或缺的道具，就像契诃夫的话剧里挂在墙上最后打响的那把枪。

这天晚上森子送他的小师妹小依回家，大卫陪我急匆匆赶到市中心的公交站，目送我跳上末班车。回到浦东已是深夜，宽阔的马路上矗立着一排排路灯，大片的小虫子在黄澄澄的灯影下飞舞，道旁一人高的树干依次朝远处延伸，稀疏的叶片在温热的微风中晃动。

打开门进入我蜗居的房间，拧亮灯，房间一片空虚，我无所事事，内心澎湃却无所依傍，眼前老是晃动飞扬的黑发和湖绿色鼓胀的绸裤。

就这么度过枯燥的几天，我每天朝九晚五去出版社上班，驿动的心渐渐趋于平静。这一天晚上刚过十二点，榻榻米边上的电话机响了。我当时正在为晚报写篇小文章，手忙脚乱地扑向电话机，稿纸飞扬散落一地。

喂喂，电话机里传出猫咪一样又细又轻的声音：是我呀，刘老师。然后是一阵像装了弱音器似的清脆笑声。

是我等待已久的女王的声音。

你、你怎么才来电话呀？我的话脱口而出，显得非常的唐突和不讲理。

好饭不怕晚么！又是低低的笑声。

我不知道如何接话，正准备等她做出解释说出下文，她却打住了，没有继续说话，话筒里传出轻微的淅沥声。

你今天去演出了吗？我是无话找话，自己都觉得无趣。

那不能叫演出。她的声音像是从舌尖流出来的。

那应该叫什么？我木讷地问。

那叫自食其力，养活自己。她一字一句地说，感觉好像她是搞文字工作的。

哦，养活自己。我机械地重复一遍。我差点想问她一个晚上可以挣多少钱，话已到喉咙口，还是觉得这个话题有点俗，强行忍住了，终究没有问出弱智的问题。

话筒里又传出轻微的淅沥声。

过一会儿，我听到电话那头她说了一句放床头柜上吧！

你在跟谁说话？我问。

她用小得不能再小的声音告诉我：是我老爸，给我送中药来了。

中药？你生病了吗？我问得急切。

我就是一个病人呀。她边说边笑。

你得了什么病？方便告诉我吗？我一下紧张起来。

女王格格地大声笑起来，清脆的笑声在万籁寂静中穿行，幽深而绵长。

说起来也没啥病，从小体质差，我老爸祖上是中医世家，在他眼里谁都是病人。从小到大，我喝的中药比饮料还多。

女王的声音渐渐大起来，我正在纳闷，她说两位老人睡觉了。意思是现在可以正常交谈了。

要不是为了给我熬药，他们早就睡了。她补充道。

聊着聊着我有些困了，哈欠连天，可女王似乎精神愈来愈好,她又恢复到猫咪的状态,声音慵懒,一口清脆的沪语在浩瀚的夜海上漂移流窜。

你怎么不说话?你在电话里的声音带着磁性,很好听。她说。

其实她的声音在电话里才特别性感,然而我一点也提不起精神来,我差点想说明天还要上班呢。

你说话呀,说呀说呀,我喜欢在深夜听人说话。你就像是我的精神按摩器,真希望可以这样永远地说下去,永远地住在梦乡。她的语气仿佛在说梦话,又仿佛是呓语,或是内心独白。

我想告诉她精神按摩器快要没电了,然而我却张不了口,因为不得不承认,这种对话状态竟然让我非常着迷,我如同被灌了迷魂汤一般欲罢不能。她的声音让我着迷,那声音像旷野上的猫叫,又像穿越时空人类初始时期的牙牙学语。

那时候的我只谈过一次恋爱,通过同学介绍,与一个理工科的女大学生相处两年,所有的交往一直到最后一步,都非常简洁明了。后来她与当时上海所有的年轻人一样寻求出国门路,我的贡献是拿出我仅有的一点积蓄,帮女友付了报名费。费了很多周折,女友终于去了澳洲,我们从此靠国际长途维系情感,国际长途费昂贵,以我当时的收入根本负担不起，所以经常跑到同班同学的办公室去蹭公家电话。有一次我好不容易拨通电话，话筒里有滋滋的杂音，传出的是一个男人的声音。我挂掉电话，之后再也没有打过。

这段恋爱史的结局让我很受伤，空窗期持续两年多才渐渐复原，那种痛始终还在，直到那个夏天女王的出现。

这天深夜放下话筒，我强睁沉重的眼帘，看了看写字桌上的闹钟，指针指向凌晨三点。

第二天下班回家，吃了碗面条，人又困又乏，脑袋铅一样重，坐在写字桌前一个字都写不出来。我躺在榻榻米上想小憩一下，一切设计得挺好，可一旦躺下，满脑子胡思乱想，根本睡不着。十一点刚过，我正准备起身继续写文章，电话铃鸣叫起来。

在干嘛呢？刘老师。女王的声音，她的口气怎么听都像带着揶揄。

正准备睡觉哩。不知道我为何要这样说。

唉，这怎么可以呢？功课还没做呢？女王在电话那头尖声叫了起来。

什么功课？我是一脸懵。

精神按摩呀！你不是答应我每天要给我做精神按摩的吗？你知道吗？今天我一觉睡到中午，这都是按摩师的功劳，我从未睡得这么好这么久。

哦，这样啊。我不记得自己做过这样的承诺，整整一天我昏昏沉沉半梦半醒像个游魂，在办公室度日如年，下了班几乎是冲出房间的。我强忍着没把白天的窘况告诉女王。

你今天喝过药了？我勉强地问。

喝过了。你别说这些没意思的，你以前是不是也经常给你的女朋友做精神按摩？

哪有！那时候哪来的电话，我们一星期才见一次面。我的回答如此实诚，在女王凌厉的拷问下，我显得很被动。似乎还要洗刷什么，我究竟想要洗刷什么呢？

你的前女友一定很漂亮吧，你们是怎么认识的？女王问。

我的心有点隐隐作痛，特别不想回忆过去，可又要接续前面的情绪，让过去变得微不足道。我也不明白，我在女王面前为什么要把过去的经历说得如此的轻描淡写。

几年前与同学一起去一所理工科大学看艺术体操的表演，就这样认识一个理科女孩。我回答得云淡风轻。

女王格格地笑起来：

是不是可以这样认为，看演出是你用来泡女孩的一种常规套路？

她这么一说，我想想也是哦，在五星级酒店初见女王的场景历历在目，疾风骤雨般的《广陵散》犹在耳边，不得不承认，女王的表述很形象很精准。

不知不觉，这天晚上我们又聊了两个多小时。

中速，偏慢

日复一日的深夜电话长谈，耗尽了我的精神元气，最糟糕的是，我的身体快要支撑不住了。上班无精打采，双眼平添黑黑的眼圈，师兄还以为我在搞创作，体恤地提醒我注意休息，别把身体拖垮了。

我的一腔苦水没处倒，这种见不了面的柏拉图式的电话长谈，已经使我的激情丧失殆尽，忍耐力到了极限。可尽管如此，我又不得不承认，夜间长谈让我着迷让我晕眩。一到晚上，十一点过后，我又情不自禁乖乖守候在家里，眼睛的余光不时斜瞄那台白色的电话机，无比期待它的忽然鸣响。这情形与一个貌似理智的瘾君子，发了毒誓又禁不起诱惑的状况极其相仿。

女王显然洞察到了一切，她的厉害之处就在于能把火候掌控得很好，就在我的状态濒临绝望的时候，她不容置疑地说她要来我家看我。

她说来真就来了。

在一个阳光明媚的下午，女王长途跋涉，沿黄浦江一个长长的弧度，绕过城市的外围，来到我蜗居的寓所。

　　从地理上看，我与女王共住浦东，但实际距离甚远，她家住东边陆家嘴附近，我栖居的新村在西南边，真有点君住江之头我住江之尾的意思。

　　女王出现的时候手拎一只精致小包，身穿一件紧身的蓝印花短袖布衫，衬出丰满的胸脯。头发高高挽起，像传统古画里的仕女。我居住的小区后面有一条河，常有一群群水鸭浮游其上，水波荡漾开去，形成一层层的涟漪，河的两侧长满暗绿色的水藻。那条河应是黄浦江的支流，以前河岸两边种满油菜，初春时节，黄澄澄的油菜花一直延伸到天边。所以原住民把这条河叫做菜花浜。

　　我把女王带到风景如画的菜花浜畔，出发点是想搞点小浪漫，岂料女王根本不领情，她对外在的风景毫无兴趣，她说世间最好的风景在内心。她说口渴了要喝水，于是我们拐回小区，径直走向我的寓所。

　　之前得知女王要来，我精心整理房间，忙得不亦乐乎。床头上方新挂一幅高更的仿制风景画，窗台上的玻璃瓶插了我特意去附近菜场买的鲜花。

　　女王跨进房间，完全无视我的用心所在，她把小包扔在写字台上，一屁股坐在沿窗的单人沙发上，从她的举止上看不出一点拘束感陌生感。见我手足无措的样子，她的眼角高高翘起，微嗔道：你怎么招待客人的？快去倒水呀！

我赶紧去厨房倒水，知道她喜欢柠檬片，特意在白开水里加了一片。女王抿着嘴舔了一口水，一副不耐烦的样子。她端起茶缸观察了一会儿，撂出一句：这什么杯子呀，真没有品位！

茶缸是出版社发的纪念品，我一时匆忙，随手拿来倒水。被女王这么一说，我的脸刹那间红了。

尽管在电话里我与她漫游于精神世界的各个角落，已经臻于无所不谈的境地，可一旦面对一个大活人，我还是觉得彼此之间有一种矜持感。

我们海阔天空地聊着。

她拿起写字桌上散乱文稿中的一页，瞄了一眼，又随手甩了，撅着嘴说：你还挺勤奋的。

后来女王说她四点还要去团里排练，不知怎么的，当时的我及时捕捉到她话里的含义，将其理解为是一个暗示，我犹豫半天，不知道哪来的勇气，突然坚定地走向沙发抱起女王，转身来到榻榻米前将她放下，女王丝毫没有惊慌，她的手指轻巧地勾住我的肩，让我觉得她的身体变得很轻。

我刚要笨拙地俯下身吻她，她一把推开我的脸，狠狠瞪我一眼叫起来：窗帘——

我心急慌忙地去拉上窗帘，回转身，女王已从榻榻米上一跃而起，径直走出房间。

我不知道发生了什么，尾随着她进入卫生间。

女王在镜子前左顾右盼，拿起牙膏牙刷开始刷牙，我注意到，她挤牙膏是用两只手的拇指和食指并排从牙膏的底部轻轻往上挤压，而我平时都是一只手直接从上面挤的，所以牙膏的形状显得很丑陋。

刷完牙女王举了举牙膏，朝台面一扔，似真似假地朝我冒出一句：真没教养！

重新回到榻榻米，我急吼吼欲去解女王的衣服，她推开我的手说我自己来。她开始慢吞吞地脱衣服，脱下的衣服叠得整整齐齐摆放在床头。

终于，女王的胴体一丝不挂地展露在我面前，她的皮肤光滑，肤色是浅浅的黄，她的身材无与伦比，就像传说中的美人鱼。开始她的喉咙里还发出我熟悉的猫咪叫声，她的鼻翼微微扇动，鼻腔里有粗重的呼吸声。渐渐地，猫咪的叫声远去了，我只能听到自己笨重的喘息声。

整个过程可以说是波澜不惊。后来，女王起身从小包里拿出一盒薄荷烟，抽出一支点燃，赤裸的身体蜷起，双臂环绕在膝盖前。她吸烟的姿势很优雅，烟圈袅袅上升，在半明半暗的房间里弥散。

女王突然说你不对。

我迷糊地说怎么不对啦?

只见她用右手掌朝左手掌重重一击说,这样的节奏你明白吗?她的这个手势,让我想起她演奏《广陵散》濒临高潮时,往琴板上猛拍一掌的情景。

我承认我是真不明白。我的情爱史可以说是苍白的,只谈过一次真正意义上的恋爱,而且是在偷偷摸摸的情况下进行的,需要普及的知识点很多,哪知道还有节奏一说。

女王一脸鄙夷,似乎对她启蒙的对象极不满意。

女王这天下午走后当天晚上没来电话,我的内心有点空落落的,隐隐觉得我与她的交往模式可能会发生一些变化。

第二天晚上一直到十二点,电话铃声如期而至。女王似乎很兴奋,她说小囡要见我。

小囡就是她的钢琴伴奏小依。

我说我请你们吃饭吧。

太俗气了!女王大声反对,那声调几近于呐喊。

那我们去郊游?我又小心翼翼地探问。

女王格格地笑起来,你怎么像个农民?

那那那我就不知道了,我说你们决定吧。

女王说我们去唱歌吧?

我说好呀好呀。我像只应声虫似的满口答应。

那时候歌厅还不流行，流行的是迪厅。从深夜长谈中我了解到女王不喜欢运动，对盛行的蹦迪极尽讽刺之能事，在她眼里，那些热衷于蹦迪的人不是疯子就是傻蛋。

第二天我们约在一家小歌厅见面，这家歌厅离女王她们演出的星级酒店不远。我是两眼一抹黑，歌厅都是女王定的。

我早早就坐在歌厅的大堂等候，给自己点了杯啤酒，给女王和小依点了柠檬水和可乐。

女王和小依满面春风喜气洋洋地赶到，小依个子矮矮的，圆圆的脸圆圆的眼睛，长得很可爱，一看就是属于那种特别聪慧的女孩。

小依看到小圆桌上的可乐叫了起来，朝我竖起大拇指，嘴里不停地说贴心贴心。

哇，柠檬水哎！小依又朝女王说。女王满意地颔颔首，对小依说，这就是上海男人。

这就叫默契！小依还要心领神会地加上一句。

她们俩一句来一句去，清脆的沪语对白让我想到苏州评弹。我知道她们是在表扬我，有点飘飘然，但直到很久以后，才明白她们这段对话里另外的深意，而我当时完全被蒙在鼓里。

女王拿起歌本点歌，她点了首孟庭苇的《你看你看月亮的脸》，然后拿起话筒开唱。

歌厅的音响设备不太好，话筒里还传出丝丝的杂音，但女王唱得声情并茂，她的声音很像孟庭苇，甚至比孟庭苇还要好。

唱了几首其他的歌之后，小依又唱了一遍《你看你看月亮的脸》，有女王的版本在先，小依很用心地发挥，她的下颚微微抬起，声音略厚且带点磁性，最后一句收尾恰到好处，我与女王情不自禁地鼓掌。

女王要我点评一下她们的唱功优劣，这对我这个外行来说无疑是挖了个坑，她们都是专业人士啊，我支支吾吾地拒绝回答。

谁知女王不依不饶，瞪着的眼睛高高翘起，一副不达目的誓不罢休的架势。

场面僵持着。女王就是女王，她威胁道，我再不点评她们就要走了，眼看欢乐的气氛凝固起来，将要变成不欢而散的结局，我被逼无奈，只得红着脸嗫嚅着说，听女王唱这首歌很放松很轻盈，意境澄明，其中某些段落让我感受到在田野上乘风滑翔的味道；而小依的声音沉稳有厚度，略带一丝哀怨的情绪。

我非常小心地选择字句，不料未等我说完，两个女孩一下欢腾起来，女王朝小依频频点头，说讲得真好！就像是家人一样懂我们。

对，家人。而小依则微翘嘴唇，不停发出啧啧的赞叹声。

这天晚上整个歌厅大堂就我们三个人，因为一首歌，我们都成了孟庭苇的拥趸。先前都是女王和小依轮唱，后来她们发现我这个跟着起哄的听众从头到尾没有参与表演，一定要我这个五音不全的人也唱一首。

早年做过扁桃腺切割手术的我，羞于听到自己的歌声，经常在别人面前自嘲唱歌的声音惨不忍睹，所以我从不愿出丑。那天晚上喝了一点啤酒，又被她们的演唱一次次地代入，脑子里反复盘旋着孟庭苇的旋律，在她们的逼迫下，我借酒壮胆，平生第一次拿起话筒唱了一遍《你看你看月亮的脸》。

奇迹居然就这样出现了，从不唱歌的我，不仅完整唱完了全曲，还唱出了一点摇滚的味道。我的处女秀受到女王和小依的鼓励。那真是个无比美好和惬意的夜晚啊。

欢愉总是短暂的，乐极难免生悲。离三人组合的演唱会不久，女王忽然某一天失踪了。

连着几天没有接到她的电话，也没有她的任何音讯。我不知道发生了什么，实在按捺不住，就把电话挂到她的家里。

接电话的应该是女王的父亲,电话里的声音彬彬有礼,一口纯正的本地沪语,他慢悠悠地告诉我女王不在,她已经几天没有回家了,可能在团里排练吧。

你是哪位啊?老人家问我。

我说我姓刘,在出版社工作,假如女王回来的话,请她给我回一个电话。

放下话筒,我意兴阑珊,觉得事情非常的蹊跷,一个大活人,怎么说不见就不见了呢。另外,我对女王与家人的关系也陡升疑虑和好奇,一个单身姑娘几天不回家,作为长辈似乎并不着急,似乎已经习以为常,这在上海的传统家庭中不为多见。

又过了几天,女王还是没有消息,等待的日子真像是煎熬啊。一个周末,大卫来邀我一起去浙江的缙云玩,我正像热锅上的蚂蚁,反正无所事事,就欣然接受大卫的邀请,一同前往缙云。

大卫急吼吼地要去缙云事出有因,这是我后来才知道的。

缙云是森子的老家,他好几次发出邀请,让我们去那里游玩。森子是个富二代,他的家族在缙云有各种产业。森子热爱艺术和音乐,但他不愿依照寻常思路子承父业,在缙云为家族打工,他先去北京读的本科,后又到上海音乐学院修完制谱专业的硕士。这次森子借回家探亲，在缙云等候我们的光临。

大卫驾车行驶在公路上，车窗外的景物飞驰而过急速后撤。青山绿树，黛瓦白墙，还有大片大片的农田扑面而来，令人心境顿时开阔起来。

我坐在车上琢磨目的地"缙云"的含义，浙江的地名都取得很有文化，比如仙居、天台，比如雁荡、丽水等等，连起来就像是一首古诗。

抵达缙云已近傍晚，我与大卫入住的酒店是森子家开的，在公路边上，离热闹的县城要步行三十分钟路程。说是酒店，其实就是一幢四层的楼房，条件比普通的招待所略好一些。

在森子的陪同下，我们办好入住手续。酒店没有电梯，我与大卫走到三楼，各自进入房间。我放下包，迅速擦把脸，拿了房卡就去敲大卫的房门，大卫久久不开门，好像一直在跟谁通话。我只得把门敲得砰砰响，大声告诉大卫我先下楼了。

饭厅在二楼，大堂里空空荡荡，一张大圆桌旁，森子翻着菜谱在跟服务员点菜。

左等右等，冷菜和五瓶绍兴加饭酒都上桌了，迟迟不见大卫的人影。

森子说，靠，我们先喝。

我与森子边喝边聊。森子突然对我说，我知道大卫跟谁打电话了！

我说谁啊？

肯定是大波。森子的语气异常坚定。

啊？怪不得，大卫执意到缙云来原是来幽会的。我恍然大悟。

森子说大波是缙云本地人，在上海晃荡半年多，森子将其介绍给大卫，大卫是一见钟情。大卫还忽悠说要把大波带到欧洲去。森子喝了酒，说话间眉头一条蚯蚓般的刀疤一跳一跳的。

我想大卫也不算忽悠，他虽说回国经商，可还保留着法国的永居身份呀。

大卫终于下楼了，姗姗来迟的他刚坐下，就一个劲问森子"桥边餐馆"在哪里。

森子不屑地说，在镇政府旁边，差不多就是一个路边摊。

大卫亢奋地说约好十点一起宵夜。和谁约好，他没说，我们也没问。

森子拿起酒瓶给大卫倒了满满一杯说，靠，哥们太牛了，事情搞定，可以放开喝了！于是，三个人的酒杯碰在一起。

不到九点，五瓶加饭酒喝完，看看时间还早，森子又加了一瓶，我们平均每人差不多喝了两瓶。起身离开酒店时，我的脑袋晕乎乎的，脚步情不自禁有些打飘。

我们朝镇上走去，夏风吹拂，远处一片灯火阑珊。进入镇中心，一条小河将鳞次栉比的房屋分成两半，河畔沿途都是桌球房，每家都有几个穿得很少的青年男女在玩耍。灯光昏橙橙的，落地音箱大声轰鸣，眼光迷离中的夜晚的缙云，着实弥漫着一股神秘的气氛。

穿过一座石板桥，来到"桥边餐馆"，沿河摆放着一溜小桌，几乎都坐满了人。进入沿街的铺面，森子大摇大摆走到一张矮脚小桌前，那里坐着三个女孩，她们伊里哇啦说着当地方言，我反正是一句都没听懂。

落座后我凭直觉一眼就指认出大波来，她坐在小凳上，明显比其他两个女孩高出一头，她小小的脸庞，长得很标致，紧身的黄背心，硕大的双峰，我知道这是大卫最为喜爱最为欣赏的身材。

宵夜喝的是一种乳白色的米酒，甘醇凉爽，其实这也是窖藏的黄酒，大波率领她的闺蜜轮番敬酒，几大碗下去，我发觉大卫已经舌头大了。

半小时后，又来几个女孩，都是大波的朋友，因为坐不下，只得在边上另开一桌，四周喧哗，根本听不见彼此的说话声。

后来我们从大卫的口中知道，在上海时大波曾向大卫借过五千元，承诺回缙云后一定还。大波回了老家，大卫心心念念地牵挂，这次来缙云他不是来要债的，而是想说服大波跟他去欧洲生活，大卫计划得很好，可这天晚上他最后喝多了，想表达的话都没来得及说，直接躺椅子上睡着了。等我们把他叫醒，"桥边餐馆"空空荡荡，只剩下我们三个男人。

这天深夜我们是怎么回到酒店的，第二天完全想不起来，彻底断片。

不知道是幻觉还是现实，我回到房间，黑暗中居然有个女孩坐在房间里，一见我，似乎老熟人一样来扶我。你是谁？你是聊斋里的狐狸精吗？我嬉皮笑脸地说，眼皮耷拉下来。你不认识我了？我就是你的狐狸精呀。她边说边将我扶上床，后面的事情我就完全失忆了。

第二天中午我被电话吵醒，头重脚轻下了楼，餐厅大堂的餐桌旁坐着森子和大卫，边上还有一个当地的女孩。

见我走过去，女孩笑盈盈地起身来扶我，我推开她径直坐下，森子和大卫一脸坏笑。

森子又拿来加饭酒，我连连摇头，说还喝呀？

大卫似乎受了什么刺激，在餐桌上发誓下午要回上海，他说他要开车就不喝了。

喝呀喝呀，人生难得几回醉。那女孩拿起酒瓶给我和森子斟酒。

你当然得喝，放开喝！让你老公高兴一点！大卫用恶狠狠的语气对女孩说。

女孩见大卫说话态度恶劣，有点不高兴了，端起满满一杯酒一饮而尽。喝点酒算什么，你们到缙云来不就是寻找快乐的吗？

快乐个鸟，我们是给你送快乐来的！大卫的语气依旧那样生硬。

因为大卫的失意，午餐吃得很沉闷。席间那女孩上了几次卫生间。临分手前女孩悄悄塞给我一张字条。

森子在宾馆门口送我们上车，匆匆话别，我与大卫上了车，大卫把车开得飞快，那情形仿佛是在逃离缙云。

我问大卫你没事吧？

他头也不抬说没事。双手握着方向盘，眼睛凝视正前方。

在车上闲得无聊，我打开女孩给我的字条，只见上面歪歪扭扭的字迹写着一副对联：

物是人非事事休欲语泪先流，

闻说双溪春尚好也拟泛轻舟。

我惊呆了,这是狐仙变身的才女吗?我想了想,试图努力恢复昨晚断片期间的记忆,但一无所获。

我把对联念给大卫听,大卫挺直身体一动不动,眼睛也不看我,半天他摇摇头,一脸愤懑地憋出两个字:狗屁!

我一愣,大卫可是很有修养的人哦。

如歌的行板

回上海的当天晚上,接到了女王的电话。她用沉郁的语调低低地说,你知道吗,我已给你打了十几个电话。

我大声说你去月球旅行了吗?语气饱含愤懑,抑制不住一股委屈和埋怨的情绪。

我一直都在上海呀。女王平静地说。老师的前妻回国了,我们发生了一点不愉快。她又补了一句。

我听得一头雾水。老师?老师的前妻回国跟你又有什么关系呢?

女王沉默了。

那一瞬间我忽然想起,在彻夜长谈中,女王几次三番谈到过老师。老师是音乐学院作曲系的，他年轻时写过一首曲子，就这一首曲子，成为了经久流传的经典。几乎没有文艺青年不知道老师的。一首曲子可以吃一辈子，老师创造了一个奇迹。在情感方面迟钝的我，怎么会在女王婉转的叙述中，体悟到女王与老师的特殊关系呢？

人为什么要相互欺骗呢？不知道女王是在问我，还是在问她自己。

女王如此痛苦，我的心变得柔软和疼痛。我似乎忘了自己所处的地位，开始想方设法用言语安慰她。

她的笑很假，穿着很奇怪。明明是个北方妇女，却要装得像个巴黎贵妇。一身的珠光宝气，还抹了厚厚的粉。女王忿忿不平地说。

我知道，女王在描述老师的前妻。

通过旁敲侧击的询问，我慢慢明白女王生气的点在哪里了。前妻回国之前老师是提到过的，女王当然不希望他们见面，但她只能把这个想法藏在心里，因为她深知老师是不可能不跟她见面的，这是问题的关键之处。他们在女王不知情的情况下见了，女王凭第六感又意识到了，这让她痛不欲生，她叫了辆出租奔赴音乐学院的教师宿舍，音乐学院有两个门，恰好老师去送前妻，走的是另外一个门。

老师的房门虚掩着，女王心急慌忙地从浦东赶到市区，加上起床后没吃东西，一进门就昏厥在老师的房间里。老师回来后，见状大惊失色，急忙将躺在地板上的女王扶至凌乱的床上。

就这样，不知是有意无意，女王在老师那儿躺了三天。老师给女王煲汤，好生伺候她。女王醒来后作天作地，横竖不对，来自陕西的老师用雄浑的男低音百般抚慰，任由女王无理取闹，推搡中老师的脸被女王的指甲划破，血涌了出来，老师毫不生气，依然耐心地与女王讲道理。

老师告诉她，他与前妻离婚不是因为感情缺失，而是妻子渴望国外生活，而老师的事业在国内，无法随其去国外。老师为了满足妻子的愿景才不得不选择离婚。

接下来的几天，我与女王一直通电话，每天的话题都离不开老师和他的前妻，谈多了我都不知道自己在干什么，觉得已经完全丧失了自我。我一面装得若无其事地安慰女王，一面又暗地里觉着身体的哪个部位受了内伤。

我在扮演一个什么样的角色呢？有一次我实在忍不住，说再这么聊下去我受不了了，我要生病了。

不料女王迅速回了我一句：爱情本来就是一场病。

那你与老师的感情又是怎么回事呢？我突然问。

我与他就是一场战争，关于情感的战争，我不能输给那个北方女人。女王的表述永远是这么精准。

我终于开始讨厌自己，也厌倦了与女王的深夜长谈。有一天师兄告诉我，他的同班同学跑海南经商去了，经营一家广告公司，想在海南举办一个全国规模的笔会，师兄有事走不开，问我愿不愿意去，当时的我身心正经受莫名的煎熬，找不到方法解脱，于是满口答应。

一切都想得好好的，瞒着女王去海南，也玩一次神秘失踪。将要动身的日子逐渐临近，恰巧那天晚上女王来电话，聊着聊着，不争气的我还是没忍住，泄露了天机，吐露了我的行程。

你为什么不带我去海南呢？女王用一种惊诧的口吻问我。

你想去？你能去？我当时的心绪很复杂，意外，惊喜，惆怅和迷茫，像鸡尾酒，都搅拌在一块了。

为什么不？女王说得很坚决。

她的坚决竟然对我有种神奇的疗愈作用，似乎几天来的伤痛一下得到了缓解。我真是瞧不起自己，可挡不住有一种希冀在心底缓缓升起。

第二天晚上，夜幕刚刚降临，我的小心脏就怦怦乱跳，原因很简单，女王马上要来了。

八点左右，门铃响了，我匆忙打开门，女王提着行李箱出现在我的面前，她的身后还有一个人，是小依。

今天我与小依都住你家。女王上来就安民告示。

啊？我一脸困惑，暗忖这是什么操作？

怎么啦？不欢迎啊？女王朝我瞪着眼睛。小依是我的家人，你懂吗？

欢迎，当然欢迎。我明显有点口是心非。

她们是有备而来，女王把房间里所有的灯都打开，连床头柜的灯也不放过，屋内顿时辉煌通明。

她一边从包里往外拿饮料、零食、毛巾和牙膏牙刷，一边与小依叽叽喳喳地说话，完全无视我的存在。

女王最后从行李箱里拿出的是两套睡衣，她们分别去卫生间换上睡衣，两件睡衣仿佛配套的，都是白色暗绿条纹，她们穿着睡衣在我的房间里走来走去，清脆嘹亮的声音弥漫我的陋室。位处城市边缘地区的我的家，从未有过如此欢快热闹的氛围。

唉，你怎么没有一点主人的态度？给我们拿杯子呀！女王朝我瞪着眼睛说。

我赶紧跑去厨房拿来两只玻璃杯，我知道她们喝饮料很讲究的，一定要倒杯里，从不打开易拉罐就着饮料罐喝。从厨房回到房间，我听到女王在说北方男人就不会这样。她见了我欲语又止，王顾左右而言他：你这个地方大概很少有女人光临吧？

我正犹豫着如何回答，小依替我解围道：那说明生活节律呀。

我情不自禁用一种感激的眼光觑一眼小依，她的脸红扑扑的，说话的时候下颚抬起，显出自信而聪慧的神情。

后来女王去洗澡，我与小依坐在房间里闲聊。我故意旁敲侧击地问些情感方面的话题，想通过小依来了解学音乐的女孩对情感的态度，那天晚上我对即将要到来的明天很茫然，不知道女王以什么身份跟我去走天涯？

你别想太多，就是一次旅游，多好呀？小依宽慰我说。

我询问小依对爱情的看法。小依随即问我你是怎么看的？我说我从出生那一天起，就期盼我这辈子唯一的爱人乘坐着红帆船朝我驶来，就期盼一种白头到老与子契阔的爱。

接下来小依说的话对我不啻是一种打击，其实也是一种警醒，可惜处在情感昏迷中的我，怎么能洞察体味到小依的苦心呢？小依莞尔一笑，冷静地吐出一句话：你们是两类人。

我明白，她指的是我与女王。

事后想起来，小依已经做得很好了，她遵从自己的伦理又不失公平，在一个极端状况下说出真实的判断。可当时愚钝的我，走火入魔，脑子里想的竟是：这么聪慧的小依，在那个北方男人面前是否也是如此乖巧如此会说话？我竭力想象着虚拟的场景。

因为明天要早起，小依洗完澡，我们就准备睡觉。三人睡榻榻米，我靠壁橱睡里侧，女王睡中间，小依挤在外侧。小依开始撒娇大声嚷嚷说不公平，她说她的位置是小妾睡的。

女王起来俯身安慰她，小妾也有小妾的优势，小妾往往是最受宠的。

小依笑得喘不过气来。

女王说她和小依睡觉不喜欢关灯，于是只得留着一盏台灯。她们两个聊得很起劲，时不时发出放浪的笑声。我像个旁观者，闲得无聊，就悄悄把手从被窝里伸向女王的胸前，女王突然大声喊叫起来：小囡，他摸我的胸！

小依连连说我没看见也没听见，随后翻了个身，朝外假装睡着了。

女王仰起身，一把拎起小依的睡衣说：你不能这样，想当叛徒吗？

小依说我谁都不帮，我困了，想睡睡了。随后发出经过设计的鼾声。

女王恼了，把手伸进小依的胳肢窝乱摸，小依格格笑着，在床上左右翻滚，差点滚下榻榻米。

一夜无事。第二天我们出发去机场，到了市中心把小依放下，我与女王赶去机场。就这样我与女王开始了海南之旅。

我后来想，要早知道海南发生的状况，我还会带女王出行吗？人们经常说人生无常，其实归根结底是你不可能算到以后的每一步。

到海口机场的时候，天空晴朗，我是满心自得，一派海阔天高的心境。到宾馆放下行李，小憩片刻，宾馆门口有车接我们去晚餐。

主人安排的饭店是靠海边的一个海鲜大排档，中间有个舞台，有几个演员在台上唱歌跳舞，间带时装表演。不远处潮汐涌动的声响一阵阵袭来。

师哥的同学真是阔气，一下把国内几十个名人聚集到一起，十几桌人几乎把大排档全包下了。每一张圆桌中央，都堆满红彤彤的海螃蟹、淡红色的海虾和墨绿色的青口，还有肥硕的整条大白鱼，各种蚌壳类的海鲜。

我们这一桌大概十个人，有个年轻导演兼诗人很活跃，他留着络腮胡子，频频起身给大家敬酒，他之所以有这样的底气，是因为他刚有一部描述黄土地的电影上映，红遍大江南北，据说要去国际上拿奖。

年轻导演后来一次次给我敬酒，我的直觉告诉我，他不一定是想跟我喝酒，只是一桌的人，只有我带了女友，且还有些姿色和风韵。

第二天上午参观师哥同学的公司，我们鱼贯而入走进会议室，师哥的同学手上提着个大哥大，大哥大像块沉甸甸的长方形的黑砖，他当着大家的面接了好几个电话，都是向他推荐地皮的二道贩子或三道贩子，师哥的同学说话声音嘹亮无比，仿佛要我们所有人都听见似的：

多少亩？五十亩？没问题，哥们我全要了！师哥的同学绝对有演员的天赋。

午餐后休息，几十个人各自回房间。我与女王也回了房，大海蓝天，椰林果树，外在的景观绝对是刺激情欲的兴奋剂，在我的百般纠缠下，我们做了爱。事后我觉得女王的心情不错，我们就出门慢悠悠地散步，沿着铺着红砖的马路往海边走。

道旁是高高耸立的椰子树，随风婆娑的棕榈树，海风阵阵吹拂，夕阳照在海面上，发出波光粼粼的刺眼光芒。

平素慵懒的女王健步如飞，时不时走在我的前面。终于来到海边，她突然忧伤起来，决绝地问我：你会一直对我好吗？

那时候我的心情不错，我说当然了。

那你给我介绍那个导演。女王侧过脸微笑着对我说。

我不敢相信女王说出的话，嗫嚅着说，我跟他也不熟呀，你究竟想干什么？

我就想认识他。女王说。你要对我好的话，就让我跟他谈一场恋爱。

我简直不敢相信自己的耳朵，脑袋轰一下炸了。

修养和自尊让我保持一种克制，哼哼哈哈地应付着，其实我的内心已经五脏俱焚。

你直接去跟他说，我不拦着。我突发奇想地说。

女王的脸上忽地泛起一片红晕，她撒娇地说就要你说就要你说，这是对你的考验。

晚餐的时候，导演又跟我们坐一桌，前面还相安无事，到了下半场，女王只要有机会，就不停地用眼神暗示我，我知道她要我干什么，内心已经崩塌，可还是硬扛着，我不想就此败下阵来，一种扭曲的心理唆使我瞅准一个相互敬酒的混乱时机，走过去走到导演的面前，我说今天我们一定要干一杯，你不要问我为什么。那一刻我的心里有一种悲壮的情绪冉冉而升。

喝完酒我借酒壮胆，把他的耳朵拉扯过来，俯在他耳边说：我边上的女人喜欢你。

导演豪放地面朝苍穹夜空，大声地笑起来，他的胸在抖动，笑完了他朝我竖起大拇指说，你这个人真幽默，前途不可估量，因为你具有大海一样的胸怀。

他的话让我刚喝下去的酒一下上了头，那一刻我特别想吐，但还是勉力屏住呼吸，保持住一种镇定的状态，姿态已经不稳，心口仿佛插了一把刀，我慢慢回到自己的座位。

女王用一种欣喜若狂的表情仰脸迎接我，她扶着我的肩膀，轻轻拍几下，像是慈母抚慰远征归来的游子。

接下来的几天在海口观光游览，师哥同学的广告公司附属一家房地产集团公司，他的手下只有三个员工，可公司业务很繁忙，说起来也简单，他的副业是给母公司打广告，主业就是在海口不停地倒卖地皮。他之所以能够那么阔气地请几十人来海南开笔会，是因为他用了一个星期的时间，前前后后打了几十个电话，将一块地皮转手成交，纯利润几十万进账，生意成交后他都没搞清楚，倒卖的那块地皮位于海口的哪个区域。

在参加笔会的几十人中间，有一对夫妇慈眉善目，白发苍苍却精神矍铄，那男的是个教授，复旦大学朱东润的关门弟子，夫人一看也是书香门第，在休憩的间隙，老教授叼着雪茄踱步到我身边，对我说：你的女朋友气质真好。

是吗？你的夫人气质也很好呀？我明显是在敷衍。

你的女友是做什么工作的？老教授又问。

弹古筝的。我说。

老教授朝我竖起一根大拇指，他嘀咕了一句：怪不得。

大巴士在海口转来转去，随处可见搭起脚手架却因为资金短缺而停工的楼宇。一次车上有人想方便，大巴士靠边停在田野旁的公路上，老教授步履蹒跚下了车，颠着碎步跑向天边外，在远处弯腰从原野里采撷一支满天星，然后又颠着碎步跑回巴士前。

我与女王正准备下车，老教授双手捧着鲜花来到女王面前，他笑微微地献上，教授夫人在旁边笑微微看着，女王接过花，一抹晚霞映照在她的脸上。

晚餐的时候，老教授几次三番来给我和女王敬酒，我隐隐感到，老教授的举动让女王有些不悦，后来她悄声对我说：你能不能让他不要再来敬酒了？

我说老教授喜欢你，是因为你有魅力。你告诉我，我怎么来拒绝一个老人的善意呢？

我的话里包含着几分真诚，因为正是有老教授的搅局，我才会暂时忘掉那个络腮胡子。

老教授酒量很好，宴席既散，他朝我们这一桌不停招手，示意我与女王过去，女王忸怩着不肯过去，最终教授夫人走过来说，我先生要送字给你们。

无奈之下我强拉着女王的手臂走过去，老教授叫人拿来毛笔和宣纸，他微醺的脸洋溢着圣洁的光彩，铺展开宣纸画了一棵树，画了云彩，最后画了两只振翅飞翔的鸟。在画的右侧龙飞凤舞写下了"比翼双飞"的字样，教授夫人从随身携带的背包里拿出印章和红泥，老教授派头十足地签名盖章，然后双手举起画像藏族人献哈达一样献给女王，围观的人群一起鼓掌。

女王受周围气氛的感染，她给自己倒了一杯酒，又将老教授的酒杯斟满，女王与老教授碰了碰杯，一饮而尽。

我没想到的是，回到宾馆一进房间，女王把卷起的画往床上一扔，愤愤地说：明天你不要再跟他说话！

我知道她说的"他"指的是谁，不免有些生气，喝了酒有些忘乎所以，我说别人要喜欢你我怎么阻止得了呢？你们搞音乐的不会那么狭隘吧？

我这样说很没有底气，用狭隘这个词讨伐女王，其用心是掩盖隐藏的狭隘。我的意图很明显，就是故意将局面搞乱。

你明明知道，他坏了我的好事！女王喊叫起来。

当女王喊叫起来的那一瞬间，她的勾鼻梁很扎眼，鼻孔里隐约可见未曾修剪的鼻毛。我的内心有一块石头迅速往下坠。

在海南接下来的几天里，我与女王一直处于冷战的状态。因为女王终于明白，我不可能再为她拉皮条了。很奇怪，那期间我突然想起女王的老师，想起她说过的她与老师的情感就是一场战争。假如爱一个人意味着就是一场战争，意味着彼此要有算计，我宁可选择不要爱人。

海口机场候机返沪的当口，我暗暗做出一个决定。

不太快的快板

回出版社上班的第一天，在大楼底层走廊遇到师兄，他笑吟吟地问我，海南玩得还高兴吧？

看着他狡狯的表情，我喉咙里发出不置可否的声响。感觉师兄对海口所发生的一切了然于心。接着师兄告诉我，他家刚刚装修好房子，想叫几个朋友聚聚，也想邀请我去。

我心不在焉，应诺后刚要转身离去，师兄一把拽住我，低声说你可以带女孩来，多多益善。

从海南回来，我每天伏案写作，在几家重要的报纸开了专栏，渐渐有了点小名气。每天下班回家，草草吃一点对付一下，就坐在写字桌前奋笔疾书。我像一个想尽法子折磨自己的苦行僧，仿佛要用写作来逃避生活治愈伤痛。

女王给我来电话了，她若无其事地与我聊天，好像什么事都没发生过一样。

去师兄家聚会的前一天晚上，我思前想后，日常生活中我认识的女孩极其有限，情急之下，只能给女王打电话，约她明晚与小依一起赴师兄的家宴。没曾想，女王一口答应。

事后想来，女王一定是误会我了，她把这次邀请看做是我谋求和好如初的信号。

师兄住在淮海路边，新式石库门房，这类房型通常有煤气而没有抽水马桶。神通广大的师兄打通有关部门的关节，把天井改造成厨房，在下水道安装了一个化便装置，安上了抽水马桶。石库门的客堂变成一个几十平米的会客厅，后面的卧室抬高屋顶，从中间隔断一分为二，下面是书房，上面变成一个阁楼作为卧室。

我下班后直接去师兄家，他正在厨房忙得不亦乐乎。下午他去菜场买了很多菜，师兄的厨艺十分了得，本帮菜是他的绝活。

客厅已有几位客人坐着喝茶聊天，戴着眼镜的师兄围着围兜过来一一介绍。两个男人一个是电视台的编导，一个是记者，边上是一位剧作家带着他的夫人，还有一位诗人，前面几位我见过，诗人未曾谋面，据介绍是沪上名门之后。

十几样菜肴端上桌，门铃响了，估计是女王她们到了，我赶紧起身跑去天井，师兄已抢先一步开了门，门口站着女王与小依。我给她们介绍师兄时，女王的眼睛一直看着师兄，我转过头，看到笑微微的师兄一直眨动着右眼，仿佛他们曾经见过一般。

晚餐格外的丰盛，熏鱼、白斩鸡、扬州干丝、辣炒蛤蜊、草头圈子、炒鳝糊，还有味道鲜美的腌笃鲜。师兄是二婚，现任夫人是电视台的编导，恰好去香港拍纪录片。

师兄开了两瓶长城干白，女士都不喝，几个男人很快喝完了两瓶干白。晚餐结束，师兄又拿出红葡萄酒，打开先锋音响，播放的是美国乡村音乐。

女王一直与小依说个不停，她们似乎在谈论某个让她们讨厌的人。师兄不时去打断她们，他笑嘻嘻地给她们递水果递饮料，后来干脆鼓动她们起来跳舞。

师兄首先邀请剧作家的夫人跳舞，他的策略是声东击西，我后来才明白。诗人去请女王跳，女王死活不从，诗人喝了酒，有点飘飘然，突然装疯卖傻地单腿跪在女王面前，一只手背身后，一只手横在胸口，模仿欧洲骑士，大家都笑翻了。

女王急中生智，拉起小依将她推给诗人，小依红着脸站起来，被诗人一把抱住，诗人边摇晃身体边不停地摇头，嘴里嘟嘟囔囔咕哝道"人生失败啊人生失败"。

那天晚上女王坚持僵在座位上，去请她跳舞的人都没成功。最后把她请出来的是师兄，他可没有诗人那么绅士，身高马大的他哈哈大笑着，露出几颗大板牙，推了推眼镜，一下就把女王从座位上抱了起来，女王像只惊恐的小鸟，柔弱的身体不得不依偎在师兄的怀里慢慢摇摆。

其间我去上洗手间，回到房间，在昏暗的灯光里我依稀看到师兄的手轻轻在女王的臀部摸索，不知谁叫了一声"来啦"，师兄的手迅速上升，搂住女王纤细的腰部，手指还随着音乐节拍若无其事地弹拨。

这天的聚会直至深夜才散，走出师兄的家，我在淮海路边帮女王和小依拦了一辆车，临上车前，女王突然回转身对我说：以后这种农民聚会不要叫我们！说完钻进出租扬长而去。

转眼夏天来临，城市道旁的法国梧桐落叶缤纷，脚踩其上犹如踩在黄地毯上。刺絮满地，随风飞扬，模糊路上行人的视野，这是城市的街景，伴随我们成长。这时有家影视公司找到我，要我帮他们写上海建筑方面的纪录片剧本，我想都没想，提出我的条件：稿费随便给，但必须要解决住宿问题。

影视公司在位于一条僻静的小路上的行业宾馆，给我借了套长包房。这是一次有预谋的失踪计划。夜深人静的时候，我会不时想到位处浦东家里的那架电话机，此刻会不会鸣响。

一个月之后，我完成剧本大纲，乘影视公司讨论评估的间隙，我随师兄去了趟内蒙。

我们先飞到北京，然后坐火车抵达赤峰，在内蒙中西部转了一个圈，历时十多天。

同行的还有一位皮肤白皙的小学女教师，她是地道的上海人，业余写写诗；还有一位内蒙籍的诗人，他是我与师兄的学弟，这次活动的组织者。原本还有两位杭州的女诗人一同成行，因为看错时间误了点，已抵达上海却没赶上我们这趟火车，这样，小学老师就变成此次出行的唯一女性。

一路上师兄谈笑风生妙语连珠，比如他把杭州两位女诗人的失约说成是心灵感应缺失，他说女人可以糊涂，但缺乏心灵感应，就会变成蠢妇。接着他又进一步发挥，生活就是由一次次的意外构成，本来是非常有情调的旅行，三男三女，但乐观一点想，没有杭州女诗人，也许此次出游更加欢乐。火车哐当哐当向前行驶，师兄突然又说好女人要紧扣一个"小"字，古往今来形容女人的好词都离不开小字。一个大头大脑大手大脚的女人谁会喜欢？师兄的镜片里闪着睿智的光芒。

坐在他旁边的小学老师的头恰好很小，于是，笑得身体前俯后仰，好一阵喘不过气来。

师兄的本事就是什么话题都能信口拈来，随意发挥。女教师用一种崇拜的目光直勾勾盯视师兄，一旦师兄缄默不说话，她就会像学生提问似的提一堆问题。原本枯燥的旅途时光，在说说笑笑中飞快流逝。

火车傍晚时分抵达赤峰，一座非常宁静的小站，环顾四周极目处人烟稀少。

接站的是一个留着胡须的蒙古汉子乌尼特，他是师弟从小在草原一起长大的发小，他们两家相隔不远，骑马大概一小时左右。乌尼特见了我们一一握手，他说锡林郭勒之旅全程由他安排。

翌日上午，乌尼特带我们坐车去见哈扎布老人，哈扎布是草原长调歌王，胡松华非常著名的《赞歌》，前面的副歌部分就来源于哈扎布老人的长调。

一排平房横亘在草原上，年事已高的哈扎布在屋内培训一帮小孩练习长调。哈扎布的寿眉很长，慈眉善目，和蔼可亲地向我们介绍草原长调的前世今生。我当时想老人肯定接受这样的访问太多，他以为我们是来自国家某个重要部门的官员，可以想见，之前乌尼特做了怎样的铺垫，才让我们享受到贵宾的待遇。

半小时后，在哈扎布培训学校的门口，老人携领一群脸上挂着紫痂的小孩与我们话别。

下午我们坐上吉普，在草原上开了几个小时的行程，到达苏尼特。苏尼特的羊肉是直供祖国心脏的，一点膻味都没有，师兄天生一个吃货，他的嘴线横卧着比常人长一倍，他摇头晃脑大口朵颐，连连夸赞羊肉的美味。马奶酒是用乳白色葫芦形的马皮囊装的。经乌尼特的精心安排，两个蒙古姑娘进入蒙古包，载歌载舞，最后用碗给我们敬酒，我们听不懂蒙语歌词，师弟给我们即兴翻译歌词大意：

远方的客人请你不要走

深情的草原将你留

纯真的金杯斟满了酒

请喝一杯上马的酒

啊朋友啊朋友

请你尝尝这酒纯真这酒销魂这酒绵厚

在这美丽的草原上共度春秋

在乌尼特的吆喝下，蒙古姑娘与我们每个人敬了三碗马奶酒。师弟本是蒙族，喝酒自然不在话下，师哥天生有种不醉不归的豪放，我呢从小善饮，最神奇的是女教师居然也喝了三碗，之前她一直说对酒精过敏。

蒙古姑娘走了，又进来一个身穿蒙古袍持琴的汉子，他给我们演奏马头琴，琴声悠扬，低沉怨尤，似乎在诉说草原的历史。演奏完毕，汉子又给我们每人敬酒，还是三碗。师兄不失时机地说，为啥老是三碗，来个六碗多好！乌尼特说三碗是敬天敬地敬祖先，这是草原人的规矩。

汉子敬酒轮到女教师，她脸涨得通红，坚持说她不能喝了，师兄在一旁起哄，乌尼特用很严肃的表情说，即便醉了也要把敬酒喝完，要不就是对蒙古民族的大不恭。

女教师强撑着，勉力把三碗酒喝完，随后就躺倒在地毯上呼呼酣睡。

乌尼特席间告诉我们，来敬酒的都是当地乌兰牧骑的演员。他之前早早联系当地文联的人，请来这些个演员给远道来的客人表演助兴。

第二天我们抵达乌尼特的家乡。锡林郭勒大草原一望无际，黑骏马的马群仿若一堆堆乌云，在斜坡上缓慢移动，晴朗的天空挂着云彩，仿佛是马群的剪影。远远望去，前方有一排红砖房俯卧着，一杆旗帜在微风中舞动。旗杆下还有一座蒙古包，那就是乌尼特的家。

当天晚上乌尼特设家宴招待我们一行，喝的是草原白，六十五度的烈性酒，酒盅像是陶瓷做的，像我们平素喝茶的茶杯，每杯足足有一两半。乌尼特的妻子短发，扁平脸，她不苟言笑，一直走进走出忙碌着，为客人制作丰盛的晚餐，大瓦盆装的羊肉，大瓦盆装的土豆。

乌尼特开了一瓶酒，首先给女教师满上，女教师面有土色，似乎前一天的酒还没醒，看见草原白大呼小叫，说她闻到酒味就想吐。

乌尼特的妻子始终没有上桌，师兄出于礼貌，大声嚷嚷要女主人也来喝酒，女主人进来敬了杯酒，又默默地出去忙碌了。

酒喝到兴致，乌尼特伸出他的两个大拇指，左手的大拇指明显短了一截，掌心有一块乌黑胎记，他说这是草原贵族的印记，他的表妹表弟们都有这块乌黑胎记。草原贵族可以一夫多妻，可以有多个女人，为了对尊贵客人表示尊重，女人都不能上桌。

我注意到，乌尼特说话的时候，师弟在一旁沉默着，表情冷漠，一副不屑的样子。

当天晚上我们悉数喝倒，乌尼特把妻子支走，里面的卧室让给女教师住，我与师哥师弟睡在外面的大炕上，猜想乌尼特大概是睡蒙古包。半夜，里屋的女教师发出惊叫声，我们一个个都被吵醒，迷蒙的醉眼强睁，不一会儿，借着窗棂漫进的月光，只见一个魁梧的身影灰溜溜地从里屋疾步走出，是乌尼特。

翌日清晨，女主人在蒙古包前用牛粪烧茶。早餐是奶茶加羊肉泡饭。

女教师坐我身边，轻声问怎么没有蔬菜？

乌尼特听见了，他弯曲双臂鼓出发达的肌肉说，草原人只吃肉，才长成这样健壮的体魄。

师弟在一旁幽幽地抛出一句：草原不产蔬菜，都靠外面运进来，运输成本太高，所以蔬菜在草原非常稀少。

草原之行比原计划缩短了行程，原因说起来很简单，一路上女教师不停受到乌尼特的骚扰。

乌尼特鬼得很，他一定看出女教师与我们三个男人都不是那种关系，所以时不时用他那套贵族理论来忽悠女教师，试图降服她。后来在师哥的主持下，我们开了一个会，既肯定了乌尼特的盛情款待，又对他的图谋不轨提出了批评。按照师哥的说法，乌尼特拥有喜欢女教师的权利，但要尊重汉人的伦理，不能用强制的手段来征服女人。女人是个宝，最怕来强盗。师哥的顺口溜不知是他随口胡诌的，还是确有出典。

师弟不失时机地插话说，现代蒙族男人也不会强迫女人就范。

之后的日子里，乌尼特像是变了个人，整天低着头，嘴里哼着含糊的谁也都听不懂的曲子，一路上不停向我们道歉。师弟阴沉着脸，不搭理乌尼特。倒是女教师大度，还偶尔与乌尼特搭讪几句。

临分别时，乌尼特送给我们每个人一束黑骏马的鬃毛，包装考究，装在一个精致的盒子里。女教师毕竟是从事教书育人的职业，她上去礼节性地轻轻拥抱乌尼特，一副豪放的模样，似乎把之前所有的不愉快都扔进了爪哇国。

回到上海我又住进宾馆，开始剧本正文的写作。在草原没感觉，回到城市发觉浑身散发一股浓重的膻味，我只能把里里外外的衣服一股脑儿脱下，交给宾馆清洗。

有一天，我在出版社上班，接到女教师的电话，说要跟我见面，有非常紧要的事情跟我商量。

晚上，女教师来到宾馆，她穿着连衣裙，紫色的发卡插在额头，看得出来，发型是精心整理过的。草原的风让她白皙的肤色蒙上一层暗红。

我给她沏了一杯宾馆的袋泡茶，然后坐在床沿上，女教师靠窗落座沙发上，我们就这样面对面地坐着闲聊。

我问她发生了什么事情，促使她要这么急切地找我商量？开始她支支吾吾，欲言又止。在我的追问下，她说现在有个机会去东瀛，想听听我的意见。

我能有什么意见呢？

是结婚的那种吗？我突然单刀直入地问。经过草原之旅，我们之间似乎可以有这样的坦率。

她点点头。

我问她有没有见过那个日本人？

她说见过。经她的描述，那个日本人斯文有礼貌，只是年龄有点大，近四十岁，前妻病故。

我陷入了沉默，老实说，当时的我正在逃避一场痛苦不堪的感情纠葛，无法回答如此重大的选择题。

谁知冷场许久之后，女教师说出了一句让我目瞪口呆的话，她说你可以让我不去的。

我愣住了，在草原上的一幕幕情景忽地浮现眼前，心想她喜欢的难道不是师哥那样幽默睿智的男人吗？

接下去的气氛有点尴尬。

我岔开话题，回避进一步讨论那个严峻的选择题。我问女教师平素都与上海诗人圈那些人交往？

没曾想女教师一下打开话匣，如数家珍地讲起了上海诗人的段子。女教师知道得很多，她说到的一些诗人我也认识，但都是泛泛之交，不像女教师那么过从甚密。其时我的情感世界被女王搅得很乱，心理有些阴暗，我很容易把她想象成一个深陷诗歌圈游刃有余、感情方面非常开放的女孩。

后来我走过去把她抱上床，女教师开始是挣扎的，身体簌簌发抖，恐惧加羞涩，但我觉得她并不是拒绝，甚至有一种英雄就义的勇敢，这一切给我的感觉是：她是做好了所有的准备来赴约的。

我粗鲁地抚摸她的身体，她低下头决绝地说我自己来。那一刻我非常煞风景地想起女王在我家中也说过同样的话。不同的是，女王的语气是居高临下的，自带一种气场，而女教师说得哀婉辗转，表现出一个柔弱女子情感线崩塌的无奈。

皮肤白皙的裸体横陈在我面前，我能感到女教师的身体在微微颤抖，我的手缓缓伸向她的乳房，乳房异常饱满，圆圆鼓起，她一哆嗦，忽然双手捂住胸像朗诵诗歌般地说：一个半球形乳房的女人。随后露出可爱自嘲的笑靥，她的上唇咧开，我看到了她嘴边的一颗小虎牙。

完成规定动作后，女教师去了卫生间。我断断然没有想到的是，床单上居然有红色的血迹，女教师与诗歌圈打得火热，势必绯闻也不会少，可她竟然、竟然是……处女。我为自己的莽撞、狭隘和偏见而羞惭，草原归来，我还曾非常不靠谱地想象过女教师与师兄可能发生的故事。我们所看到的生活表象就是如此虚假，常常无来由地蒙骗我们的双眼。

女教师临走前给了我一个礼节性的拥抱，就像她在锡林郭勒拥抱乌尼特一样，她回眸一笑，露出一颗小虎牙，但我明显觉着她的笑带着一种苦涩。

一星期后，我在出版社收到了女教师的信。

刘老师：

我去日本寻找归宿去了，不管未来等待我的是什么，我都会永远记得我们一起在草原度过的美好日子。

爱你并恩准你不爱我的青青

读完信，我又拿起信封端详，信封的右下角有两个潦草的钢笔字"叶缄"。可以确定她姓叶，那她的本名是叫叶青呢，还是叶青青？她为何也叫青青？我的心头泛起一阵阵剧烈的痛。

我猛然意识到这个叶青与女王之间存在某种隐秘的联系。可我没想明白其中的逻辑关系。莫非生活跟我开了个玩笑，女教师叶青就是女王的同谋？她的使命就是让我的内心陷入万劫不复的炼狱？我久久地愣在办公桌前，像经历了一场梦，像在催眠的春雨中缠绵游走。

过了很多年，其时我已从浦东搬至市中心，在离家不远的马路拐角口，看到一辆豪华大巴士缓缓驶来，大巴士的窗户一律挂着白色纱帘，唯独有一扇车窗的窗帘微微撩起，掠过一双熟悉的幽幽的目光，我全身像被电击一般追了上去，我确信那就是她，就是那个让我重重负疚的女孩！可大巴士拐了个弯便疾驶而去，路上唯留下一缕轻烟。

始终，永远

星期天的阳光绚烂无比，透进窗棂，有尘埃在光线中飞舞。我正在宾馆写剧本，门铃忽然响了，我很纳闷，好像没有约过人见面呀，怎么会有人造访呢？

我起身走去打开门，即刻傻了：女王站在门外。

不想让我进去吗？她一副意满志得的模样。我还来不及反应，女王已笑嘻嘻地款款走进房间。

你真是挺会享受的，住着长包房，就想轻易把我甩了？女王把包往床上随意一扔，伫立在窗前观望一下外景，转身在靠窗的沙发上堂皇地坐下。最好的风景在心里，记得她说过。

我的脑子飞快地转动，谁背叛了我？谁将我的藏身之处告诉了女王。想来想去只有一个人：那就是师兄。

女王的气色很好，脸红扑扑的，她说：我想喝水，可以吗？

没见过女王这样的谦卑，这样的低声下气。

我给她端来水杯，拉开写字桌前的椅子矜持地坐下。

内蒙玩得开心吗？女王笑盈盈地问。

挺好。我答。

你休想丢下我不管，你跑到天涯海角我都能把你找到，你信不信？我是谁啊？女王的称号不是随便什么人可以叫的。她自信地侃侃而谈，还辅以手势。

是幻觉还是神经迷乱，那一刻我真心怀疑那个叫叶青的女教师是女王派来的。

女王随后说要感谢我。

我问为啥？

她说前些日子写了几十首诗歌，因为找不到我，所以她就去找了在海南认识的老教授。老教授非常仗义，把她的诗歌推荐给大大小小的报纸和杂志，他的面子大，投稿一篇不落全都发表出来了。其实我在一张晚报的副刊上看到过她的诗歌，原来是老教授出的力。

有一句没一句地聊着，屋里的光线开始暗下来，不知不觉黄昏已来临。我游移的目光泄露了我的心不在焉，女王坐到床头边，与我面对面地凝视，她的眼神会说话，闪烁一种放低姿态的乞求，她说你可以不要那么讨厌我行不行？

我有点不习惯她的态度，丢失了居高临下的骄傲，女王的霸气将不复存在。我把目光转向窗外的暮色。

后来，以我的理解，女王完全是为了安抚我，我们做了爱。这一次貌似非常成功，我浑身暖洋洋的，女王脸上的表情也呈现出从未有过的温馨。可当时的我，一意孤行，就想着尽快离去，马上脱身。不耐烦的神情一定被女王所洞察，她好像要勉力挽留我，她告诉我她在写诗剧，准备在上海音乐厅演出。

为诗剧谱曲的应该是你的老师吧？我好像是不经意地问道。

女王点点头。

我沉默了。少顷，我跟女王说抱歉，晚上影视公司要请剧本的顾问们吃饭，我必须要走了。

我是急匆匆离去的。女王说她想洗个澡再走，我说没问题，你可以把这里当自己的家。说白了，其实我没有那么着急，饭局也可以不去的。鬼使神差的，那一刻我就是那么想弃她而去，弃她一次！走出宾馆，我浑身轻松志满意得，有一种发自心底的愉悦感。

谁会想到呢，这是我与女王最后一次见面。从那以后，我再也没有见过她，直至她离开这个世界。

我收到了大卫婚礼的请柬。大卫能够结婚，我是又惊喜又意外。大卫的家族父亲一辈兄弟几个都没有小孩，老祖母宁波人叫阿娘，九十多的高龄，每天靠一杯水几支烟维系生命，日想夜想就盼望着大卫能给她生个重孙。可我了解大卫，他在情感上是非常挑剔的，他的前几任女友都是身材出挑像模特，智商和情商双高像苏菲玛索。

在大卫的婚礼上，见到久违的森子和小依。森子带来了他的未婚妻，一个脖子长长的皮肤很白的女孩。女孩是会计专业毕业，在一家公司做出纳。女孩给我的感觉就像一块质朴无瑕的璞玉，她与艺术圈应该没有什么关系，森子喜欢她的原因，我猜恐怕就是她身上天生具备一种不受污染的质朴气质。

因为森子女友坐我旁边，我问她芳名叫什么，她说你就叫我青青好了。我愣了愣，眼睛偷偷瞥一眼右侧的小依，小依正若无其事地与边上的人在说话，脸上笑成一朵花。

几句话交谈下来，我敏感地听出森子女友的语音里，带着明显的郊县本地口音。这对森子来说不重要，他反正听不懂沪语，或者说故意不想听懂，他一门心思只要找一个上海本地女孩。拒绝沪语，又一定要娶正宗的上海老婆，这算是一种什么样的心理？就这个话题我曾与大卫讨论过。

这个当时十九岁的女孩，几年后成了森子的妻子。森子没有举办婚礼，他们是未婚先孕，青青肚子已经鼓起无法遮人耳目，出生传统家庭的她坚决不同意举办婚礼，她说她不要丢这个脸。森子和青青后来有了一个男孩，男孩长到六七岁，忽然有一天青青义无反顾要出家当尼姑了。出家前，青青将她最好的闺蜜带回家，许配给森子为妻，闺蜜坐着低着头似乎并不反对，森子一看就明白了，她们把以后的一切都商量好了。在长达十几年的时间里，森子每年两次坚持带儿子去九华山附近的寺庙看望前妻。

这是后话，它像是童话，又像是一段现代传奇。

这一天大卫肯定是累坏了，根据事先的安排，他们下午在教堂举办西式仪式，晚上按照本土习俗举办婚宴。新娘子长得小巧玲珑，外貌出众，说话轻声轻气的，温婉腼腆，敬酒时小嘴唇飞快蠕动，谁也听不清她在说什么。

小依坐在我的右侧，她化了淡妆，下颚微微抬起，矮小的身躯埋在椅子里，微笑间自带一种自信。我与小依很久没有见面，但一点没有陌生的感觉。程式化的婚礼了无新意，我正在纳闷女王今晚为什么没有出现，小依告诉我女王出国度蜜月去了，回国后也会与老师举办一个类似的婚礼，小依问我会不会参加？我说为啥？她说女王邀请了所有的前男友，她们曾经讨论过要不要邀请我以及我会不会参加的话题。

我嘿嘿笑了，女王就是女王，结个婚都那么的与众不同。我说我就算了。

我问小依有没有男朋友。她回答说可以算有，也可以算没有。我说此话怎讲？

她说有交往的人，但没有想托付终身的人。我像个大哥一样语重心长地教导她：你不应该受女王的影响。

小依的脸马上沉下来，不高兴了，说你一点都不懂我，生活中像你刘老师这样优秀的人太少了，遇到了我也会很专一的好伐！

我看看小依涨得通红的脸，好像并不是在讽刺我。

婚宴进行过程中，我看到小依几次从小包里掏出手机，在那里忙不迭地发短信。婚宴快结束时，在我的建议下，小依与我互留了手机号码。

女王回国办婚礼的那天早上，小依给我发短信向我通报，我简单回了个短信：知道了。

之后几年里，小依再给我发短信就是告诉我女王生病的消息。中间我知道女王育有一女，还是与大卫森子一起喝酒时森子透露的。

得知女王生病，我仔细回想一下，当时我是什么状态？丝毫不用怀疑的是，我是异常的难过，在那一刻我才理解人生无常的真正含义。我从内心里希望女王尽快好起来，女王的气场强大，这方面我对她是有信心的。

小依又给我发了一条短信，希望我去医院看望女王，我迟疑了片刻，终究没答应。

小依问为什么？我回短信说我不愿看到她被岁月和疾病摧残得惨兮兮的样子。

你怎么这么自私？就因为她过去伤过你，就一直记仇到现在？小依忿忿不平地责问我。她可是一直把你当做家人的。"家人"，你知道这分量有多重吗？

我当然知道。可我没有告诉小依的是，很长一段时间里，我对"家人"这个词有一种生理性的反感。

后来我直接拨通小依的手机，跟她说假如以为我现在还记恨女王那真是误解我了，女王在情感方面让我思考很多之前不会思考的问题，从某种角度说，是女王教会我如何换位观察世俗与禁忌的关系，如何真实地面对自己。

小依连连说你棒你棒你真正棒，女王要是知道你这么想的话，她一定会哭的。你知道吗？她觉得最对不起的人就是你！还有，女王说如果这次过不了这道坎，希望你无论如何到她的墓前献一束花。你可要耐心一点哦，因为在你前面可能有其他男人排成长队哟。都到这时候了，小依居然还跟我开玩笑。

再度收到小依的短信，真的就获悉了女王的噩耗。她得的是肺癌，留下一个年仅三岁的女儿。女王的丈夫、白发苍苍的作曲家老师带着幼小女儿参加了葬礼。那一天我整个人都不好了，我不知道命运为何如此残酷如此无情，女王才三十多岁的年纪啊造物主就草草将她收了。我没吃晚饭，在黑暗中足足坐了几个小时，眼看着暮色一寸一寸将人间的光亮夺走。

我的纪录片剧本写完，也历经艰辛拍出来了，在上海电视台审查时艺委会没能通过，他们认为片子拍得很好，但对殖民文化的批判不够彻底。九七年香港回归的日子里，港澳各个电视台都在播放这部片子。可我一点成就感都没有，最对不起的是这部片子的顾问们，他们集体参与了电视片的创作，可假如片子不在大陆播放，他们的稿费都没着落。

不得已我厚着脸皮去找我的大学同学，一个经济系毕业、先在政府部门工作又下海做房地产的老板，他算是给足我面子，慷慨解囊，资助二十万元人民币，影视公司如我所愿给顾问们发了稿费。这批顾问后来一个个都成为上海的文化精英，不是学者教授，就是著名编剧和专栏作家。

又过去若干年，大卫给他的家族生了个男孩，不久他离了婚，净身出户，把小孩交给他的父母抚养，自己回到法国巴黎生活。我与大卫保持着通信联系，后来有了微博微信，我们的交流更加密切。

我们谈到很多关于情感方面的话题，比如关于七年之痒，大卫说森子就是在结婚后的第七年，他的妻子选择出家皈依佛门的。我们还谈到情感世界里的激情，他说法国的一个心理学教授告诉他，爱情的保鲜期不会超过十二个月，余下的时间男女之间只是靠世俗伦理来维持。

大卫坦率告诉我：在法国，他会同时与几个女孩交往，从一个女孩身上流浪到另一个女孩身上，他说他已经无法忍受没有激情的生活。

有一天我在微博上私信大卫，写了很长的一段话。我反省与女王交往的整个过程，最后总结说：抛开伦理，换一个角度看，也许女王是人类探索自身命运的殉道者，我从她身上反观到自己的狭隘、偏执和局限。每个人充其量是一条小河，女王有可能天生就是大海，吐纳天地间，辽远而广阔，幽深而丰饶。

大卫给我发了个不置可否的微笑表情。

2021 年 8 月 6 日

风的形状

一

骄阳似火,季节和这条林荫道一起昏昏欲睡。

米林走了漫长的一段路,额上汗流如雨。他将装着脸盆暖瓶等什物的网兜从右手换到左手,而后从口袋里掏出手帕,擦了擦汗涔涔的脸颊。

笔直向前延伸的一排梧桐树上,纸片般纷纷倾泻下来的蝉鸣,仿佛要将米林整个吞没或覆盖。沥青路面蒸腾的热气,在夏日中四处弥散,给人一种沉沉无望的倦意。只有站在梧桐树荫下,才会稍稍驱走燠闷心绪,获得片刻凉爽。僻静的林荫道格外宁谧,与大学校园的氛围截然不同。

米林终于来到一扇黑漆漆的大铁门前,他放下网兜,使劲甩了甩发麻的手臂。铁门右侧的水泥门柱上,嵌着一块木牌，上面写着这样的字样：

图书馆开放时间：周一至周六上午八点至十二点，下午一点至六点。周日休息。

越过高墙后密匝匝的树叶缝隙，米林看到一幢古老典雅的建筑物掩映其间，默默伺伏着，像一个莫测高深的存在。他摁响铁门旁的门铃，不一会儿，铁门上打开一扇小窗，露出一张狭小的脸。

米林一愣，那张脸让他觉得有些恐怖。一团揉皱的纸展开后在那上面戳两个小孔，便就是此刻窗洞里的这张脸。米林凭感觉意识到，小窗里射出来的尖锐寒光，带着不友善的敌意。衰老便是以这样残酷的方式侵蚀生命的吗？米林暗暗叹息，并为之惊讶。

小窗很快闭上，随着一声沉重的声响，铁门移开一道窄窄的缝隙。米林绝没想到：站在他面前的老头，竟是如此干瘪如此矮小。

跨进院子的时候，米林正想着老头即便踮起脚，也无法够到小窗呀，目光无意中扫到门房间门口的一张破椅子，椅面上清晰地留着一对鞋印。

老头面无表情地侧过身子，米林提起行李网兜走进院子。

吱呀一声,大铁门重重关上。矮老头什么也不问,迈着迅捷小步走进门房间,出来时手里提着一块薄薄的钥匙板,那上面穿着密密麻麻的钥匙。

老头一声不吭地在前面引路,米林提着行李紧随其后。他们沿着一条鹅卵石铺就的甬道走进花园。在门外完全没有感觉,进来后米林眼前一亮,从没见过偌大的私家花园,而且在城市的闹市区,院深似海,竟有如此隐秘的存在,实在令人难以想象。

花园中央是一块面积很大的草坪,草坪四周由一排排的冬青树和竹林围住。冬青树被剪修得异常平整,草坪中的绿草也被呵护得很好,光鲜绿嫩又很茂盛,在早晨的阳光中就像一片绿色的湖泊。一条人工小溪从草坪中曲曲折折穿过,沿壁都是花岗岩砌成的。小溪一直向东,流进由同样用花岗岩砌成的莲花形鱼池,池水从四周的喷嘴朝中央喷射,形成一片雾濛濛的水帘。几条大眼金鱼在池中优哉游哉,偶尔搅动一池清波,朝周边荡漾开去。鱼池的中央,有一尊大理石雕成的希腊爱神像,女神挺立,高举双臂,挽起线条感很强的裙裾,仿佛要将丰腴的胸膛献给无限辽阔的苍穹。鱼池四角站立着神态各异的小天使,他们围绕女神像嬉戏,传达一种祥和欢乐的气氛。

米林是建筑学院的高材生，一走进花园，凭嗅觉忽然觉得哪儿不对，后来他终于发现了，这尊女神像的位置比较奇怪，照建筑学的匀称观点看，她无论如何是该矗立于鱼池的左前方，也就是说，现在鱼池的地点是偏离中轴线的。假如鱼池坐落在米林设想的位置，后方是一片茂密的树林，前面有清池碧波，衬以蓝天下的草坪，远远地，与掩映于树林中的主要建筑物遥相呼应，这样的设计才完整，既美观又合理。

不知是建筑师的疏忽，还是另有什么道理，这尊女神像被安放在如今的位置上。想象一下，早晨，东方既白，高高的围墙挡住初升的旭日，女神见不到阳光；午后呢，左边的几棵老杨树笼住女神的身影，她的脸庞整日没有光线，只好永远生活在阴影之中。

穿过一大片树林，走过长长的甬道，米林跟着老头来到主楼前。这幢特别阔绰的欧式别墅，目测建造年份应该在四十年代左右，米林在学习建筑史的课堂上就知道，四十年代，这座城市的欧风建筑已进入到一个非常成熟的时期。

米林的目光稍稍环顾一下，凭直觉就知道这幢建筑一定出自一个了不起的建筑师之手。正立面圆拱式的一排窗台上，辅以落地长窗，窗户上有爬墙虎，被阳光映照得异常炫目。暗青色的斜坡屋顶微微低垂，屋檐四角飞起，四只洁白羽毛的和平鸽亭亭玉立，那神态无比生动，仿佛一声吆喝，它们即刻会振翅飞向蓝天。整幢建筑一楼有回廊，二楼有阳台。一楼的回廊两边是巴洛克式的廊柱，廊柱上刻有凹痕，爬墙虎神奇地悬挂在廊柱的凹痕上。

米林被设计师的奇思异想迷住了，老头打开红木玻璃门，面容呆板地站在门口等他。米林自顾自遐想，忘记了老头的存在。

等他意识到老头是在等他，连忙投去歉疚的目光。老头根本不领情，冷冰冰的脸毫无反应。米林只得赶紧提起网兜和行李，步上豪华的大理石台阶，进入这栋建筑物的内部。

一楼的大厅异常阴凉，从酷日暴晒中进入大厅，米林不禁打了个寒噤。他使劲眨了眨眼睛，以适应屋内黯淡柔和的光线。

啪，米林听到背后发出一声轻响，霎时，大厅灯火通明，朝南两组落地圆拱顶的柚木玻璃门，圆顶镶的是彩色玻璃，门框用的是透明玻璃，可以往外直视到花园里的景观。一盏硕大的铜杆枝型吊灯高悬在屋顶上，璀璨的光芒四处闪耀。枝型吊灯堂皇却谦卑而不显大，它好像故意要衬出大厅的宽阔和层高。

大厅内的格局格外气派，落地的门，落地的窗，枝形吊灯加打蜡弹簧地板，他还没来得及仔细品味，老头已一声不吭蹿到前面，沿着墙角行走，像只敏捷的猴子三步两步趸上螺旋形的楼梯。米林无可奈何，不得不跟随而去。

上到三楼，米林作为年轻人已经走得气喘吁吁，有点上气不接下气，老头好像一点没事，他穿过长长的走廊，在拐角处一扇深褐色的房门前停住脚步，他不是用眼睛而是完全凭手上的感觉，梳理手中的钥匙板，很快挑出一把钥匙，转动几圈，慢慢打开房门。

米林走入房间，这是一间约十平方米左右的居室，一面墙壁有个壁炉，壁炉上横着一块暗红色的木板，木板上应该可以放相框、台历或花瓶什么的。室内的空间只能搁放一张单人床，按照房间的格局，米林认定这就是以前的佣人房。兴许是长久没有人居住，一走进房内，便有一股浓重的陈腐的潮湿的气息扑鼻而来。

米林放下行李，跑去打开朝西的窗户。倏忽间他俯身朝下一望，顿时，枝叶弥漫的林荫道、鳞次栉比的屋顶以及几羽飞过蓝天的鸟雀，一齐映入他的眼帘。

米林的目光慢慢收回，转过身来，想到一个问题应该问一下老头——忽然发现房内已不见老头。壁炉边的一张小桌上，留着一个银白色的钥匙圈，钥匙圈拴着两枚黄铜钥匙，估计一枚是大铁门的，一枚是房门的。

哎——老伯伯，米林一直追出门口，追到走廊和楼梯，空荡荡的大楼里，阒无声响，听不见哪怕是细碎的脚步声。

他大概是哑巴或者是聋子吧？米林走回房间时这样想。

二

戴着玳瑁眼镜的都一敏在一楼厨房做饭，说是厨房，其实就是有两个煤气灶。今天是周末，女儿说好要回家吃晚饭。下午她去离图书馆不远处的菜场买了新鲜的虾和鱼，这些都是女儿喜欢吃的。

莫名其妙的，女儿从考上大学起就开始有意识地疯狂减肥。在都一敏的眼中，女儿一米七，比自己高出一个头，无论如何都不需要减肥呀。女儿撒娇说老妈你不懂的，现在流行趋势是竹竿一样的瘦。都一敏并不认同，可女儿住读周末才回，她非常珍惜与女儿相处的时光，好不容易见面，都一敏不想跟女儿闹别扭，所以她经常是哼哼哈哈敷衍了事。

一周大部分的时间，都一敏都在殷切的期盼中等待周末。白天，都一敏伏案写小说，傍晚时分，她会忍不住给女儿的学校挂电话。电话亭在女儿宿舍的旁边，打多了阿姨都能听出都一敏的声音，阿姨说你稍等哦，然后都一敏耐心地等待。不一定每次都能等来女儿的声音，没能直接通话都一敏同样高兴和兴奋，她会踌躇满志地从图书馆的门房间回到阁楼，在连绵的想象中，她已经与女儿聊了很久很久。图书馆大厅也有电话，她不去那里因为她是闲散人员，不好意思去，况且门房间比较近，说心里话，她去门房间打电话也有心理障碍，看门老头的眼光一点不友善，还有那条戴着嘴套的黑犬，只要都一敏一走进去，它的喉咙里就会发出浑浊而威胁的声响。都一敏不管这些，为了跟女儿通上话，她可以不管不顾，什么都不在话下。

都一敏回想自己上中学时就是一个字：饿。那是六十年代初，所有人怎么吃都吃不饱。她的零花钱只有五毛钱，每个月还没到中旬，她已花光爸妈给的零花钱。都一敏真正能够填饱肚子是在大串联的途中，火车随便开到祖国山河的任何一处，都有她麾下的兵团成员找来食物孝敬他们的司令。都一敏那时候觉得感觉很好，自己就是祖国，自己就是江山。身上不用带一分钱，到东到西都能吃好的喝好的，这基本上跟皇帝差不多呀。大串联就像免费旅游，让都一敏走东走西，到过这个国家的很多城市和城镇。都一敏能够当兵团司令不是偶然的，她从小学起就写得一手好文章，演讲能力超强，她面对人多的时候讲话一点不怯场，语速很快，别人根本插不上嘴。她两次到过天安门，在人山人海中泪流满面，拼命地喊叫，最后嗓子喊哑了，眼睛极度近视的她，只觉得前面的金水河桥模糊一片，那城楼也无比遥远，她什么都看不见，耳畔只听见震耳欲聋山呼海啸般的尖叫。

后来复课闹革命，都一敏带领兵团几百号人回到学校，兵团的高层在工宣队的组织下学习北京新传达的精神，兵团以前的大方向好像不对头，但进驻学校的工宣队长并没有计较这些，他反而非常器重都一敏，让她在校办工厂带队劳动。校办工厂的课桌上，摆放着各种电容电阻、线圈和烙铁，大家只是一遍一遍在复习物理课上老师最简单的讲义。校办工厂的劳动很轻松，性质也没有定论，比较模糊，让都一敏有点费解的是，兵团高层的几个人经常要被工宣队长找去个别谈话。连着几个月，都一敏都是最后一个离开校办工厂，她是曾经的兵团司令，她时时刻刻做好准备被找去谈话。工宣队长的办公室在二楼，窗户底下是学校操场，那里时不时传来喧哗声和皮球撞击水泥地的沉闷声响。工宣队长不修边幅，头发凌乱，都一敏面对他，经常会想笑。她一次次被问到大串联中的所作所为，有没有抢劫过老百姓的财物？有没有生活腐化问题？串联的途中都一敏与哪一个男生走得最近？工宣队长背着手在办公室里踱来踱去，他似乎对都一敏所有的事情和生活细节都很感兴趣。

那一天傍晚，天色突然黑下来，城市的天空雷鸣电闪，接着大雨滂沱，风呼呼地狂啸，校办工厂的日光灯一闪一闪的，仿佛随时会熄灭似的。那风真的很奇怪，它仿佛是有灵性的，在学校的每个教室游荡。工宣队长出现了，他的头发凌乱，抽着烟在暗黑的走廊里徘徊许久，走廊上是满满的烟蒂。最后工宣队长仿佛下了很大的决心，走进校办工厂，那时都一敏正坐在课桌前摆弄线圈，工宣队长从身后粗鲁地一把抱起她，把她强摁在校办工厂的地板上……

几个月后，当都一敏发现自己怀孕了，她还没想好如何应对，工宣队长在学校当众被警车带走了。这一年岁暮将尽的冬天，都一敏死活不愿听从父母的劝阻，在医院生下一个女孩。等她抱着孩子走出妇产科医院，她发觉世道彻彻底底变了。路上的行人一个个兴高采烈，都穿着五颜六色的服装，女孩纷纷穿起布拉吉，还烫了头发。都一敏所在中学以前那些靠边的有问题的老教师，都重新出来工作，学校恢复井然有序的状态。都一敏回家没几天遭到逮捕，她在狱中待了三个月，写了大量的材料，基于她的受害遭遇，最后被宽大处理无罪释放。

出狱后都一敏一共给有关部门写了十五份申诉信，陈述她的厄运，那时期国家的工作重点主要是解决老干部的平反和复出问题，自然不会顾及到她这个当过兵团司令的年轻人。整整两年后，民政局终于来人了，经过一次次的谈话，调查审核，最后是不做结论，将她安置在区图书馆担任一份闲职。她不用上班，也不参与图书馆的任何工作，拿一份低微的薪水，薪水不到二十元。

闲散的日子给了她自由与时间，她除了抚养女儿无事可干，以自己的经历写出了一本小说《被折翼的翅膀》，因其真实性和对人性的反思，小说发表后获得巨大的成功，一下成了畅销全国的图书。一些大学纷纷来邀请她去做讲座，她从不备课，自己的经历就是最好的教科书，即兴真挚的演讲受到年轻人广泛的欢迎。她在演讲过程中不断反省自己的过往，一次次向那些曾经遭受迫害的老教师道歉。每次演讲，最后都是在她泪流满面的状况下结束的。

都一敏端着两碗煮熟的鱼虾步上木制楼梯。这幢二层的楼房临街而卧，过去应该是汽车间的位置，扩建而成于今的样子，像是忠心耿耿护卫后侧图书馆主楼别墅和花园的卫士。都一敏从来不去后面的图书馆和花园，她就是一个闲人，她很知趣，图书馆不管她，她也不过问图书馆的任何事情。

二楼就一间简易的宿舍，供都一敏母女栖身，女儿住读后，都一敏一个人住。煤气灶在一楼锅炉房的边上，所以平素都一敏就在宿舍里放一只煤油炉，平时给自己随意煮点面条，轻易不下楼。今天是周末，女儿都岚郑重其事将电话挂到图书馆门房间，告诉妈妈她会准时回家吃饭，还要给都一敏一个惊喜。什么惊喜呢？整个下午都一敏一直心神不宁，处于一种惶恐不安的状态之中。三百格的稿纸，一下午没写满一页。

都一敏用脚轻轻踢开虚掩的门，将菜肴放在一张小圆桌上。都一敏的宿舍非常简陋，十平米的空间，朝北面街有个木框小窗，屋内几乎没有什么摆设，除了一张大床、一个壁橱，最显眼的就是那张褐色的宽大柚木写字台，上面铺满凌乱的稿纸，写字台旁靠着一把褪色的单人沙发，沙发两边扶手的皮面已经皲裂，露出浅色的丝丝条条的内芯。看得出写字台和沙发都是有来历的旧货，与图书馆这栋别墅有着某种密切的关联，虽经年历月，依旧掩盖不住一种富贵的气息。都一敏从煤油炉上端来煮熟的一小锅米饭，摆放好两副碟筷，静静坐着等候女儿从大学归来。

晚上不到六点，两个年轻人出现在图书馆的门口：背着书包的都岚和一个同样背着书包身材颀长的男同学。他们在黑色大铁门前指指戳戳，眉飞色舞地交流着。

你不是在吓我吧？你家住在这么豪华气派的别墅里面？瘦高个的陈大志抬起长脖子，用艳羡的目光四处打量，他的目光最后定格在这幢别墅茎叶漫溯墙面的爬墙虎上。

你想多了，这是图书馆的房子，四十年代一个靠跑马发财的犹太人，专门请邬达克设计的，耗时两年造了这幢别墅，作为送给他中国小妾的生日礼物。据说别墅造好后经常闹鬼，小妾不愿住，后来卖给了一个煤油大王。都岚的表情有些卖弄，滔滔不绝地说着。

我家住边上的楼房，你不嫌寒酸就可以了。都岚微笑着又补充了一句。

陈大志连连点头，露出的笑容既诧异又新鲜，仿佛船行海上忽然见到海市蜃楼一般。

两个年轻人走进黑色大铁门，门房间门口的一条狗叫了起来，它被拴在一棵银杏树下，浑身披挂着长长的毛，毛色又黑又亮，足有半人高，嘴上虽然套着嘴套依旧不安稳，见到生人昂头拱背，发出威胁的低吼声。

都岚厉声呵斥，表示是自己人。黑犬似乎能听懂都岚的话，即刻安静下来。

两个年轻人疾步走上二楼。都岚大声叫着老妈，都一敏循声迅疾冲出屋，在门口的走廊上与陈大志迎面撞上。陈大志的脸刷一下红了，都岚却很淡定，大大方方地为两人做介绍，高个的陈大志支吾半天，才从喉咙里勉强地挤出"阿姨"两个字。

都一敏下意识地捋了捋头发，她完全没有思想准备，这个女儿真是混不吝，带人回家也不预先打个招呼。她嘴里嗯嗯着，脸上挤出勉强的笑容，随后返身进屋，手忙脚乱，身体在屋子里转来转去，不知道想干什么，后来她才知道慌乱的症结所在：小圆桌上缺一副碗筷。宿舍从没有客人光临，通常只有两副碗筷。

都一敏跟年轻人打了个招呼，匆匆忙忙下楼，不知道她从哪里借来了一只搪瓷碗和一把调羹。她把借来的餐具放自己面前，两副常用的碗筷搁在女儿和陈大志的面前。

晚餐的气氛不免有些拘谨，都一敏与陈大志说话很少，都是都岚一个人在叨叨地说。都岚的语速很快，她一会儿告诉陈大志，说她妈在新写一部小说，是写她暗恋一个比她大二十多岁的老教师的故事，都岚说她偷看过老妈的文稿，写得很动情，都一敏的脸被说得掠过一丝丝红晕；一会儿她跟都一敏说陈大志是安徽宣城人，安徽人好奇怪，他们都喜欢吃发臭的鱼。陈大志不乐意了，赶紧说不是这样的！都一敏知道女儿说的是安徽名菜臭鳜鱼，但她不想去纠正女儿的话，任其胡说八道。她看得出来，女儿异常亢奋，眼睛里闪着无比欣喜的光。

在她印象中，女儿没有过恋爱经验，如此说来，这就是都岚的初恋了。都一敏的胸口突然涌过一阵酸楚，时代不同了，年轻人生活在阳光下，生活在自由选择的氛围里，他们对这个世界所有的美好都拥有无可非议的权利。

吃完饭，都一敏开始收拾桌上的碗筷，陈大志也欲起身帮忙，都一敏连连叫他坐着别动。都一敏下楼了，都岚笑嘻嘻对陈大志说，你倒挺会装的。

怎么装了？陈大志的脸上泛起一片红晕。

都一敏提着竹壳热水瓶进屋，都岚坐床上，陈大志坐矮凳上，两个年轻人面对面在窃窃私语。都一敏给他们泡茶削水果，她尽可能不让自己闲着，在忙碌中她可以释放一种紧张感。

晚上九点多，陈大志起身告辞，从市中心回学校路途遥远，坐公交要一个多小时，再晚走恐怕就进不了校门。

走出房间下楼，都岚右手挽起着陈大志的手臂，左手拉过老妈的手，都一敏不自在地轻轻推开女儿的手，退后一步，间隔一段距离跟随着，脚步还随时调整步幅，两只手不知往哪儿搁。

门房间的门口站着看门老头，他板着脸伫立着，脸色严峻，一声不响地牵着那条体积庞大戴着嘴套的黑犬。老头特别矮小，黑犬的脑袋扬起几乎与老头的肩膀一样高。

都岚笑嘻嘻挽着陈大志的手臂，从看门老头的面前走过，说：老伯伯，这是我的男朋友。

矮老头见了都岚，脸色稍稍有些缓解，但身体依然一动不动，脸上还是一点笑容都没有。

都岚一直将陈大志送到铁门外，在街边，两个身材高大的年轻人面对面站着，一副难舍难分的样子。

都一敏站在院子里面，望着路灯下两个年轻人的身影，心里百感交集。女儿长那么高，应该有一米七吧，自己也不高，那个她不愿想起的人印象中也就是中等身材，都岚为啥长那么高呢？他们怎么有说不完的话？她忽然想起自己年轻时也有过这样的时刻。今天她意识到女儿长大了，到了谈恋爱的年纪。女儿说的没错，她正在写一段难忘而绝望的爱情。那个比她大几十岁的中学校长，被关在校办工厂工具间，都一敏是负责安排看守他的人。照理说，他们分属两个阵营，是对手，可都一敏凭本能感觉校长不是坏人。他脸色红润，天庭饱满，要不是被关在幽暗的房间里，走在阳光下他应该是器宇轩昂，令所有人臣服的角色。正是在那段时期，都一敏与校长朝夕相处，一次次的长谈，使她领略了校长渊博的知识和高贵的情怀，作为回报，都一敏在生活上无微不至地照顾校长。校长皮肤痒，她会跑几条马路给校长买来风油精；校长随便写几句打油诗，都一敏马上能背下来，工整地抄在笔记本上。让都一敏万万没有想到的是，几个月后，校长服毒自杀了。工具间的地上，校长的身边，躺着一只安眠药的空药瓶。那真是一段令人不堪回首的往事。

三

一抹月辉斜映在地板上。微风徐来，窗帘轻轻晃动，月影也随之飘浮起来。

米林躺在床上，双目一动不动地凝望窗外。因为闭着灯，他的身影清晰地贴在墙上。他的前面，展开一块蜡染布，蜡染布包着一对粗圆的金手镯和一张照片。又粗又圆的金手镯色泽沉稳，发出幽暗的光，金店的老法师说这是九成金的老货。那张照片已褪色发黄，照片里站着三个身穿旗袍烫着头发的年轻女子，她们侧过身体，神态妩媚，脸上洋溢魅惑的笑靥。照片下方有一行小小的白字：民国三十年上海选美小姐前三甲。

米林曾经问过篾匠夫妇，哪一个是她，篾匠夫妇摇摇头，那时候风雨交加，机要秘书只停留了一分钟的时间，当初他们没有打开包裹，以后几十年间也仅仅打开过一次。大学期间米林读了各种版本的上海史书籍，对四十年代的上海了如指掌。他多次去过上海历史博物馆，在玻璃柜子里看到旧上海的香烟牌子时他惊呆了，香烟牌子上印着的女人头像，他几乎可以确定就是照片里的某一位女子。

这块蜡染布以及包着的什物，对米林来说拥有异乎寻常的意义。大学四年间，他常常像现在这样，晚上十点宿舍熄灯之后，同学们都入睡了，他偷偷拧亮手电筒，打开蜡染布包裹，手指轻轻捻起发黄褪色的照片，作无边无际的久久的冥想。

米林对照片上的三个女子已经烂熟于心。他只要闭上眼，脑海就会随时浮现她们的面容和微笑，米林甚至能记得她们微笑时嘴角细纹的不同。那张照片的周边已经发毛，黑色部分已经泛黄。四年前，当米林第一次见到这个蜡染布包裹，他的命运从此发生戏剧性的变化。

那一天，嘉定郊县的邮递员骑着自行车，飞快穿过迎风摇曳的稻浪，在小镇尽头的小院门口停车跳下，将一张大学录取通知书塞给正在为几棵枇杷树松土的篾匠之妻。篾匠之妻喜悦得泪水纵横，颠着小步跑进堂屋，大声叫唤，惊扰到躲在阁楼上的米林。从木制楼梯走下来的米林，从养母抖抖索索的手中接过那张入学通知书。

几天后的早晨，一辆手扶拖拉机停在篾匠家的门口。米林提着行李走下阁楼一眼便看到：那张方方正正的八仙桌上，放着一只蜡染布的包裹。忠厚老实的篾匠夫妇肃立桌旁，神情矜持，好像对米林抱有一种愧疚，米林马上感到一种不祥的预兆。

脸上布满皱纹的篾匠慢慢走向八仙桌，像变魔术似的打开包裹，金手镯和照片一一展露。老实巴交的篾匠打开蜡染布包裹，不啻是打开一段秘密的历史，打开米林的出生之谜。

五十年代末，一个风雨交加的深夜，米林的生母抱着还在襁褓中的婴儿，坐着一辆黑色伏尔加汽车来到嘉定郊县篾匠的家，把婴儿和蜡染布包裹托付给这对忠厚老实的夫妇。篾匠妻子在县政府做清洁工，时任县政府机要秘书的米林生母曾对其有恩，帮篾匠之妻解决过她老家弟弟的案件，不是机要秘书出面搞定的话，弟弟可能就有杀身之祸。自那以后，机要秘书与篾匠之妻平素的关系就如同姐妹。县长是解放军南下干部，身高马大的山东人，膝下有三个子女。自从他亲自为县政府招进机要秘书之后，从此这个县太爷，无心打理政务，他把所有的事情都交给副手处理，沉醉在温柔乡不知人间有汉。

随着米林的出生，纸再也包不住火，机要秘书就是躲在篾匠家坐完月子的。不久，东窗事发，县长被免，在他以前几个部下老兵的羁押下，长途跋涉被送到白茅岭劳改农场。就在那天夜里，像浮萍一样失去依傍的机要秘书，冒雨坐车跑了几里地来到篾匠家，将米林托付给乡下好姐妹。她嘱咐篾匠夫妇，无论如何要将她的儿子抚养成人，假如生活上有困难，就把包裹里的金手镯当掉。

机要秘书在淫风夜雨中跨上伏尔加疾驶而去，留下一对老实巴交的人怀抱熟睡的婴儿，面面相觑无所适从。

几天后风止了雨停了，镇政府的一个工作人员，在嘉定县郊区一条小河的河面上，捞起机要秘书的浮尸。

事后米林回想起来觉得有些奇怪。得知自己身世的那天早上，他显得异常平静，平静得有点不合常理。他所听到的关于自己的故事太像十八世纪的小说，起伏跌宕，峰回路转，他需要很长的时间来消化。

毫无疑问，他爱那两个将自己抚养成人的老实人。从他稍谙世事起，他们就是唯一给他的记忆注入无私之爱的亲人。老实巴交的篾匠夫妇揭开米林的生命之谜，他十分镇定，没有慌乱也没有失态，他将蜡染布重新合拢叠好，塞进行李箱，好像把一段秘密和历史藏入心底。他提着行李走出家门时,向篾匠夫妇微微欠身,微笑了一下,他的这种冷静马上让养母不由得唏嘘起来,米林毅然决然别转头,走出院子,跳上手扶拖拉机,他双手紧紧捏住栏杆,目光远眺无垠的田野。手扶拖拉机突突地驶上郊县公路,米林再也没有回头。

前方,太阳正冉冉升起。米林的脸色阴郁铁青,脸庞却被映得彤红,像田里翻滚的稻穗带出土地的奥秘。

他是否一直在等待这一天?

从遗传学角度看,他实在看不出自己与那对篾匠夫妇有任何承继关系。出于一种本能,他从小就拒绝学习嘉定的方言,有一度,他连上海话都不愿意说。他肯定不是瞧不起养父养母和他们的语言。坐在小阁楼的窗台上,时不时放眼极目田野的尽头,难道他一直在期待命运另外的安排?要不然,他在突然间知晓真相后的镇定和泰然,就变得毫无道理了。

大学四年,每逢周末,米林总是从学校坐公交到市中心的人民广场,在那儿搭乘驶往嘉定郊县的长途汽车,去看望养父养母。知恩图报,风雨无阻。

不过,只有米林自己知道,在情感世界的深处,发生了哪些旁人不易察觉的细微变化。长途汽车的车窗上,反复叠现的是这样一幅场景:风雨交加的夜晚,机要秘书猛然砸开嘉定郊县篾匠家的门，把躺在襁褓里的婴儿连同蜡染布包裹，一起塞进双腿瑟瑟打抖的篾匠夫妇的怀里。而后，夜空在一道闪电的照耀下，汽车迅疾消失于狂风骤雨下的旷野。风无情地吹，发出凄厉的哀号，一直吹到黑暗的尽头。

这幅场景再也难以抹去，它将如影随形，永远在米林的生活里时隐时现。大学毕业临近分配，是米林自己主动向系里提出申请来区图书馆的。他的学习成绩优异，毕业论文获得一致好评，他可以考研究生，也可以去任何热门的设计单位。之所以做出这样的抉择，不仅因为他熟悉这个图书馆，馆内藏有许多建筑学方面的书籍，写论文时来过无数次；更重要的是，接收单位可以安排住宿，这是最吸引他的地方。

月影投射在蚊帐上。夜深了，窗外不时传来风吹树叶的沙沙声和蟋蟀的鸣叫声。远处野猫的叫春，跟婴儿的啼哭毫无二致。

米林将那蜡染布包裹叠好扎紧，放在枕边，然后脱衣躺下。木床有些旧了，因被摇撼而颤动，蚊帐顶篷起伏摇晃。前些天还躺在校园宿舍体味同窗分离的愁绪，现如今已一个人睡在这儿胡思乱想。人生无常，最偶然的便是人的出生。要说每个人的出生都是偶然，自己的出生更是偶然中的偶然。他觉得是别人莫名其妙将他抛到这个世界上来的。他是一件破褂，还是一只喝光饮料的易拉罐？命运有什么理由这样不负责任随心所欲安排他的一切？

米林的思绪带着些许的悲愤，在迷迷糊糊的困顿睡意中展开翅膀无尽滑翔。

他为生身父母设计过一个又一个的偷情场面，设计来设计去，不知怎的，最后总幻化成一个女子掩面而泣的画面，那画面又与黑白照片交相叠印。米林使劲想让自己憎恨谁，但不知道应该恨谁。他觉得那女子是不愿遗弃他的，她是勉力想为他争取生存空间的。她穿着长长的曳地白裙，被狂风暴雨强行拽走，回过头来，脸上挂着泪痕，黑色的眼眸死死盯视自己的骨血……

她走了，被无形之手拽走了。曳地长裙扫过去，发出细碎轻微的声响。那声响灌进米林的耳朵，使他从迷糊中猛醒过来，他揉揉眼睛，耳边真的听到了细微的脚步声。很轻，但很真切，不像是自己的幻觉。

脚步声在门外停住了。米林屏息静听，心怦怦乱跳，紧张之极。他感到有人从钥匙孔里朝里窥探。

月光白晃晃地照进来，地上泛着一片惨白。米林心里估算着，现在差不多应该已经临近深夜两点了吧。

门外的人站直了身子，大概在渐渐离去。脚步声里，还夹杂着一种奇怪的沉闷声响，莫非门外还不止一个人？

米林掀掉毛巾毯子，轻轻翻身下床，光着脚蹑手蹑脚地走到门口。俯在钥匙孔上往外看，黑糊糊一片浑沌。他从枕头底下拿过手电筒，又轻轻扭开门锁，扯开一条缝，借助手电朝走廊上望去：真蹊跷，门外竟然阒无一人。

他闪身走出房间，来到长长的走廊，举着手电乱照一气。他沿着走廊一直追到楼梯口，没有发现任何人影。从他下床到拉开门不到一分钟时间，倘若有人来过，是无论如何走不远的。

米林关上门凝神谛听，除了窗前树叶的婆娑声，门外再无其他声响。重新回到床上，米林思前想后，实在不明白是怎么回事。

这一夜，直到曙色泛进窗棂，米林再也没能阖上眼。

四

图书馆来了一群不速之客，馆长跑前跑后地照应。是七八个美国回来的华侨，其中年龄最大的一个戴着金丝边眼镜，头发梳得整整齐齐，二八分开，馆长告诉米林，这叫菲律宾博士头。金丝边眼镜穿一件米黄色T恤，皮鞋铮亮，据说他是这栋房子老主人最小的孙子。美国华侨在花园里四处闲逛，上上下下走动，东看看西看看，一边怀旧，一边不停地拍照摄像。

米林被馆长指派去买饮料汽水，他满头大汗提着一网兜饮料，来到图书馆会议室门口，被馆长挡在门外。

米林朝里面一看，会议室里坐着美国来的一群客人，一字排开坐着，面对面坐着的是区房产局的几个接待人员，中间的应该是干部，他正在侃侃而谈介绍情况。后来米林从馆长的嘴里知道，其实这是一场格外艰巨的谈判。房子主人的后裔想回收别墅，房产局接待人员拿出一张小字条，当场算了一笔细账，四九年至今，这栋房产的维修费加保养费加管理费加税收，总共大约是五百万人民币，也就是说，金丝边眼镜要付五百万给房产局，才可以收回别墅的产权。

金丝边眼镜说他们回去商量一下，再给予答复。第一天的谈判结束，基本可以说是不欢而散。

第二天是周末。下午，客人们正在与房产局的干部继续谈判。米林下楼去门房间拿信件，在图书馆大厅门口，他看见一个高个子的青年站在花园里，对着大理石女神像用双手的手指比划着手势，形成一个取景框，米林知道，只有非常专业的摄影师，才会用这样的手势来观察和比照景物。米林有点好奇，他踱步过去，站在高个子年轻人的身后,这样他就与斜刺里飞过来的都岚不期而遇。

你好!都岚朝米林打招呼。

你好!你们是来借书的吗……米林问。

不,我是都一敏的女儿。你是新来的吧?都岚说。

哦,对的。米林微笑着朝都岚颔颔首,他知道都一敏,图书馆里一个赋闲的著名女作家。上学时他读过《被折翼的翅膀》。

他正准备拔腿离去,高个子年轻人回转身,对都岚说了一句:这座雕像的位置好奇怪呀!

米林听闻高个子的话心里一咯噔,一股无形的力量又把他迅速拉回来。

奇怪在哪里呢?米林脱口就问。

雕像的位置居然不在中轴线上。高个子自言自语地说。

米林惊呆了,高个子的判断与自己一模一样。你是学什么专业的?米林问道。

我是学经济的。陈大志朝米林笑笑。但我对建筑学很感兴趣。

你不学建筑学真是可惜了,就凭你刚才的话。米林说。

考大学时第一志愿填的是建筑学院,差一分没考上。陈大志羞赧地说。

你要考上了,就不会认识我这样优秀的人啦!对不对啊？都岚扬起头，调皮地挽着陈大志的臂弯说。

对的对的。陈大志朝米林笑笑。

好啦，别再胡思乱想了，老妈在等我们呢。都岚拽着陈大志的手臂，强行将他拖走，米林只得打消想与其进一步探讨的念头。

都一敏准备了丰盛的晚餐。她其实不太会做饭，上午去淮海路的熟食店买了白斩鸡、红肠猪肚和熏鱼，她自己呢看着菜谱做了红烧肉和罗宋汤。

晚上三人围着小圆桌吃饭，都岚问老妈，美国华侨真要把这幢别墅回收的话，以后我们住哪儿？我们岂不成了居无定所了？

你小孩子就别操这个心了，哪那么容易回收？五百万人民币，那简直是天文数字呀。都一敏透过镜片的眼神似乎在宽慰女儿。

老妈——谁是小孩子啦，人家已经是成年人了好吗？都岚撅起嘴，一副不高兴的样子。

见女儿不悦，都一敏赶紧说：好好好，我们都岚已经成熟了，已经是大人了，赶快吃饭，吃饭！

从小到大，都一敏都是这么地宠女儿。无来由的，从心底她就是觉得亏欠女儿。有一句话说经历过风雨的人，才会珍惜日常，都岚小时候吃剩的饭都由她打扫完战场，从不嫌弃，见过周围很多女性都不愿吃儿女的剩饭剩菜，都一敏觉得不可理喻。

显然是为了讨好女儿，都一敏给旁边一声不吭的陈大志的碗里夹了块红烧肉。她使用的是声东击西的方法。

谢谢阿姨。陈大志的嘴里塞着食物，腮帮子鼓突，瓮里瓮声地说。

你说他们在美国待得好好的，干嘛要回来收房子？他们又不会回国来住。都岚忽然又问。

都一敏支吾着，正想着如何回答女儿，陈大志猛地冒出一句：兴许还有其他的缘由吧。

那你说说，还有什么其他缘由？莫非别墅地下埋着黄金万两？都岚语速飞快地问。

那也说不定啊。陈大志皱着眉头若有所思地说。

真的吗？那我们挖出来几块不就发财了吗？都岚拍着手，左看右看大声嚷嚷道。

别乱说，即便地下有宝藏，那也是图书馆的国有资产。都一敏迅速打断女儿的话。

好刺激啊！太像惊悚电影里的故事了！老妈，你不觉得吗？都岚的情绪高涨，似乎被这个话题吊起极大的胃口，她哇哩哇啦的声音在小屋里回荡。

陈大志你再想象一下，别墅地底下最有可能埋着什么？都岚这样逼问陈大志。

陈大志陷入了沉思。都岚就喜欢看陈大志思索的样子。都岚是在学校篮球场上认识陈大志的，那次来的是外校特别厉害的一支球队，据说好几个都是少体校出来的，以陈大志为首的校队明显处于下风，瘦高个的陈大志在场上善于奔跑，善于用脑子打球，无奈比分悬殊，其他几个同伴无心恋战，情急之下的陈大志迫于形势，高喊一声"同学们，人生如梦啊"，持球左奔右突冲到对方篮下将球投进，在场边当拉拉队的女生一片掌声，站在女生中间的都岚被陈大志的表情逗得乐开了怀，她觉得这个面容严峻的瘦高个太幽默了。后来陈大志他们以微弱比分输掉了这场比赛，虽败犹荣，赢得了对方的尊重，陈大志也因此赢得了都岚的芳心。

五

大清早，米林站在铺着红瓷砖的阳台上鸟瞰花园的内景。看门老头蹲在鱼池旁边，用一杆渔网捞着漂浮水面上的落叶。他的动作迟缓，一下一下把枯叶捞起，然后收缩竹竿，直到手可以伸到网兜里，拣起叶子，扔进一边的畚箕里。

看门老头非常专注地重复着这个简单的动作。他异常矮小的身材，一动不动地蹲在那儿，米林从空濛的雾气中居高临下地望去，觉得矮老头就像一尊石蛙。

昨夜的疑云依旧萦绕脑际，米林没想到，看门老头也起得这么早。假如昨晚走廊上的人不是看门老头的话，那又会是谁？都一敏是不可能的，她从不来图书馆大楼。还有谁住在这幢大楼里？是几十年前的阴魂？假如走廊上的声响确是看门老头弄出的，那么，深夜两点，又是谁和他一起爬上漆黑的楼道巡视，以至于发出那种杂沓沉闷的声响？还有，真是看门老头深夜两点未曾睡觉，那他莫非也一夜没睡，或者眯了几个小时？

池边的人站了起来，提起畚箕朝门口走去。

米林深深吸了口清新的空气，舒展一下双臂，他感到神清气爽。站在这个阳台上，恰好能把花园景色尽收眼底，视野里左边没问题，遗憾的是右边，职工学校的操场突进来一块，破坏了花园的完整性，动乱的年代完全处于无序状态，侵占土地也无人过问。一道黑色篱笆墙呈弧形将花园与职工学校隔开，新砌的水泥花棚绿萝攀援，估计这是"文革"后分割的，像一道委屈的国境线，等于承认了职工学校的侵占行为。使米林心里最为不适的还是那尊女神雕像的位置，她像被人遗弃似的冷落在一旁，孤单单的，好像与整个格局毫无关系。如果让米林来设计，他绝对不会作出这样的选择。

如果是他……他就把她横移几米，放在花园的中央……他的心突然怦地跳了一下：站在阳台上，他的目光所及，那个留给女神雕像的最佳位置，与他前几天进门时的直觉颇为吻合。若是这样，无论你站在哪一个角度观赏，她都是花园风景的重心，树林也好，草坪也好，以及冬青竹林和鱼池，皆具一种众星拱月的势态，而女神举臂挺胸，裙裾被高高扬起，似乎是对这幢建筑物一种无声的奉献。你是建筑物的主人，站在阳台上，会有怎样的满足与自豪啊！

米林为自己的想法有点激动起来。

看门老头又出现了。他提着一把扫帚从甬道那一端慢慢扫过来。扫帚柄很短，老头大热天穿着打过补丁的长裤，裤腿卷起，露出两截扫帚柄一般细的枯腿，那模样令米林感到很滑稽很可笑。

米林退出阳台，回到自己的房间。不知为什么，米林不太愿意让看门老头看见自己。

上午八点，馆长来了。他的身后跟着一个十七八岁的姑娘，馆长给米林稍稍介绍一下，便将他和姑娘带到图书馆二楼的一间房间门口。馆长拿出钥匙打开房门，米林惊呆了：满屋堆放的都是建筑设计方面的书。馆长给米林和姑娘简单交代了任务，将这些书分门别类地整理出来，以最快的速度上架。

馆长乐不可支的神情和话语给米林留下深刻印象，他告诉米林：这个图书馆所拥有的建筑学方面的书籍，假如全部整理出来，可以和市图书馆扳一下手腕。

整整一个上午，米林和那女孩就泡在这间屋子里忙碌，姑娘长得很水灵，也很聪明，经米林稍一点拨，她马上能与米林配合得很好。她喜欢笑，笑起来的模样天真无邪。她管米林叫老师，她说她叫月亮。

中午休息的时候，米林坐在图书馆一楼的柜台边，空荡荡的阅览室只有几个借阅者散落四周。月亮拿着一本书走到米林身边，月亮看不懂英文，她想请教一下老师。

米林坐在椅子上，岔着腿，一副掉进书海无怨无悔的样子。月亮见米林不搭理她，只得推推他的肩膀。米林抬起头，瞥一眼那书的封面，挥挥手说是一个荷兰人写的书，叫《建筑学应用原理》。

见米林一副魂不守舍的神态，月亮格格笑了起来。米林抬起眼，困惑地看看自己的胸前，又看看月亮。

月亮很大方地在米林的鼻子上用手指轻轻一抹，手指上显现一块餐巾纸的碎片，湿漉漉的，浸了不少汗水。

两个人一起哈哈大笑。

月亮笑的时候肩膀和手臂抖动得很厉害，那本荷兰人写的书也不安稳，就这样，一张照片翩翩飞落下来。

米林俯身拣起那张照片，因为年代久远，照片已经泛黄，影像特别的模糊。照片上，一个穿西式背带裤的男子站在一辆旧式汽车边上，戴着礼帽面露微笑，阳光温煦地照下来，他的脸被埋在阴影里。他身后不远处的汽车尾部，站着一个矮胖子，眼露凶光，腰部的形状鼓出，一看就知道是身带着家伙。

月亮凑过来说，照片上的男人特别像一部香港电影里的男主，后面的矮胖子就像是他的保镖。经月亮这么一演绎，米林也觉得像这回事，他仔细辨认片刻，觉得后面的矮胖子有点面熟，似曾相识，在哪儿见过，但一时又想不起来。

米林从月亮手中接过那本书，翻到扉页上，见有一篆体印章，辨认许久，他才看明白，印章上的四个字是：元祥藏书。

月亮告诉米林，他们整理书籍的那个房间里的好多书上，都有这样的印章。

米林沉吟良久，忽然向月亮问出一个奇怪的问题，他问月亮住在图书馆都有些什么人？

月亮回答说老师没来之前,图书馆共有七个人,只有都一敏母女住单位,还有一个就是门房间的看门老头,其他人都不住宿的。

米林于是说,那现在加上你就是八个人了对吧?

月亮点点头。米林这样问月亮,是有一定把握的,一个不到二十的女孩,没有大学文凭凭什么进入图书馆?答案只有一个:她一定是有来头的。月亮的回答证实了他的猜测。

月亮说老师你问这干吗呀?

米林笑笑说,随便问问。

图书馆没有食堂,在隔壁的职工学校搭伙。中午吃饭的时候,月亮去一楼更衣室拿碗筷和饭菜票,米林沿着冬青树围起的草坪边缘溜跶。他刚欲抬腿跨过冬青树进入草坪,月亮从大楼里飞奔出来,一边大声呼唤老师,一边连连摇手,神态非常紧张。

米林一愣,等月亮快速走近,他狐疑地询问怎么回事。月亮说院里的花花草草全由看门老头看护,看门老头不允许任何人踏入草坪,他很凶的,即便馆长也让他三分。

米林眯起眼睛说明白了。随后他们走出铁门,向左侧的职工学校走去。职工学校的正门也就几十米远,一路走去月亮兴致勃勃,而米林似乎心事重重。

这天晚上，米林手捧一本建筑学方面的书，一行字都看不进去。一天工作下来非常劳累，加上昨晚的失眠，米林感到困倦之极。不到九点，他便早早脱衣上床。翻了几页书，眼皮耷拉下来，书从手上滑脱，倒头沉沉睡去。

不知睡了多久，米林被一种清晰无比的声音所吸引。开始是脚步声，好像有人踮起脚尖从门前走过；接着是长裙曳地的沙沙声，一路拖过去拖过去，不久，长裙的沙沙声在某间房间的门口止住。似乎有人开门，又响起一阵绵延不绝的沙沙声。

不一会儿，仿佛是从遥远幽深的地下慢慢升起一阵呻吟，由轻至响，由缓至急，加入碰撞声和衣物的窸窣声，随风席卷而来的喘息声一点点增大，米林听到一个女人发出窒息般的短促叫唤。这以后，便是真刀实枪的肉搏，似乎你要扳倒我，我要扳倒你，大家都使出吃奶的劲儿，伴着起伏的喘息声，好像被刺痛被击中要害的尖厉吟叫，肉搏渐渐进入刺刀见红的阶段。有一阵眼看哪一方要不行了，要败下阵去，可突然柳暗花明，又出现绝望前的回光返照，于是，又一阵急风暴雨般的恶斗，武器也扔了，大概开始用嘴咬啃，听不见响亮的声音，声音像是沉到深海水底。一定是精疲力竭了，谁也奈何不了谁，一定是大汗如雨到达极限，双方才有被对手击倒的绝望而虚弱的叫唤。不出意外的话，基本是两败俱伤。唯留急促的喘息声，如潮水般一阵阵退去，如交响乐由近至远的结尾……

米林猛地惊醒，满头大汗，他的心胸起伏不定，不知今夕何年，不知是梦还是可触摸的现实。

六

都岚与陈大志闹别扭了，晚上是自修时间，都岚把陈大志约到学校对面的教工宿舍区，在昏黄的路灯下，两个颀长的身影艰难地往前蠕动。

两个人所有的不快都源自于最近出现的一个人，黄毛。黄毛是陈大志的老乡，中等身材，却格外的敦实，满脸的横肉，长着稀疏黄头发的头皮上，是一个个恐怖而明显的疤，都岚猜测大概这就是民间所说的瘌痢头。

黄毛是来上海治病的，经诊断医生说是急性皮肤病，需要几个月的疗程。每天下午五点多，黄毛准时出现在学校，与陈大志和都岚一起去学校食堂吃饭。都岚与陈大志的饭菜票一直是放在一起的，由都岚保管。自从黄毛来了以后，都岚发觉陈大志饭量减了，之前打四两饭都岚还会给陈大志加一个馒头，于今陈大志只吃三两饭，飞速吃完后摸着自己的腹部不停说，太撑了太撑了！

都岚全看在眼里，她知道陈大志在表演。最让都岚受不了的是黄毛还要干涉她与陈大志之间的情感问题，他经常会当着都岚的面教训陈大志要多一点丈夫气，男人应该怎样女人应该怎样，全是大男子主义的那一套。陈大志居然唯唯诺诺，也不反驳。陈大志似乎很怕黄毛，都岚不明白，一个闲人有什么好怕的。

我要正式跟你聊聊黄毛的事，都岚开门见山地说。我已经憋了很久了，爱人之间最应该坦诚相见你说对吗？你可以告诉我，你那么怕他是有什么把柄捏在他手里吗？

怎么会呢，能有什么把柄？陈大志嘟嘟哝哝地说。

那你为什么那么怕他？都岚的语气咄咄逼人。

这么说吧，我从小身体比较弱，在老家黄毛是孩子王，他一直不遗余力地保护我。陈大志嗫嚅道。

听起来他像黑社会老大，你像一个流落民间的王子。黑老大一直罩着你，你一辈子都无法挣脱他的阴影。是这样吗？都岚冷笑着，用一种不无揶揄的口气说。

你不要这样说，黄毛也就是短时间在上海治病，他终归是要回老家的。陈大志抱着息事宁人的态度劝慰都岚，他当然无法对她说出其他的原因。

其实陈大志怕黄毛另有隐情，黄毛有个俊俏的妹妹，他们三个人一起长大。黄毛妹妹是个泼辣的乡村姑娘，从小喜欢陈大志，当知道在上海读书的陈大志身边有了都岚之后，她一气之下愤然嫁给邻村的一个木匠，木匠一只眼睛几近失明，算是半个残疾人。这次黄毛来治病，陈大志不敢正视他的眼睛，他把每个月剩下的几十块助学金倾囊而出，瞒着都岚偷偷全拿给了黄毛。

该说的都岚都说完了，她挽起陈大志的手臂，显示和解的姿态。与她相处久了，陈大志知道都岚快人快语，经常喜欢使点小性子，脾气来得快也去得快，来是一阵风，风去不留痕。陈大志则相反，轻易不发脾气，但一旦长出疙瘩，就会在心里生根发芽，一时难以连根拔去。都岚今晚所说的话让他隐隐产生一种忧虑，他很怕过往的乡村成长历史影响到他与都岚的关系，夜风灯影中的都岚对他愈温柔，愈加重他心里的忧虑。

第二天傍晚黄毛如期而至，两个年轻人拿着搪瓷碗和调羹陪着他一起去食堂，陈大志与都岚排队打饭，黄毛摊手摊脚坐在餐厅里，占着一张餐桌。

有两个打了饭的女生走过来，欲在黄毛的对面坐下，黄毛朝两个女生眼睛一瞪，说没看见这里有人吗？

其中一个女生不乐意了，刚欲与黄毛理论，被旁边的女生拉走了。

两个女生边走边议论，你没见他一副凶神恶煞的样子，头上全是疤，估计是打架留下的，坐那儿哪还吃得下饭？她们轻轻的嘀咕声大概被黄毛听见了，他朝她们的背影挥了挥拳头。

陈大志两只手端着搪瓷碗走过来，他把右手堆满饭菜的碗推至黄毛的面前，隆起的饭菜上躺着一只肉包子。都岚跟在陈大志的后面，落座在餐桌的对面默默吃饭。

黄毛拿起肉包子狼吞虎咽，都岚悄悄瞥了一眼，黄毛的手脏兮兮的，他怎么吃得下去？都岚心想，脸上浮现一丝鄙夷的神色。

黄毛三口两口将肉包子消灭殆尽，大声说：我还要吃包子！

都岚埋着头一声不吭，像没听见似的。

陈大志觑觑黄毛又觑觑都岚，随后他站起身，拿过都岚面前用牛皮筋扎着的饭菜票，又跑去食堂橱窗。

趁陈大志不在，黄毛觍着脸对都岚说：听说你们家住在一个花园大别墅里，地底下埋着宝藏，你啥时候带我去瞧瞧？

你别听陈大志乱说，哪来的花园别墅，哪来的宝藏？我们就是一个普通家庭。都岚说。

陈大志拿着包子回来，黄毛不吭声了。

黄毛接过肉包子，大口吃着，鼓着嘴说这个包子怎么是僵的？没有前面的好。

陈大志说包子卖完了，只剩下这一个了。眼睛偷觑一眼对面的都岚，都岚低着头吃饭，像没听见他们的对话一样。

这算什么名牌大学？包子还能蒸成这个水平？黄毛说话的声音很大。

你不想吃扔掉好了。陈大志终于听不下去了。

七

都一敏的小说进展异常顺利，回忆让她常常潸然泪下不能自已。校长的音容笑貌一次次浮现，世界名著和古典音乐都是这个男人给她启蒙的。因为校长，都一敏才知道世间存在这么杰出恢弘的艺术和音乐。在看守校长的日子里，都一敏无数次与这位中年人长谈，真正可怜啊，原来之前自己活在何等愚昧何等无知的世界里。在校长的眼中都一敏也许是晚辈和学生，可在都一敏看来，这是她此生与男性之间唯一一次情感上的深入交流。她第一次尝到了爱的滋味，因为深刻而满足，因为幸福而苦涩。

她就这样写着写着，不知不觉中发现自己已泪流满面。稿纸的下方被滴落的泪珠浸湿，泪水模糊了眼镜片，她摘下眼镜,抽出一张餐巾纸轻轻擦拭。

重新戴上眼镜,环顾四周,窗棂上显现梧桐的枝干,斑驳的树皮龟裂,露出乳白色的树身。天色渐暗,台灯的光线格外明亮,宿舍的角落则隐藏在朦胧的暗黑中。这时她腹中冒出咕咕的声响,她才意识到从上午到现在已整整工作了一天,她从写字桌前站起来,准备下楼去给自己做晚餐。

都一敏拉开宿舍的房门,门外的过道上站着一个人。

门外的人东张西望,似乎在确认什么。他的脑袋上长满了一块块白色疤痕,像斑驳的梧桐树皮。

你找谁?都一敏皱着眉头问。

你是都岚的妈妈吧?我是陈大志的老乡,来上海治病的。黄毛笑嘻嘻地说。

陈大志的老乡?你有什么事吗?都一敏诧异地问。

你不让我进去坐一会儿吗?你们文化人就是这样对待客人的吗?黄毛觍着脸问。

都一敏很不情愿的返身进屋,黄毛旋即跟进来。

你有什么事情赶快说好吗?我要准备晚餐去了。都一敏的表情冷淡,没有给黄毛让座。

我可以陪你一起吃晚饭的,反正我也没有什么事。黄毛不经主人的同意,一屁股坐在床上。

平素都一敏有点小洁癖，见状赶紧拉过一张凳子说，你不要坐床上。你有什么事赶快说，我跟你没那么熟，所以我不想留你吃饭。

黄毛在凳子上大摇大摆地坐下，然后朝着都一敏傻笑。他的白汗衫上泛着黄，一条短西裤看上去已很久没洗了，一双咖啡色的凉鞋蒙着灰尘，露出黑黑的脚趾甲。

陈大志现在是你女儿的男朋友，他们正在热恋中，你应该知道这件事情吧？黄毛煞有介事地说。

我知道，有什么问题吗？他们都是成年人了。都一敏的眼睛里闪着不解的光。

可你不知道，陈大志以前的女朋友是我妹妹，他们是有婚约的，陈大志应该娶的人是我的妹妹。黄毛的笑让都一敏感到恐怖和狰狞。

现在都什么时代了，他们都是大学生，有自由恋爱的权利，不是吗？都一敏愤愤地说。

你这就有点不讲理了，凡事总有个先来后到吧？我的妹妹现在生活在痛苦当中，这一切都是你女儿造成的。黄毛说得振振有词。

你找我来说这些我认为是找错人了，孩子长大了，情感方面的事我管不了也不想管。都一敏说。

你管不了是吗？那好，黄毛说着从凳子上站起来，矮墩墩结实的身体移动到门口，我可以让陈大志离开你的女儿，他必须听我的！他从小就什么都听我的！

都一敏没想到事情会是这样。她的眼前又浮现两个年轻人站在路灯下难舍难分的画面。她知道女儿是初恋，身处热恋中的都岚恐怕经受不起如此沉重的打击。都一敏想象女儿失恋后要面对的折磨和痛苦，她的心都要碎了。都岚是她生活中全部的精神支撑，可以说是她活在这个世界上的唯一理由。

你等等，都一敏终于喊住了黄毛。你要什么样的补偿，才会使你不这样做？

黄毛转过身，露出得意的怪笑。

他朝都一敏走近几步，说你看生活一点都不公平，你们住在这么漂亮的院子里，而我生了病来上海看医生，连医药费都付不起。黄毛低下头，用手撸开蓬松的乱发，露出可怖的疤痕。

你能不能借一千块钱给我？我保证以后一定还你。就一千块。黄毛诚恳地说。

事后想起来黄毛是有备而来，都一敏则完全沉浸于女儿遭受失恋痛苦的假想中，她当时的状态有点混乱，半是晕眩半是纠结。一千块对都一敏来说不是一笔小数目，她刚刚拿到几千元的一笔稿费，除了捐给慈善机构几百元，余下的两千就放在床头柜的抽屉了。她想，为了女儿的幸福她豁出去了，钱拿去治病也可以算做善事吧。

都一敏犹豫着跨出脚，走到床头柜边，蹲下身子，从一个牛皮纸的信封里，数了一百张十元的钱，起身递给黄毛。

黄毛接过厚厚的一叠钱，脸上露出的笑容既意外又惊喜。

善良和苟且让都一敏跨出了那一步，谁又会知道跨出去以后前面会是深渊呢？

八

米林的猜想被证实了。

月亮站在甬道口的一棵塔松下，一会儿神情紧张地望望门房间，一会儿回过头来朝米林使劲挥手，示意他快点。

米林蹲在鱼池后侧的草坪上，手持一根削得很尖的竹棍，这儿戳戳，那儿戳戳，像在丈量土地。他站起身走几步，又蹲下用竹棍东戳西戳。草坪上留下许多小窟窿，如同鼠穴蚁洞。

米林结束了他的勘测工作，站直身子朝地上一看，脸上露出一丝淡淡的微笑。草坪上的小窟窿围成一个边长约两米左右的矩形，在这个矩形内，草植被都很浅，仅一寸多一点厚，米林用竹棒捅下去感觉异常坚硬，泥土下面不是石块便是水泥地基。这正是米林事先猜到的结果。

这是一位高手，米林暗暗感叹道。这座花园别墅落成之际，米林也许还没有降世，但多少年以后，作为建筑学院的毕业生，米林为自己能够毫不费力地去揣摸一位前辈高手的创作意图，感到有几分得意。

远处的月亮忽然尖声叫起来，打断了米林的思绪。他迅速跑出草坪，他纵身一跃飞跨冬青树，刚刚落在小路上，看门老头手提两只竹壳热水瓶，脸色阴沉地出现在门房间的门口。

老师干吗对草坪发生那么大的兴趣呢？坐在图书馆的长椅上，月亮满脸狐疑地问道。

我是学建筑设计的，好奇心而已。米林微笑着说。

老师你真会骗人！月亮哼了一声，一副不屑的样子。

我骗你什么啦？米林问。

你一定有什么事情瞒着我，我看得出来。月亮有些得意地说。

哦？何以见得？米林问。

老师刚来没几天，就问我这里晚上有没有人住，老师偷偷把那本书里的照片拿回了房间，还有，老师对花园里的一切都很感兴趣，经常在那儿走来走去，我觉得……我觉得，老师像中央情报局派来的！月亮严肃地说。

米林大声笑起来。与这个比自己小差不多七八岁的女孩子谈话，心境特别愉快。

我倒觉得，你像个小侦探。你说说，还有什么使你感到奇怪的？米林忍不住问。

还有……还有，我不好意思说……月亮支支吾吾说。

没关系，你说出来听听么。米林饶有兴致地说。

老师来图书馆工作，为何要住在这里呢？月亮问。

那很简单，我还没成家呀。米林回答。

还有……还有那个蜡染布的包裹。月亮神秘兮兮小心翼翼地说。

什么包裹？米林一下紧张起来。

老师放枕头旁边的包裹。月亮不无得意地说。

什么？！你到我房间里翻东西了？米林恼怒地问，脸上的笑容顷刻间跑得无影无踪。

月亮大概没想到问题会如此严重，脸颊顿时浮起红云，低下头说：

那天馆长找你，我去你房间了，门开着，我走进去了，可没有随便翻东西哦。

房间里的空气显得有些沉闷。其实月亮看了蜡染布包裹里的东西，但见米林如此生气，她不敢说出实情。

过了很久，米林走到月亮旁边，用手轻轻抚拍她的肩膀，讷讷地说：对不起，我刚才不该这么对你凶的。

米林不说也罢，一说月亮觉得她确实受了委屈，情不自禁眼泪就掉落下来。

米林虽说是二十五六岁的人了，在女孩面前毫无经验。月亮一哭，他有些慌乱，只能抖抖索索从口袋里掏出餐巾纸递给月亮。

月亮没有接，米林一次次坚持着递过去。此时正好有人借书，米林刚迈出脚步走向柜台，月亮嗖的一下，兔子似的蹿出门去，跑得无影无踪。

下午上班的时候，月亮闷着头一句话不说。两个人默默整理书籍。米林故意有事没事逗她说话，月亮只是"嗯、嗯"作为反应，是与否始终只有一个音节。下班的时间到了，月亮悄无声息地走了，不像以前，起码也要和"老师"打个招呼。

月亮走后，米林觉得无趣，讪讪地步下旋转楼梯，一个人来到花园里散步。夏季五点光景，夕阳虽被树梢遮住，稀疏照下来，却也温热地烤人。草坪上，一只黑蝴蝶寻寻觅觅，毫无目的地飞来飞去。

米林沿着树荫散步，来到女神雕像下。风刮雨淋，女神洁白的玉体上堆积一层黑黑的污垢，腋下和裙裾的折皱里也沾满灰尘。米林走到女神背后，伸手在她光滑背脊上轻轻擦拭一下，仿佛擦去蒙在历史镜面上的雾气一般。好多次他徘徊在女神的周围，会冥想多年前的往事。今天他走到这儿，为什么隐隐的，又会有一种遗弃感和孤独感？是因为月亮不声不响地走了？

平心而论，一个星期接触下来，他是喜欢月亮的。她聪明伶俐，活泼大方，就是有些孩子气，毕竟是不到二十岁的女孩子么。米林想来想去，没有想出任何结果。唯一使他感到兴奋的是，明天月亮还会来上班。明天他要对她态度和蔼一些，尽可能哄哄她。

离开女神像时，米林的心里萌生一种强烈的冲动。他想干点什么。干完后明天原原本本地告诉月亮，让她听了以后又如同前几日那样高兴起来。他觉得只有一件事好干。直觉告诉他，干那件事是会有收获的，这件事在他心里已经酝酿好久。

在职工学校吃了晚饭后，米林乘人不注意，偷偷带走插在煤堆里的一把铁铲。回到图书馆，他先走到离铁门较远的围墙外，将铁铲高高举起，扔进围墙内的树丛里，然后再从铁门里堂皇地走进去。

这天夜里，月光格外皎洁。米林将房间里的电视机开得山响。快十一点了，米林好不容易才等到门卫室的房门吱呀一声关上，倏忽灯光也熄灭了。米林悄悄潜出房间，猫着腰，凭借月光从树丛中找到那把铁铲。

米林跃入草坪，向女神像移动过去。他没有马上动手，而是伺伏在女神像旁边的那片树林里耐心等候。

三楼房间灯火通明，电视机里一部侦探片已进入高潮，警车和摩托引擎发动的声响震天动地。

米林估计看门老头差不多该睡下了，他走出树林，来到女神像的面前。月光透过树枝，零星洒落在女神娇美的躯体上，女神宛如披了透明纱衣，妩媚之极，但此刻米林没有心思流连，他需要抓紧时间，在电视节目播完之前做完这件事。

米林沿着女神像的底座走了一圈，边走边用铁铲点戳草坪泥地，最后他选定一处泥土较为松软的地方，开始挖掘起来。

一铲，又一铲，泥土在米林的脚边堆积着。很快，底座被掏出一个洞，米林蹲下把手伸进洞里往下摁了摁，他感觉底座下的土很松，这与他的想法和预感一致。

他站起来，又从另一个角落开始挖掘起来。一铲下去，刚准备把泥土甩向一边，他感到裤腿被什么勾住了，他伸了伸腿，想甩掉那勾住他裤腿的东西。

这时，他听到一连串低低的嘶吼声。他回过头来，看到脚旁一团毛茸茸的东西，戴着嘴套在拼命拱他，他刚想举起铁铲柄赶走它，啪的一下，一串手电强光打在米林的脸上。

是看门老头。他的脸在手电微弱的阴影中显得阴森可怖。

看门老头含混地嚎了一声，鼻音很重。这是米林第一次听到老头开口说话，虽然他完全听不清老头在说什么。

我……我捉蟋蟀。米林嗫嚅着说。

老头发出伊里哇啦的声音，瞳孔睁得很大，这是一张愤怒之极、看了让人难忘的脸。这张扭曲的脸和眼神让米林感到有一种熟悉感。脚下那团毛茸茸的东西仗了人势，也低吼着退后几步，好像随时要朝米林身上扑来。

形势对米林非常不利。米林想了想，左手一松，铁铲掉落了，他举起双手，说了声"对不起"，仿佛做错事的孩童，耷拉着脑袋朝大楼走去。

看门老头始终把手电对着米林，光束追逐着米林的背影，直到他完全消匿于门洞里。

回到房间，米林感到很懊丧，坐在写字桌前怔怔地出神。忽然，他想到什么，迅疾打开抽屉，胡乱翻了好一阵，终于找出那张夹在建筑书里的照片。

就是他，米林恍然大悟：站在戴礼帽的主人身后汽车后面的保镖，就是看门老头。

九

两点的时候，走廊上又出现沙沙的声响。经过米林的房间，沙沙声戛然而止。房门上的把手扭动了一下。

米林感到门像要被打开似的，他刚要一骨碌翻身起床，把手旋转半圈，又恢复了原状。沙沙声又响起，且慢慢远去。

几分钟后，米林听到轻轻的喘息声从走廊里传来。渐渐，喘息声急促起来，异常清晰弥漫于米林的耳畔。

米林再也无法遏止自己的欲望与好奇心，他翻身下床，赤脚走向门口。他尽可能地轻盈，不让双脚着地。他走出房门，来到走廊上。他一路寻过去，那喘息声犹如一根打了死结的绳索，套在米林的颈脖上，一声声将他牵引过去。

米林经过一扇扇紧闭的门。在走廊的尽头，有一扇深褐色的门半掩着，米林还未走到门前，已经看见一个身材颀长的女子背朝门口站立着，她的头后仰，肩膀耸动，似乎很沉醉的样子。喘息声就是从她的胸腔发出的。她的手好像捧着一个人的脑袋，那人大概跪着，两只手交替隐现在女子的腰臀接合部。

女人浑身战栗起来，裙裾随之抖动。裙带很快被解开，裙子滑落下来，露出女人圆浑的肩和光滑的背部。接着，女人的乳罩和亵衣被纷纷扯下，米林看到了一个完整的、充满诱惑力的女人裸身。女人的身体像片树叶一样抖动、倾斜，她被两只有力的手抱至床边——床很阔大，罩着蚊帐，她被塞进蚊帐内，一束洁白的月光从窗外映进，照出她美丽年轻的脸庞。一缕黑发从她的额头披挂下来，长长的眼睫翘起，乳峰高耸，一起一伏，令人无比销魂。她的胴体被月光涂白，宛如撒了一层银粉，性感的腰臀在床上扭动着，她的双手在自己乳房上摩挲，随着手的转动，米林感到自己的心一下一下地抽紧。

当米林看清那个把女子抱上床的男人面貌时，他不由得倒吸一口冷气。男人足足有五十出头的年纪，留着浓浓的唇髭，他把一条绛红色的法国睡袍迅速褪下，露出光裸的身躯，恰如一只剥了皮的老青蛙。然后他撩开蚊帐，拥住年轻女人的身子，他的手放肆地抚弄，他的唇贪婪地吮吸。女人扭动身体，发出啊啊啊的愉悦声响，她似乎支撑不住了，仰面躺倒，叉开双腿。男人疯狂地抚摸女人的胸脯，腰肢，大腿，股沟两侧，他的每一次抚摸，都引来女人一声声强烈的呻吟。男人兴奋之极，他匍匐在女人的身上，两人紧紧相拥。随着一声突发的叫唤，两具白色的躯体便在蚊帐内滚动翻转，快活的喘息声和呻吟声铺天盖地涌来，米林不由得缓缓闭上眼睑……

米林猛地睁开眼睛，只感到浑身血液奔涌，汗津津的，像刚被从水里捞起一般。他有一种打开闸门后一泻千里的巨大快感……

十

米林提着竹壳热水瓶来锅炉边打水，都一敏在边上的煤气灶煮面条。锅炉的水龙头下接着一个暖瓶，水已经溢出来了，米林赶紧上前关掉开关，将暖瓶提到地上，都一敏仓促走过来，歉意地连声说忘了忘了，对不起啊。

米林摇摇手说没关系的，都老师，不用那么客气。

都一敏说前几天的事还没来得及谢你呢。

都老师这么说就见外了。米林摆摆手。都住在一个院里，说什么谢不谢的。

那天是周末，图书馆提早关门，月亮一下班就急匆匆走了，说要回家陪妈妈过生日。米林似乎下意识走到都一敏宿舍的楼下,他犹豫半天,最终缓慢地步上楼梯。

都一敏和都岚正在准备碗筷,见米林出现在门口,都一敏连连说稀客呀稀客,哪阵风把小米吹来了?

米老师一起吃饭吧!都岚热情地邀请米林。

不不,我待会儿有约的。米林嗫嚅着说。

无事不登三宝殿,有话就直说好了。都一敏看出米林一定有事。

在都一敏的逼问下,米林只能问道,高个子大学生没来吗?他明知道高个子与都岚的关系,但他就是说不出"男朋友"那三个字。

都岚说你找陈大志?他在花园里拍照哩。

正在这时,楼底下传来一阵吵闹声,看门老头哇哩哇啦不知道在骂谁。

都岚反应敏捷,她第一个冲下楼去。待米林和都一敏赶到楼下,都岚已经和看门老头吵得不可开交。

原来陈大志在花园里用相机拍照,看门老头咆哮着奔过来,破口大骂,听不清他骂什么,也不知他为何如此生气。陈大志莫名其妙,红着脸争执了几句。

都岚下楼见男朋友受欺负,咽不下这口气,与看门老头争辩起来,看门老头怒不可遏,他颠着碎步跑去门房间,要把那条黑狗放出来,米林见状,挥挥手让都岚他们赶紧走，自己堵在门房间的门口，用肩膀顶住了房门，看门老头在里面哇哩哇啦大叫。都一敏连忙拉着都岚和陈大志回宿舍。

都一敏与米林打过招呼，一手端锅一手提着暖瓶离去。

都老师，能拿吗？要不要我帮你拿？米林说。

不用不用，我自己可以的。都一敏说着慢慢沿楼梯步上二楼。

穿过木制栏杆的走廊，来到宿舍门口，她把暖瓶放在地上，腾出手推开虚掩的门，然后俯下身子提起暖瓶，进入屋内，面街的小窗前站着一个人，是黄毛。

黄毛究竟是怎么进屋的，都一敏一点都不知道，当她一眼发现屋里有人，出于本能惊叫起来，黄毛赶紧站起，冲上前欲去捂住她的嘴说：你不要叫不要叫！

都一敏退缩到墙根，恐惧地说你到底要干什么？

我马上走可以吗？只说一句话我就走。黄毛的面容又露出那种令人不寒而栗的怪笑。

你到底要干什么？都一敏镇定了一下自己的情绪，倏忽间她觉得自己的反应是否太过了。

我是来感谢你的，我马上就走。黄毛说。

你快走快走！都一敏蒙住自己的双眼，似乎要把整个世界隔绝在自己的视线之外。

你可不可以帮我一个小忙？你把这个院子大铁门的钥匙借我用一下，我保证一个小时内还你。黄毛的一只手伸出来，都一敏很容易便看到他长长手指甲里乌黑乌黑的污垢。

你要钥匙干什么？我不会给你的，这里是国家单位，是图书馆，书对你来说没有什么用，你说对吗？都一敏语速极快地说。

你把钥匙借给我，我们就两清了，我不会再来找你，你女儿与陈大志的事情我也不管了，你没必要知道得太多，这样对你没什么好处！黄毛说。

都一敏的眼睛在房间里四处搜索，她发现钥匙圈就在床头柜上。她的眼神显然被黄毛追踪到了，黄毛健步走过去，从床头柜上一把拿过钥匙圈，在手中掂了掂，心满意足地出门了。

都一敏在房间里走来走去，六神无主，她想到过报警，可又怕对女儿造成不必要的伤害，最终她还是选择在宿舍里默默等待。

黄毛没有食言，几十分钟后，他匆匆把钥匙还回来了，临走他说了一句意味深长的话：

你不要跟任何人说起这件事，包括你的女儿。你不要把事情搞砸了！

十一

粉红色旅游鞋微微晃动。米林的视线渐渐模糊成粉红一片,沿着肉色薄袜交叠的虚线,目光谨慎向上攀援。那是一段光滑的山崖,快到顶端时,目光被白色裙裤的边缘阻挡了,停留在浑圆的坡上。

月亮坐在对面,两只脚搁在一起,很安详地低头制作卡片。这些卡片是用来黏贴工具书的。

米林强制自己闭上眼帘,目光迅速从山崖跌落。睁开眼睛后,米林竭力让注意力集中在摊放桌上的书籍中。他胡乱翻了几页,书里密密麻麻的字,一个也没有跳进他的脑海。神思稍一恍惚,目光又调皮地逃离出去,这次不再犹豫,也省略攀援的过程,很快吸附在月亮的裙裤下侧。

月亮似乎感到米林的注视,她停止晃动,一只手把裙边往下拉了拉,好像要把大腿遮盖起来。米林的内心被什么蜇了一下,不易察觉的一丝羞赧掠过脸颊。他站起身走出房间,把月亮一个人留在图书馆内。

连日来,每到深夜两点,喘息声和呻吟声便来骚扰他的睡梦。懵懵懂懂中,两个撕扭在一起的白色躯体隔了一层蚊帐,反复在他眼前翻来滚去。以至于白天上班时,米林感到浑身阵阵燥热,情绪亢奋。

米林觉得自己走进一个预谋中来了。一种强烈的冲动使得他不愿轻易罢休，他想揭开其中之谜。

米林穿过走廊，来到馆长办公室门口，他敲了敲门。

随着一声"请进"，米林走进去。馆长正在打电话，见米林进来，手捏电话示意他在沙发上坐下。

馆长放下听筒，用询问的眼光看着米林。米林欲言又止，馆长便问他工作上有什么困难。米林摇摇头。馆长说要尽快将那批书清理出来，如果人手不够，还可以给米林借调一名助手。

米林说不用了，他保证不会耽搁这批书上架的时间。闲聊中，米林随意地谈到这批书中不少都盖有"元祥藏书"的印章。

馆长告诉米林，这些书都是这幢房子的主人一九四九年离开大陆时留下的。至于这个家产殷实的人，为什么会珍藏这批宝贵的有关上海建筑方面的书籍，馆长说他也不清楚。

米林很仔细地听完馆长的讲述。在谈话快要结束的时候，米林提到了花园里的那尊女神像。他说，据他一段时间的考察，他认为设计这幢别墅的人是一位高明的建筑设计师。米林有充分的理论根据来说明那尊女神像是被人换了位置。

馆长显然感到很意外。他微笑着，耐心听着米林滔滔不绝的分析。他不是建筑学方面的行家，米林所说的一切对他而言确实很新鲜。要不是米林最后说出那个令他吃惊的推断，他也许不会对米林的分析太在意。

米林告诉馆长：那尊大理石的女神像下面一定藏着什么东西。也许，这就是那些美国华侨要急于收回这幢别墅的原因。

馆长听得云里雾里，那些华侨去西安旅游了，不久回上海后还要与区房产局继续谈判。

你敢肯定花园底下埋着东西？馆长似乎不太相信。凭什么？就凭你那些不着边际的推断？

直觉。米林镇定地说，从我第一天跨进这座花园，直觉便不断向我暗示，这座雕像被移动了位置。

馆长沉吟良久后说，多少年来，花园里的一草一木都由看门老头照看，他应该最清楚了，可惜……

可惜他是一个丧失语言能力的人。米林把馆长未曾说完的话挑明。

看门老头脾气古怪，他不允许别人去打破他多年养成的习惯。馆长眯着眼睛说。

可以乘他不在的时候……米林暗示馆长。

十二

夏季南方多雨，尤其是台风一来，城市就会焦躁不安，那台风很诡异，会一次次从高楼大厦上劈下来，像幽灵一样在马路上四处游荡，发出凄厉的低鸣。行人在风的鼓动下艰难前行，跌跌撞撞，仿佛置身于一条摇荡在波谷浪尖的船上。路边高大粗壮的树干都有被风刮断的，躺在潮湿的地面上，形成不堪入目的景观。

图书馆的草坪也不能幸免，绿色植被经过雨水洗刷，郁郁葱葱却都臣服于风的肆虐。大院里的广玉兰高耸入云，枝干上开着硕大的白色花蕾，经不住风的暴力，落英满地。一棵上百年的瓜子黄杨，碎叶翩翩，在风中翻飞呜咽。

这一天，按照每年的惯例，区中心医院为机关工作人员进行体检。图书馆的几个工作人员都去了，唯独看门老头死活不肯去，馆长不得已使出美人计，叫月亮去说服老头，月亮与看门老头周旋的时候，馆长叫来了一辆小车，好不容易忽悠看门老头上了车，他坐在车里还瓮着鼻子大叫大嚷，骂骂咧咧。

米林打着伞去医院，在体检部的入口处拿了号，然后在护士的引导下去窗口验血，抽完血他摁着左臂起身，跑去走廊的白色长椅上等候,他落座侧过身子,看到左侧长椅上坐着都一敏,她也刚抽完血,手捂着左边的臂膀。

两人相视一笑。

不一会儿,都一敏似乎犹豫半天,慢慢凑近身子靠近米林,她踌躇着问他这几天是否都住在图书馆?

米林莫名地点点头。他不明白她为何要这样问。

都一敏支支吾吾很困难地说了半天,米林好不容易才听明白她的意思:她说她的钥匙圈丢过一次,其中包括大铁门的,这几天晚上请他多留意,多注意安全。都一敏鼓起勇气说出这些话,她对米林的信任感源自于他对都岚他们的拔刀相助。

恰好这时有医生在叫都一敏的名字,她朝他微笑一下,站起来转身向妇科检查室走去,留下米林一个人坐在长椅上满脸狐疑。

这一天的雨淅淅沥沥,断断续续下个不停。图书馆门口落叶铺满一地,到处是黄色的梧桐叶,人行其上软软的,像是踩在地毯上。米林在食堂吃完饭回来,掏出钥匙打开大铁门,门房间没有灯光,马路的路灯照射下来,门房间的玻璃窗户一闪一闪的泛着晶亮。他进入黑漆漆的大楼,健步抵达三楼。

拧开房门的锁,打开灯,屋子里弥漫一股清新的空气，宿舍的窗户晃动着，雨滴漫进屋子，地板上一片水汪汪的，他赶紧关上窗户，拿来抹布擦拭地板上的水渍。收拾停当，他站在窗前眺望院子里的景观，院子整个笼罩在暗黑中，被宿舍灯光照射到的草坪湿漉漉亮晶晶的，远处烟雨迷蒙中的女神雕像若隐若现，似有似无。

台风季节夏雨连绵，窗棂上不断传来雨滴敲打的淅沥声。夜晚十一点多，万籁寂静，城市远处的街道上，偶尔会鸣响汽车轮胎碾压路面的尖利声音。米林正准备睡觉，忽然想起下午在医院遇见都一敏的情景，他顿时警觉起来，翻身下床，拿起手电下楼。

米林借助手电步下旋转楼梯。他推开一楼大厅的玻璃门，来到图书馆门廊前的甬道上。门房间的灯依旧暗着，他朝花园走去，雨雾飘过来，瞬间将他罩住。雨滴打湿了睫毛，使他睁不开眼，手电射出的一柱强光在草坪上晃悠。

离女神像愈来愈近，米林听到一种奇怪的声音，像是有人在用工具挖掘。他开始奔跑起来，依稀中他觉得前面有晃动的人影。

谁？米林叫起来。

一阵杂沓混乱的声响。米林挥舞动手中的手电，他看到女神像的旁边被挖了一个大坑，大坑里扔了几把铁锹，他用手电环照四周，看到几个角落分别站着三个男人，他们在手电光的刺激下，身体痉挛掩面而立，一个身材颀长的人龟缩在一排竹林边，浑身发抖，他竭力用手挡住亮光，可还是不经意露出瘦削的脸，米林认出了他，都岚的男朋友陈大志。

你们想干什么？米林大声喊叫起来。

米林的喊叫声刺破夜色，在雨幕中奔突穿行。这时他听到旁边黑暗中有人骂了一声"操他娘的"，随后，一个身材矮小敦实的人朝他冲过来，即刻米林的脑袋被铁器重重击打了一下，他的身体晃了晃，眼冒金星，天旋地转，手电筒掉落地上，他双手捂着脑袋，强撑着不让自己倒下。

黑暗中的人影纷纷往图书馆的大门逃去，米林脚步踉跄地追赶过去，眼看大铁门被打开，人影鱼贯而出，无望中米林使出全身的力气喊叫，忽然，他的大腿被一种巨大的疼痛感所席卷，从门房间的门洞里，箭镞一般窜过来一条毛茸茸的黑影，狠狠咬住了他的大腿。

他痛得顿时昏厥过去，在倒下前的一瞬间，他看见了被雨幕打湿的一张照片里的女人影像，她体态婀娜却泪眼婆娑……

十三

米林在医院整整躺了一个星期。经医生诊断,除了轻微的脑震荡,他的大腿被狗叼了碗口大的一块肉,伤口大量出血,神经系统遭到严重损伤。

住院期间精心伺候他的是篾匠夫妇,米林的养父养母。病房窗台上的鲜花是月亮送的,她来看望米林的时候告诉他一个令人震惊的消息:在他被送进医院的第二天下午,都一敏老师被害致死。一个满头疤痕身材结实的歹徒,在逃回老家前来勒索她的钱财,都一敏死活不答应,拿过一把水果刀自卫,这个举动可能刺激到了那个罪犯,经过激烈搏斗,水果刀最后捅在都一敏的胸前。警方在宿舍床上的被窝里发现都一敏的尸体,法医怀疑她是被罪犯闷死的。

当天晚上六点半,米林斜躺病床上,月亮在窗台边坐着,两个人看到电视机里正在播报一条新闻。播音员提到都一敏时称其为著名女作家。屏幕上出现被刑拘的嫌疑人黄毛和陈大志,陈大志双手掩面,痛哭流涕地说他是在老乡的胁迫下,一时糊涂去国家单位进行偷盗活动的,事前他的乡党答应绝不伤害他的女友及女友的母亲,他说自己非常非常的后悔,年纪轻轻就被老乡毁了一生。

馆长带着果篮来看望米林，他笑微微握着米林的手表示慰问。馆长上来先说好消息，美国华侨已放弃收回别墅。然后宽慰米林说图书馆是事业单位，没什么钱，但他无论如何会想各种办法来补偿的。他希望米林不要追究看门老头的过失，警方已按照程序询问过老头，老头因为没有语言能力，最终也问不出什么结果来。

米林知道，馆长是息事宁人，仔细想想，他做得没错，不这样做还能怎样呢？馆长接着神神道道地说，在都一敏凶杀案发生后，他悄悄请来风水先生，请教如何破解凶宅的秘诀，风水先生说西南方向的阴气太重，建议在靠近职工学校篱笆墙的地方竖一座大型雕像，馆长行动神速，立即请人雕刻一座四米高的鲁班像，准备安放在草坪西侧起镇妖作用。

馆长还告诉米林，女神像错放在现在的位置是事出有因的。"文革"中一个好心人为了女神像不被毁坏，将它偷偷挖起藏在隔壁职工学校的防空洞里，"文革"结束，别墅在决定改成图书馆前进行过大修，院子里布满脚手架，施工队从防空洞的深处抬来女神像，他们依照当时设计师画的图纸将女神雕像安放在于今的位置。设计师最大的疏忽在于，他没有考虑到职工学校的篮球场原先也是大院花园的一部分，"文革"中别墅花园被侵占，强制切割出去一大块，他如果想到这一点，女神像的位置应该往右移动几米，那里才是花园真正的中心。

馆长走后，养母端来黑鱼汤，他一口都喝不下去。米林的思绪陷入沉思之中。很显然，馆长嘴里的那个好心人，他猜测大概就是看门老头吧。他为啥会丧失语言能力呢？在漫长的几十年的历史中，究竟发生了什么，让他变成一个无法言语乖戾暴躁的倔老头？当初他为什么没有跟随他的主人离开大陆而选择留下来呢？还有，馆长明显很偏袒看门老头，这其中有什么原委呢？

世上的事情真是奇妙无比，就是因为"文革"后别墅大修时设计师的一个小疏忽，让米林和那个陈大志对那座女神像的位置发生了怀疑，凭想象虚拟了这座花园也许深不可测也许并不存在的秘密，结果酿成一个无法挽回的悲剧。都一敏戴着玳瑁眼镜的脸庞一次次浮现眼前，她的新书应该还没有完成吧？人就仿如一缕青烟被风吹走了。

太富有传奇性的身世，让米林对生活的一切产生了怀疑，而别墅、花园、女神像、看门老头与狗都好像在迎合他的幻想，共同完成一个预设的圈套。那个陈大志来自安徽农村，他冥冥中受到谁的启示，竟也对女神像的位置产生怀疑，难不成他也有不一般的身世？米林恍惚间觉得都一敏的死与自己有某种内在的联系，他不确定自己是否负有间接的责任，可事情要重来一遍，他还是不知道在什么节点可以去阻止悲剧的发生。

米林在养父的搀扶下，瘸着腿下楼出门，走过一汪池塘，池塘里游弋着个头硕大的红鲤鱼，身穿蓝白相间条纹服的病人三三两两，坐在石凳上闲聊，夕阳照在医院的草坪上，一个小孩在奔跑着放风筝，一阵阵风吹过来，风筝愈飞愈高，下一步风准备把风筝一直吹到哪里去呢？米林在想。养父的沪语带着浓重的本地口音，他劝米林养好伤回嘉定居住，米林侧脸看看养父，点点头。

月亮从草坪的另一边出现了，她奔跑过来，从身后忽然蒙住米林的眼睛，格格笑着说，你猜猜我是谁？

养父回过头来看看月亮，布满皱纹的脸堆着朴实的笑容。被一双纤细小手蒙住眼睛的米林想了想，提高嗓门大声说：

你是风吧？哦，不对，应该说你是风的主宰才对！

月亮笑得身体都抖动起来，格格的笑声在草坪上随风回荡。

2021 年 8 月 30 日

青城山记

一

逃亡的那个夜晚，给丰子留下深刻记忆的就是那场瓢泼大雨。

丰子被娘抱上马车，一片片雨水倾倒在马车帷帘上，发出噼噼啪啪的声响。车轮辚辚压过野外的路面，像个醉汉似的颠簸前行。子夜时分，睡得死沉的丰子被娘从床上抱起，身上胡乱换了家丁的粗布衣裳，那衣裳太大，像只麻袋裹住丰子，难以想象的是，危难时刻娘的手脚麻利无比，她用过长的袖管拦腰一扎，抱着丰子颠着小脚跑向马车，犹如一只受了刺激的大鹅在雨中扑腾飘移。瘸子车夫一挥缰绳，马车嗖地窜了出去。丰子顺从地躺在娘怀里，他实在太困，睡意阵阵袭来，雨的肆虐车的颠簸都无法将他催醒。

人间的喜福大都是慢慢堆积的，祥云飞来是可被预知的；而灾祸则不同，它的降临毫无前兆突如其来，兴许一夜之间就置人于万劫不复的境地。丰老爷的罹难便是如此。几月前皇上派丰老爷去汴州办案，回到京师立即被朝廷羁押；十日后的傍晚瘸子车夫得到报信称丰老爷惨遭廷杖屈死大狱。雨是这天晚上开始下的，从起始的淅淅渐而滂沱，愈下愈大，仿佛在为丰老爷的冤屈鸣不平。深夜时分，严府女仆穿着蓑衣叩响丰府的门环，传严老爷的话，让娘乘朝廷来抄家之前赶快逃跑，开门的瘸子车夫连连点头。严老爷与丰老爷同为都察院的都御史，平素敬佩丰老爷的为人，所以才铤而走险派人前来报信。女仆叮嘱千万不能让外人知道她来过丰府，随即匆匆消失在雨幕中。瘸子车夫不敢怠慢，哭丧着脸与娘潦草地整理行装，开始漫漫雨夜里的逃亡之旅。

丰子依稀醒来，四处都是跑来跑去的兵丁。娘倚靠树背，双手紧紧抱着丰子。不远处，瘸子车夫被绑在一棵柏树上，马车横倒山坡，那匹白马休闲地啃着青草。

大约过了一个时辰，周遭忽然响起马蹄声，"官兵来了——"，不知谁大呼一声，人群开始奔跑起来。一排排箭镞雨点般飞来，一根扎进瘸子车夫的臂膀，他拖着哭腔喊道："主子！快躲到大树后面去！"

娘抱着丰子来到一棵香樟树后，俯身滚进草丛，情急之中动作莽撞，一根树杈卡进丰子的耳根，而娘浑然不觉，并不知道丰子已昏厥过去。

丰子重新恢复知觉，发现自己趴在一个宽阔的背上，湿透的布袍散发浓重汗味。山路两侧的峭壁上，猴们跳上跳下，发出吱吱喳喳的嬉闹声。来到半山坡，汉子把丰子轻放在石凳上。娘碎步赶来，胸脯起伏，额上沁满汗珠。汉子摘下一片蒲叶，折成扇状递给娘，娘使劲扇着蒲叶，还是热不可挡，娘脱下裹在身上的粗布衣裳，露出红色的小褂。

一只猴子灵巧地横攀几棵树木，突然嗖一下扑向娘，嗞的一声，娘的小红褂被撕破，一片红绸耷拉下来，露出硕大的乳房。娘惊叫起来，霎时山上的猴子全都兴奋了，纷纷合围过来，山谷间回响一片刷刷声。一只毛色褐黑的独眼老猴单臂挂在棕榈树上，伸出另一只手臂搭住娘的颈脖，发出古怪谄媚的浪笑；还有几只猴子跳到平地上，乱舞一气，还背对着娘，露出红彤彤的屁股。

丰子拽着那个汉子的衣襟使劲推他，汉子的身躯微微抖动，像根木桩似的一动不动。他就那么怕猴子吗？丰子又着急又失望。娘拼命想挣脱那只独眼老猴的纠缠，老猴的爪子死死抓住娘的颈脖不放，斜刺里又闪过一只猴子，撕下苒拉在娘胸前的绸片，娘的上身顿时全裸，洁白的皮肤和两峰巨乳一览无余……

正在危急时刻，忽然响起一种奇怪的声响，循声望去，半山腰的天师洞洞口，一位长须飘飘的老道，手持一根又粗又高的楠木手杖，用力敲击地面石板，发出的声响沉重而骤然。独眼老猴猛地一愣，浑身觳觫起来，一个鱼跃攀上树枝，其余猴子见状也纷纷逃窜，霎时，四周尽是树叶晃动的声浪。

老道面露威严，身板直挺，头颅微微上扬，他身穿一件蓝绸衫，黑灯笼裤，白色的绑腿，脚上套着一双黑白相间的云靴，头发挽成髻，发际插一根筷状琥珀色的玉簪，两腮长长的胡须在风中飞扬，俨然像一座逸动的雕塑。

眼前这一幕让娘和丰子都惊呆了。

老道站在那里，纹丝不动，仿佛凝固了一般。丰子与娘后来听闻许多有关老道的传说，有人说青城山老道是叱咤江湖的峨眉派第十二代传人，也有人说他是退隐江湖多年的白眉拳拳王。他如何历经磨难和曲折，从峨眉山辗转到青城，那恐怕用三天三夜的时间也说不完。

那一刻丰子的双眼闪闪发亮，因为见到了救星。危急之中，幼小的丰子只是为老道的出手相助感到惊喜，岂不知，这一次的邂逅，决定了丰子一生的命运轨迹。从那以后，无处可去的娘带着丰子落脚青城山，而那个能够震慑住猴王、让群猴胆战心惊的老道，则成了丰子的师父。

二

丰子自打生下来以后就没哭过，这件事情除了娘和瘸子车夫没有人知道。幼时的他不知道人为什么要哭，等长大了发现别人都会流泪，他这才知道自己身上与众不同的异禀。五岁前的丰子一直是缄默无声的，他似乎还没有做好来到这个世界的准备。

那时候，爹还活着，眼看整天哭丧着脸守护丰子的娘，气不打一处来。娘不敢出门是怕街坊笑话。生下个九斤重的男孩，接生婆剪了脐带，在婴儿的屁股上噼噼啪啪拍打好一阵，期待中的哭声始终没有到来，满头大汗的接生婆扭着大屁股走出院庭时，很不屑地朝爹扔下一句："老爷，是个哑巴。"

只要爹不上朝的时辰，娘一刻都不离开丰子，好像甚怕烦躁的爹会冲过来，夺走这个无声无息的婴儿。爹在月光下的庭院里舞剑，娘格外紧张，仿佛那剑随时会飞过来，刺向怀里的孩儿。

丰子四五岁都不会走路，在地上跌跌撞撞走几步，趔身返回扑向娘，娘一旦抱起他，他的小手就摸摸索索去解娘的衣襟，掏出大乳房拼命吮吸，此刻的他就会异常安宁。

六岁那一年，有天丰子躁动不安，胃口特别大，一只乳房吸干了，他没有睡着，无奈娘又把另外一只塞他嘴里，贪婪的丰子不停吮吸，像要把娘身上的乳汁抽干似的，最后把乳头咬破了，娘尖叫起来，恼怒地在丰子屁股上猛拍一记，奇迹出现了，娘听到一个陌生的声音在叫她，那声音有点像旷野里的猫叫。娘愣了一下，忽然意识到什么，惊讶的目光投向怀里的孩儿："你叫我了？你叫我了？"娘激动地说，"你再叫一遍再叫一遍！"

这回丰子清清楚楚地叫了一声"娘"，神情还有些羞涩，喜极而泣的娘颠着小脚跑向客厅：

"丰子说话了，丰子不是哑巴！丰子不是哑巴！"

在客厅，跌跌撞撞的娘与从庭院外奔进的瘸子车夫撞了个满怀，瘸子车夫扑通一下跪倒在地，抱着娘的腿哭诉道：

"主子啊，朝廷来报，丰老爷他，他殁了——"

一喜一悲，就在同一天同时降临这幢大户人家的屋宇。

后来的日子里，丰子曾偷听娘同瘸子车夫说的气话，她说怪不得那天孩儿很反常，许久不安生，突然开口叫娘，早知是这样的话，宁可他永远不要开口说话。

清晨的天色似明未明，祖师殿前的树林里，众道士在吴道士的带领下已开始习武，噼噼啪啪的声响此起彼伏，长须飘飘的老道手扶楠木手杖，身板挺直，纹丝不动地站在晨风里，目光炯炯地环顾四周。

丰子和披风躲在一棵树后偷看。披风是瘸子车夫的义子，比丰子小两岁，瘸子车夫受伤后一直卧床不起，服了老道开的草药方子日见好转，而那些草药都是披风上山采摘回来的。披风平素就负责打扫道观的活儿，他原是山民，可不知道自己的生身父母是谁，老道收留了他，连名字都是老道给起的。瘸子车夫收披风为义子，跟娘说是给少爷找个玩伴。

自从来到青城山，伴着晨钟暮鼓，娘经常去溪边挑水。如果是大清早，娘一旦起身提着水桶出门，丰子马上一骨碌起床，跑到圆明宫前的空地上偷看道士们练功。空地两侧的围墙上画着八卦太极图，墙脚摆放着各种器械。道士们先是排成方阵，在吴道士的带领下徒手练拳，然后练器械，最后才是逐个单练。

丰子最喜欢看的是单练这个环节，道士们这时候都会耍出各各不同的绝招，一会儿是连环跟头，一会儿是鹞子翻身，看得他目不暇接眼花缭乱。

单练过后，众道士走到吴道士面前，听他指指点点讲解一番。吴道士的功夫了得，又是娘和丰子的救命恩人，在青城山是最关照他们娘俩的。他会帮娘挑水，还经常会把道观里供奉的水果、泡菜和酱肉偷偷送来给他们享用。但即便如此，丰子与吴道士怎么都亲近不起来，在他内心深处，总堵着一块小疙瘩。掀开小疙瘩，里面藏着两个秘密。

一个秘密是吴道士身手不凡居然极怕动物。上山那天，眼看娘被猴们调戏，吴道士畏缩着不敢上前，这件事让丰子非常鄙夷他，也很难原谅他。在山上待久了，常有与吴道士独处的机会，吴道士每次都怂恿丰子叫他爹，丰子死活不从，为何要叫他爹？丰子有自己的爹。不依不饶的吴道士就去拧他的耳朵，机灵的丰子绕着几人合围的榕树转圈躲避，眼看要被逮住，情急之中他看见一只松鼠趴在树上，天生机灵的他故意大叫大嚷："大松鼠！大松鼠！"奇怪的是，丰子这么一叫，吴道士的脚步立马停住，再也不敢追过来。吴道士原来那么怕动物，哪怕是松鼠这样的小动物，这让他觉得很可笑又很好玩。

还有一个秘密，丰子永远不会对别人说。

那天阳光明媚，山间溪水潺潺，黄色的杜鹃花开满山坡。圆明宫前挤满来山上供奉的游人，丰子与披风在银杏老树下玩射箭，远处娘从溪边挑水上坡，人群里闪出吴道士，他拨开人群，一个箭步上去，单手从娘肩上接过担子，大步如飞地朝寮房走去。丰子和披风手提弓箭被人流挤来挤去，两个人浑身是汗，射箭是玩不成了，丰子觉得无趣又兼饥肠辘辘，撇下披风，一溜小跑跑回寮房。

在寮房门口，他看到无人照看的一对水桶横亘在地面，他把弓箭扔地上，跨过水桶进入前厅。

屋内寂静无人，从前厅到卧房有一条长长的走廊，他沿着长廊走去，渐渐听到了低叫声和喘气声，他来到木窗下，透过百叶窗的缝隙，丰子瞧见一个男人宽阔的脊背和结实的屁股，娘的两只小脚悬在空中，随着起伏的叫声欢快地抖动，像两只风中鸟相互挑逗，忽然有一刻痉挛相拥，死也不分开……

披风听见丰子呱呱乱叫起来，吴道士不知何时出现在他们身后，他从后面拽起丰子的衣服提拎着走向祖师殿，脸上浮现古怪的冷笑。丰子两条腿悬在空中来回倒腾，一只手掌拼命击打吴道士的手臂。吴道士终于放下丰子，一只手指点点自己的鼻子说："叫爹！快叫！"

丰子哼一声扭过头，眼睛斜睨着吴道士，鼻翼一翕一合，就是不吱声。吴道士一个劲地逼问："叫不叫？叫不叫？再不叫把你扔五龙沟喂猴子去！"

丰子翻着白眼，乘吴道士稍有懈怠，忽然拔腿就跑，吴道士察觉后一个箭步上前揪住，丰子惨叫一声，右手竖掌模仿着众道士练拳的动作横扫过去——心里默念着老道教给他的铿锵咒语："地动山摇，风行水上；青龙白虎，神骛四方！"

丰子横扫过去的手并未触碰到吴道士的身体，但人高马大的吴道士倏忽间动作迟缓，突然蹲了下来，双手紧紧捂住小腹，披风见状，赶紧过来拽起丰子手臂就跑。

两个小孩跑了一会儿也没见吴道士追来，气喘吁吁地站住，回头一看，见众道士围成一个半圆，吴道士皱着眉头，推开众人缓缓站立起来，两只手捂着腹部勉力朝前走，走着走着又跟跄起来，不曾想直直地扑倒在地，扑通一声发出沉闷的声响。

事后道士们都说，谁也没有看见丰子的手掌触碰到吴道士的身体呀，这一切不知道是怎么发生的？远处的老道站在石阶上，长须飘飘，目光炯炯地将事态发生的全过程尽收眼底。

吴道士卧床数周，不停便血，娘终日伺候床畔。老道亲自过来给吴道士望诊，把脉的时间很久，最后老道的诊断让大家非常吃惊：吴道士的内脏严重受损。

数月后，吴道士勉强能够起身行走，其时老道已正式收丰子为徒，每天清晨丰子早早起床，率领众道士习武练功，道观里讲究长幼辈分，少年丰子之所以能够服众，全仗着老道亲自压阵，并时不时地面授机宜。披风终日上山采摘草药，把带着露水的草药交给娘之后，便去老樟树下玩射箭，一个人玩腻了，他也会来到圆明宫前，为老道和丰子端壶沏茶。星月当空的夜晚，披风常常就是丰子的陪练，这陪练当久了，武功自然也突飞猛进。

在娘日复一日的精心伺候下，吴道士受伤的身体渐渐复原。终于可以下榻走路，娘扶着吴道士在祖师殿前的樟树下艰难徘徊，一有机会，便向吴道士表示歉意。

吴道士洒脱地挥挥手，似乎并没有为内脏受损而忧伤，满不在乎的神情，流露出的依然是顶天立地的大丈夫气概。他涎着怪异的笑容对娘说：

"你生了一个了不起的儿子，假以时日，他说不定会修炼成罕见的旷世奇才呐！"

三

丰子偕披风一起下山那年，师父老道已羽化仙逝。

吴道士接管道观后不久，在山南断崖上凿一壁洞，整日研读《太平经》和《黄帝内经》，闭关苦修。经年历月，有一日胡子拉碴的吴道士终于出洞，眼光迷离，披头散发,在祖师殿前来回狂奔呼号,那呼叫声嘶哑尖利,久久回响。吴道士最后在奔跑中力竭倒地,口吐白沫,众道士见状齐刷刷地上前,衣衫褴褛的吴道士泪如雨下,哑着嗓子喃喃地说:成功了成功了!他说他凭着旷日持久的苦修,获得了一套长生不老的秘法。

众道士扑通一声集体下跪,口中念念有词,犹如无伴奏歌咏在山谷间飞翔。

吴道士苦修期间闭门谢客,与丰子娘也基本断了来往。站在月光朗照的台阶上,娘一次次求见,屡屡被小道士拱手拦住。道观内私下流传一种说法,吴道士内脏严重受损后,欲望的精魂被摄走,已完全丧失床笫能力。

吴道士长生不老的秘法成为江湖上的神奇传说,一时间风靡海内,很快传到京师,惊动当朝皇上。皇上日日祭拜天地,难忘祭师曾预言天将降祥瑞于西南方,青城山位居京师以西,莫非吴道士的出现正是一种应验?皇上一日也不肯耽搁,命锦衣卫速速派人去青城山,日夜兼程押解吴道士入宫。

青城山的掌门人被皇上垂顾青睐,整座青城山轰动一时,各地来的香客络绎不绝,日日人满为患。道士们把山南断崖上的洞穴用绳索围起来,用红漆在断壁上写着:"长生不老法修炼密室"。

皇上拥有吴道士之后，整日不理朝政，命吴道士侍奉左右，听他仔细讲解长寿秘诀。那段日子，宫里的太监很难见到皇上，在御驾车舆上，倒是常见皇上与吴道士的身影。皇上经常让宫女演奏道乐，在袅袅的乐声中，吴道士倾心诠释《黄帝内经》与天地的关系，抑扬顿挫声情并茂。皇上在吴道士的指点下，潜心服丹练功，以求获得长生不老之法。因为皇上的宠幸，吴道士可以随意进出宫廷。锦衣卫的宦官密报皇上，说吴道士身体力行从不近女色，皇上更是对他言听计从恩宠有加。皇上哪里会知道，吴道士曾经如狼似虎御女无数，只是内脏严重受损后，才变了个人，彻底放弃了搞女人的心思。

翌年春天，皇帝与吴道士把盏神聊，君臣之间所聊上至天文地理下至鸡毛蒜皮，古往今来圣贤百家，天下事房中术无所不谈，皇上一时高兴心血来潮，于酒酣之际突然下诏，命吴道士组建东厂。吴道士起始以为皇上喝醉了，说的是酒话，谁知第二天他刚从宿醉中醒来，皇上的诏书已抵官邸。吴道士成为东厂厂公后，仕途如日中天权倾朝野，正是这当口，他向皇上举荐了丰子。

吴道士举荐丰子，与其说是他慧眼识英雄，赏识这位故人，还不如说他读过不少杂书，通晓宫廷谋略，深知自己在朝廷不过是无根的浮萍，要想羽翼丰满就不得不培植亲信，而举荐熟人肯定比举荐外人来得可靠安全。

丰子与披风下山之际，前往祖师殿与娘叩别。其时娘缠头披纱，已成虔诚的道姑。母子俩泪水涟涟，难分难舍，这是丰子出生后他们的第一次分离。娘颠着小脚、瘸子车夫瘸着腿一直把他们送到天师洞，薄薄的道袍衬出娘丰腴的身子。瘸子车夫把平素主子赏他的银两，装一小兜全都塞给披风。斜挎行囊的丰子和披风大步流星往山下走去，回首一望，娘在前，瘸子车夫在后，前后站立在一棵高耸笔直的楠树下，两人的身影在午后的斜阳中愈来愈小。

数日后丰子与披风抵达京师，傍晚时分，他们找到一个酒楼，叫了几碟小菜几壶酒小酌起来。酒楼二层面对一个市集，那里人声鼎沸，不时传来锣鼓声和喧哗声。好奇的披风忍不住走到窗台边观望，回来告诉丰子说："丰哥，那里在擂台比武哩。"

酒足饭饱后，丰子与披风步下酒楼，右侧街边是一个算命摊，一个瞎子正襟危坐在一张木桌前，眼帘不停扇动，露出两片空洞的眼白。披风一把拉住丰子的衣襟说："丰哥，我们何不让他算个命，看看此行是否祥瑞高照。"

丰子拗不过披风，两人就在木桌前坐下，披风拉着丰子的手伸给瞎子，不料瞎子并不动弹，嘴唇嚅动，眼皮忽闪。

"你什么意思？你不算命啦？"披风焦急地责问。

"算命这件事啊，只有信的人才会准。你旁边这位少爷根本就不信，我就不赚你们的银子了。"瞎子微笑着说。

披风很诧异，瞎子怎么知道丰哥不信的呢？披风强拉丰子的手臂，摇晃着说："我们信的我们信的！对吧，丰哥？"

丰子脸色赧然，嗫嚅着，不知如何是好。

瞎子说："这样吧，给你们测个字，不准的话，我分文不取，权当戏言。"

"好好，这样好！"披风嚷嚷道。

瞎子让丰子用毛笔在宣纸上写一个字，想问的事情藏在心里，不必告他。丰子抬眼看到旁边有个招牌叫"夏程里客栈"，就随手写了个"程"字。

瞎子掐指估算一会儿，嘴里念念有词，时辰一点点过去，瞎子突然站起来，连连躬身作揖，说：

"失敬失敬，有眼不识泰山！"

披风露出好奇的笑，赶紧问："先生，怎么啦，怎么回事？"

瞎子随即说出的一番话，让丰子和披风惊诧不已。瞎子说"程"字是"禾"旁，你们来自禾木丰沛之地，禾木丰沛的地方势必有山有水，"呈"上口下王，你日后不仅是吃皇粮的，还是一人之下万人之上的大富大贵之人！

披风大喜过望，起身掏出几吊铜钱叠放桌上，谢过算命先生，拉着丰子来到人声鼎沸的市集。

前面的空地上插着一面黑黄相间的旗，旗下竖着鼓，一个满脸腌臜的侏儒拿着鼓槌毫无节奏地胡乱敲着，鼓面比他个子还高。几丈宽的擂台上，有一壮士口吐狂言，嚷嚷着尽是挑衅的言词，惹得擂台下的年轻小伙排成长队，怒目切齿地要上去挑战壮士。那壮士身穿马褂背心，五大三粗，一身肌肉，年轻人上去一个撂倒一个，基本都不超两三回合。

壮士一时打得性起，双手一摊，指着排队的年轻人，朝天一声大吼："爷今天高兴，允你们统统都上来！"

年轻人蜂拥而上，顿时场面混乱不堪，一袋烟的工夫，擂台上七倒八歪，躺倒一片。最后还在与壮士缠打的，只剩下一个身穿皂衣的蒙面人，他躲闪敏捷，步伐灵活，壮士一旦出拳，他一个鹞子翻身，落在壮士的身后，然后一顿组合拳击中壮士的背部，几个回合下来，壮士屡屡被袭，勃然大怒，屏息运气，突然如猛虎下山一般，朝蒙面人扑去，粗壮的臂膀在空中划了一个弧线，两只手掌勾成鹰爪，像铁钳一样咬住了蒙面人的一条胳膊，一个大背摔，蒙面人整个身体腾空而起，重重地摔在地上。蒙面人的皂衣撕裂，盖住头脸，腰部与臀部全部暴露在外，壮士一只手臂锁住蒙面人的头肩，另一只手掌勾成巨大的鹰爪从空中落下，直捣蒙面人的左胸……半空中被斜刺里伸出的结实手臂挡住——是丰子。

此前丰子一直作壁上观，后见蒙面人渐落下风，而那壮士不依不饶，一副不置对方于死地不罢休的态势，眨眼之间，丰子卸下斜挎的布袋塞给披风，跳上擂台，伸出手臂挡住了鹰爪。他双手握拳作揖，彬彬有礼地说："师父既已胜出，不必再伤弱小女子。"

"女子？"壮士一阵狂笑，松手一把推开倒地的蒙面人，发出颤动的声音："我从不与女子交手！哪来的乳臭未干的道士？报上姓名来，我不打无名之辈！"

丰子镇定地说："在下丰子，请教师父尊姓大名？"

壮士回道："好好，让你死个明白，我乃鹰拳天王呼延廷！"

"师父赐教！"丰子微微欠了欠身，后退几步。

壮士呼延廷与丰子在擂台上走着马步，绕场兜圈，两人的眼神像电光对接，浑身的心气相克，呼延廷手心朝里弯曲，有节奏地扇动手掌，仿佛在说来呀有种来呀！

这时披风已挤到前面，放下肩上的行囊，跳上擂台，随时准备出手驰援。丰子伸出手掌拦住披风，示意他退下。

随着"师父接招"的话音刚落，走着马步的丰子如迅雷不及掩耳之势敏捷出拳，呼延廷挡住，反击一掌，又被丰子挡住，一来一去犹如闪电，令人目不暇接。十几个回合之后，呼延廷见赚不到便宜，又使出同样招数，两只手掌勾成鹰爪，铁钳似的咬住丰子的胳膊，斜身一摔，丰子来不及躲闪，用腿部支撑住身体，但双手已被呼延廷锁住，这次呼延廷用的是两只手臂，像木枷紧夹丰子的喉咙，丰子的呼吸顿时困难起来，台下的披风见状连忙跳上，却被呼延廷飞腿一脚，击中面门，倒在地上。

丰子眼冒金星，大口喘气，身上的骨头格格作响，他知道中招了，且对手使的是致命的狠手，他眼前浮现吴道士追逐自己的情景，"地动山摇，风行水上；青龙白虎，神骛四方！"丰子的五脏六腑运着气，嘴里开始念着咒语，一遍遍地念，反反复复地念……

忽然，丰子感觉呼吸顺畅起来，呼延廷的手渐渐松开，跟跟跄跄后退几步，身子软下去，瘫倒在披风的边上……

这时，城门忽地大开，东厂的一队戎装太监拍马赶到，领头的一边翻身下马，一边大声呼叫：

"丰道士何在？！"

丰子健步跳下擂台，整了整道袍的衣襟，躬身作揖："在下便是。"

四

那次打擂台你是怎么看出我是女儿身的？

莲蓉成为将军夫人之后的很长一段时间里，反复问到这个问题。丰子总是笑而不语。他能说什么呢？任何人的背影他只要看上一眼，就能准确无误地判断出性别。在青城山的时候，有个村姑为了逃婚躲到山上，夫家人告到官府，派了兵丁上山搜查，村姑身穿青蓝色道袍，混在一群道士里低头唱颂经文，躲过官府兵丁的捉拿。第二天丰子遇见一群乾道士，他指着其中一个束发盘髻的大声说"你就是那个逃婚的"，吓得身穿道袍的村姑冲出队伍，上前一把抱住丰子要堵他的嘴，丰子见形势危急，收拢双肩像有缩骨功似的突然遁形，村姑环顾四周怎么也找不到人，不一会儿，听得一棵老樟树上传出低低窃笑……

丰子能说莲蓉的衣襟被呼延廷撕破后自己看到了纤腰以及柔美的腰臀线吗？莲蓉的腰与娘一样的纤细，顺着腰往下，具有月牙儿似的弯曲线条，沿着腰臀线往下便是胯与臀，胯朝两边突出，臀是翘翘的，浑圆的，饱满硕大，一看便知富有弹性。那腰臀线可以说是美轮美奂，再有灵性的画师也画不出那样的线条。那臀的形状像什么？苹果，对了，当时丰子就是联想到苹果。在那一刻，丰子突然有一种嗓子冒烟口干舌燥的感觉，随即萌发跳上擂台的冲动……

莲蓉端着一碗莲子羹走进厅堂，只有一个丫鬟在做手红，不见夫君的人影。莲蓉把莲子羹放在案几上，走出厅门，来到庭院。

庭院里黑魆魆的，月光下树影婆娑，青苔杂草四处蔓生，墙根伸出的几枝茎叶，在风中轻轻摇摆。沁人心脾的花香一阵阵袭来，那是庭院中的桂花树开花了。

莲蓉知道丰子有月夜习武的习惯，但今天有些异样，丰子上朝回来之后一直闷闷不乐，神情凝重，丰子平素话就少，朝廷的事莲蓉从来不问，嫁给丰子后，莲蓉早已习惯了夫君的脾性，他不说的事情，绝对问不出个子丑寅卯，你再问也无济于事。她这个丈夫什么都好，勇猛善战，朝廷派他出战平乱，每每是凯旋而归。官至大将军，不纳妾不嫖妓，就是天生一个闷葫芦，再大的事情全装在心里，莲蓉永远不知道他在想什么，有时莲蓉恍惚觉得他心里藏着巨大的秘密，可那是什么样的秘密呢？

借着朗朗月色，莲蓉依稀望见庭院甬道上丰子舞剑的身影，剑在暗夜中划出曲折锃亮的弧线，发出霍霍的低响。

前面的银杏树影晃动了一下，一只野猫嗖地穿过石阶。莲蓉习惯性地收缩身子，绷紧双腿。成为将军夫人后，莲蓉一心想做个好妻子，已放弃习武，但思维的敏捷和身手的反应都还在。

银杏树影又轻轻晃动，莲蓉侧过身子，背靠树身，慢慢探出脑袋：很奇怪，甬道上舞剑的丰子不见了。

庭院的另一侧，手持匕首的披风急急闯进，他一进入庭院就迅疾闪躲在一棵树身后，眨眼间有一道黑影闪过，莲蓉凭着女人的直觉，意识到披风被人跟踪了。披风终于现身，他俯下身朝瓦墙的灌木丛潜行过去，走着猫步搜寻，突然披风健步上树，在几米外的树上又轻巧落下。一上一落，披风的这些招数莲蓉非常熟悉，因为丰子都曾给她演练过。

披风停住了，用匕首划拉着草木前行，突然，一个皂衣蒙面人从灌木丛蹿出，与披风展开格斗，来去几个回合，蒙面人的皂衣被披风的匕首划破，披风上前一把抓住蒙面人的衣襟，蒙面人施展金蝉脱壳之术，身子曲缩成弓形，弃了外衣，露出白短褂，朝莲蓉这边逃窜过来，三步两步飞身跃上瓦墙，莲蓉见状噌地飞身跃出，蒙面人正准备翻出墙外，莲蓉拽住他的胳膊，蒙面人毫不费力地甩开，腾空一个跟头，上了树。莲蓉一时兴起，也三步两步上了树，紧追不舍，蒙面人朝墙外飞去，半空中抬了抬手，披风从远处飞奔过来，大呼"夫人小心"——蒙面人手中飞出一道光，披风在空中跳起，用匕首去挡那道光，只觉得臂膀上一热，他落地后即刻捂住臂膀。

莲蓉意识到披风刚才救了自己，她从树上跃下，朝披风走过去询问伤势，披风受了伤不忘给嫂夫人请安，并宽慰莲蓉，说已禀报呼延廷将军，即日起在都督府周围增加侍卫巡逻。

两人跨入厅堂，只见穿着一身白绸衣的丰子正悠闲地坐案几边吃莲子羹，一把宝剑醒目地放在八仙桌上。莲蓉吩咐女仆去拿包扎伤口的纱布和膏药。

"怎么，伤着了？"丰子问。

"披风为妾挡了暗器。"莲蓉边为披风包扎边说道。

"暗器？"丰子盯着披风的手臂。

"没事，一点皮伤而已。"披风笑嘻嘻地说。

"给披风将军也来碗莲子羹。"莲蓉吩咐女仆。

女仆从厨房端来莲子羹，莲蓉帮披风包扎完，递过莲子羹，披风三口两口扒拉下去，抹抹嘴说：

"丰哥，京师街头这些天突然出现很多控诉吴道士的匿名大字报，吴道士把文武百官召至奉天门下罚跪，想逼出贴大字报的人，直到天黑仍无人招供。"

"哦。"丰子沉吟良久，问道，"这几日东边的情况如何？"

"兵部今日收到一份快报，说浙江沿海一带倭寇活动猖獗，渔村屡屡被袭，倭寇深入腹地袭击我明军官兵。"披风说。

"嗯，明日早朝不用派马车来接我，我自己去。"

"丰哥！现在朝局不稳……"

"已说过多次，不要叫丰哥。"丰子的脸上露出不悦。

"是！将军。"披风搓了搓手，站直身子，正准备往外走——

"哦，对了，那件事查得有无眉目？"丰子突然又问。

"派去汴州暗访的人这几日即可返回，已寻找到当年刘府的一个丫鬟，名叫荷花。"披风说。

"好，切记不得走漏风声。"丰子说。披风刚欲离去，丰子又让女仆拿了几颗口服的丹药给披风，嘱他好生将息。

披风作揖后大步走出厅堂，莲蓉一直送到门口。

在丰子的脑海里，爹的形象是遥远而模糊的。他甚至不记得爹是否抱过自己。娘的闺房里曾经挂着爹的画像，画像上爹的面容是严厉的，嘴唇紧抿，那眼神威严中透着一种茫然。幼年时的丰子经常看到爹一个人喝闷酒的情形，这个场景深深地烙在他的记忆里。来到京师之后，丰子与吴道士很少见面。丰子是聪明人，他知道吴道士是为了避嫌，宫里的规矩也不允许臣工们互相串联，交往过密。但只要一有机会，丰子就会向吴道士询问当年的案情，吴道士总是支支吾吾语焉不详，逼急了，就说前朝皇帝在位时发生的事情自己怎么会知晓，那时贫道还在青城山习武念经哩。吴道士劝他不要胡思乱想，身为朝廷命官，要多想建功立业之事，不枉他向皇上推荐丰子的一番苦心。

但丰子的执念里终觉这桩历史旧案中有蹊跷，他不相信爹会谋反，吴道士既然不愿介入此事，丰子知趣地不再去打扰他，暗地里他从未放弃过，一直让披风偷偷调查此事。

当年汴州知府被举报谋反，皇上下旨，命都察院派人调查此事，都察院按旨前去汴州的就是丰老爷。丰老爷原与刘聚之同为内阁首辅，刘聚之的贪婪与丰老爷的清廉都是宫廷内外出了名的，但刘聚之老谋深算，鬼点子多，常会在皇上为难之际献上两全之策。皇上让刘丰二人共掌内阁，玩的是清浊互相掣肘的平衡术。无奈丰老爷为人一向耿直倔强，不屑与刘聚之为伍，因此他不仅深深得罪了刘聚之，还常常在廷议时当着文武臣工的面让皇上下不了台，最终被贬都察院，朝廷由此变成刘聚之独掌内阁。

丰老爷到了汴州，查清原是知府的外甥强奸民女，慌乱中杀死民女婆婆，知府大义灭亲，将外甥投入监牢。谁知堂审时知府外甥反咬一口，供出知府数年前曾经通匪的历史。丰老爷查清案情，维持原判。不料在朝廷群议时，内阁首辅刘聚之以汴州知府曾是丰老爷的旧部为由提出异议。皇上再命刘聚之去汴州重审此案，刘聚之到达汴州，丰老爷按理应该与刘聚之知会交接，但他显然对朝廷的安排心怀不满，加之耿直的脾性，对钦差大臣刘聚之不理不睬。后来刘聚之坐实汴州知府通匪前科，丰老爷不辞而别，愤而离去。返回京师的途中，在汴州城门外的衢道上遭到拦截搜查，马车里查出一大包银两，包裹银两的黄绸布上印着汴州知府的府印。丰老爷当众怒斥刘聚之派来的兵丁，兵丁们被骂得灰头土脸，但证据确凿，丰老爷纵有一千张嘴都无法为自己洗白。

回到京师，丰老爷的马队刚入城门，他即被锦衣卫的人拿下羁押，因包庇受贿罪锒铛入狱。丰老爷哪里咽得下这口气，身陷囹圄每天鸣冤叫屈，庭审时破口大骂刘聚之，结果被廷杖致死。那一天，正是六岁的丰子突然开口学会叫娘的日子。那一大包银两是如何拿上马车的，丰老爷的车夫成了关键人物。丰老爷带去汴州的车夫是严府的人，严丰两家是世交，常会互相借用仆人。奇怪的是，汴州回来后马车夫很快便人间蒸发，不知去向。

莲蓉用手指轻挠丰子的耳根，丰子侧身躺着，背对莲蓉一动不动。莲蓉不死心，她知道丰子最怕痒的地方就是耳根。丰子的身子动了一下，这似乎鼓励了莲蓉，她更加使力地挠，轻重相间，还用食指不停撩拨丰子的耳垂，丰子用手拍拍莲蓉的屁股，示意她停下。谁知莲蓉捏住丰子的手不放，使劲往下摁住，这样丰子的手就全部按在莲蓉的腰臀上了，深陷的腰际线连着鼓凸的胯部，丰子顿时全身像通了电似的一阵酥麻，嗓子里仿佛有一团火，焦渴难挡，他翻过身，褪去莲蓉身上的小裥和短裤，莲蓉的身子即刻开始扭动起来，嘴里发出异样的呻吟声……随着身体的运作，丰子的眼前竟然浮现出娘倒在吴道士的身下，两只小脚在半空中缠绕的画面。

莲蓉与丰子有过一次床第之欢后，她就知道这个男人是属于自己的。她相信所有的女人遇上丰子都会离不开他。莲蓉每次都非常投入，她没有发现丰子身上的异样。

丰子年幼时皮肤白皙干净，自从伤了吴道士后，他的皮肤渐渐变成小麦色，发育的时候又变成古铜色，全身开始长毛，胸口和腿部的毛密密麻麻，按青城山道士们的说法丰子就是一条青龙。莲蓉娇嗔地说你是青龙，我就是白虎！丰子被莲蓉逗笑了，问何为青龙何为白虎啊？莲蓉说我不管，我就是白虎，我就是死死缠住将军的妖精！

师父老道教会丰子很多，教的最多的是道家精义和习武人操行，而唯独房中术是吴道士在丰子成年后传授的。吴道士早年在青城山道观外与一干人搭草庐修行，所习课程中包括双修，吴道士生性灵活，通晓各门杂学，他曾几次拜于老道门下无果，老道是正宗的全真派嫡传，守戒独身，视吴道士的杂家修炼法为旁门左道。后来吴道士在道观大殿前长跪七七四十九天，才扭转乾坤，遂使老道收留了他。吴道士意外受伤，废了床笫功夫，早年的习修心得只能与丰子沟通，他喋喋不休地向丰子传授房中术，眉飞色舞的神情依旧高涨。都说两个男人在一起可以谈女人，势必是知根知底的挚友，但在丰子心目中，他与吴道士从来都不能算挚友，从来都没有臻于无话不谈的境地。丰子对掌控意念可以说是无师自通，只要他想控制自己，整日整夜都可以保持气息的充盈身体的坚挺，这就是丰子不想要子嗣始终能够不让莲蓉怀孕的缘由。

"将军，我们为何不能要孩子？你驰骋疆场威震四方，你的后代也一定是人中凤凰，为何不能生儿育女呀？莲蓉想要孩子，求你了，给我！给我！"莲蓉一次次地呐喊。

丰子回答："我是朝廷命官，随时要去征战；即便没有战事，在朝廷也是如履薄冰啊。人为刀俎，我为鱼肉，我不让能夫人和子嗣来承担日后的凶险呀！"

"那我们就辞掉这个鸟官，隐遁江湖，浪迹天涯！"莲蓉一向快人快语。

"现在还不是时候呀。"丰子慢悠悠地说。

今夜，月光朗照，夜色在无边无际的漫漶，丰子有种要放弃和松懈的念头，有一瞬间他似乎犹豫了，但最后一刻还是锁闭闸门，没有让激情的潮水释放奔涌，而此时的莲蓉已经一阵痉挛，发出歌唱般的吟唱。她的手渐渐松开，全身挥汗如雨软瘫如泥。

五

丰子的马车刚刚驶离都督府不久，前面就被一对骑兵拦住，身披盔甲的呼延廷将军拍马赶到，他跃下马背，凑近马车的布帷禀报说：昨夜潜入都督府的蒙面人已被缉拿，施刑后招供，竟然是东厂的人。

布帷轻轻撩起，丰子双目凝视呼延廷，眉头紧锁。"东厂的人？"

"是的。他们在刘宅附近发现翻墙而出的披风，一直跟踪到都督府。"呼延廷说。

"披风去刘宅了？"丰子颔颔首，若有所思地放下布帷。

"将军，如何处置那人？"呼延廷问。

布帷内传出嗡嗡的声音："派人送回东厂。"

马车缓缓驱动，在石阶路上发出辚辚的声响。东厂由吴道士执掌，入朝为官之后，没有紧要的事丰子很少与吴道士见面，久而久之，他与吴道士变得疏远起来，甚至可以说有些生分，难道吴道士也在暗中调查刘府？

天色渐明，皇宫外壁垒森严，到处是手持兵器身披盔甲的侍卫。几个锦衣卫的人在太监刘秀芳的带领下，挡在丰子的马车前面。丰子缓步跨下马车，整了整衣帽，健步朝宫殿深处走去。

走过长长的汉白玉石阶，在宫殿一侧，丰子看到了神色凝重的吴道士。吴道士头戴一顶六角帽，身穿灰白色立领的对襟长袍，前胸对称地绣着两条飞舞的小龙，穿道袍上朝是吴道士的特权。

吴道士用眼睛的余光看了看丰子，嗅嗅鼻子，微微颔首，随即又与旁边的文官交头接耳低语起来。丰子想起呼延廷捉住的那个蒙面人，不禁陷入无尽的沉思之中。

接下去，令丰子匪夷所思的一幕出现了。

百官聚集宫廷内，身穿龙袍的皇上驾到，御前太监朝前一步，高声朗读诏书，诏书尚未读完，刘秀芳已率几名身披盔甲的武士，当着满朝文武百官的面，冲上去缉拿吴道士。吴道士随即被上了木枷，六角帽摘下后头发凌乱不堪，往日的威风消失得无影无踪，他低下头一语不发，似乎默然接受眼前的一切。

曾经深得皇上宠幸的吴道士，转眼间成了阶下囚。

丰子后来才知道，吴道士是被他的手下宦官告发的，事发后一名大学士携几位内阁大臣联名上疏，历数吴道士的十大罪状，要求皇上罢免吴道士。皇上收到上疏后大发雷霆，下旨追查谁是上疏者，可没想到的是，内阁和锦衣卫也纷纷上了弹劾吴道士的奏折。最让皇上震怒的是几百文武官员跪在皇宫玉阶下，不惩办吴道士他们集体不起，这已经有点像逼宫了。

皇上龙庭震怒，下旨拘押上疏者，孰料内阁首辅以公意所在请求皇上宥免。皇上无奈之下颁诏拘押吴道士本也是权宜之计，可锦衣卫的刘秀芳不依不饶，就在吴道士被押往都察院审讯的途中，刘秀芳率人突击搜查了吴道士的宅邸，发现大批贪腐财物和违禁兵器，这就坐实了他的罪证。精力充沛的刘秀芳还发现吴道士扣押为皇帝选拔的嫔妃、畜养刺客和私造盔甲弓箭。

一月后，面对雪片一样飞来的奏折，皇上无奈地瘫坐在龙椅上，连连挥手说"罢了罢了"。一旁的刘秀芳赶快对给事中使递眼色，"速速记下，皇上已说罢了，'罢了'是什么意思你知道吗？"刘秀芳用手掌比划着，模拟钢刀横扫过去，砍在给事中的脖子上。给事中浑身发抖，不停颔首。

吴道士很快被凌迟处死。

闻讯吴道士遇难的那天晚上，都督府内一片寂静，莲蓉半夜起身小解，拧亮油灯，看见身边熟睡的丰子眼帘上，似乎挂着一颗晶莹的泪珠。她惊诧不已，因为丰子曾告诉过自己，他自出生以来从未哭过，所以不知道哭的滋味。当时莲蓉还很不高兴，自己嫁了个没有泪腺的丈夫，与铁石心肠有何区别？

莲蓉误以为丰子是在为吴道士的噩运哀伤，所谓兔死狐悲，不料几日后的一个晌午，披风的府邸迎来从青城山赶来报丧的瘸子车夫：丰子的娘去世了。

蹊跷的是，莲蓉从瘸子车夫口中所知，丰子娘闭眼咽气的时辰，差不多就是莲蓉起夜小解的那会儿。这么说那天晚上丰子是有心灵感应，梦中已经预见娘的离世？

蒙皇上恩准，都督府府兵护送，丰子一行日夜兼程，赶往青城山奔丧。丰子和披风策马驰骋，莲蓉坐马车随后，瘸子车夫虽已白发苍苍，但筋骨依然硬朗，手扶缰绳一路疾驰，长长的须髯随风飞扬。

春天的青城山满山遍野开满了杜鹃，一片片的白色，一片片的粉色。雨后的山坳里，树木翠绿欲滴，斜坡上散落着一丛丛的芍药和丁香花簇，紫色的丁香悄悄地盛开，它不事张扬，不像杜鹃那样醒目地呈现妩媚，犹如含羞的处子。山上的树木森然有序，柏树、银杏、香樟以及棕榈，郁郁葱葱沿山壁错落分布，进山口两棵松树并排站立，三层树塔临空架设，似乎在诉说道法自然的精义。树塔后是一排笔直挺立的楠木，高耸入云气势巍峨，将整座青城山装点得生机勃勃情深意浓。半山腰有一片碧蓝的湖水，荷叶田田，青蛙跳跃其上，蜂蝶飞舞湖面。

青城山为娘的仙逝举行了隆重的仪式。朝拜殿里摆放着娘的灵位，白色杜鹃扎成的花圈围绕四周。道士们都披麻戴孝，时不时在娘的灵位前叩头献花。娘在世的时候与道士们相处和睦，情同手足，众道士私底下都将娘视为母仪天下的"活观音"。

丰子与莲蓉踏上祖师殿的台阶后一步三叩，来到娘的灵位前长跪不起。伫立两侧的道士们诵念经文，犹如歌咏，莲蓉已泣不成声，从未谋面的婆婆，静坐在巨大的画像里无比慈祥，初见竟是永诀，让莲蓉顿生无限悲戚，泪流满面。

在朝拜殿举行葬礼仪式之后，丰子与莲蓉抱起面容安详的娘坐入一口大缸，四位道士用泥土封缸，抬至西山坡而葬，众人用石头堆成坟山，再用砖石建塔立碑。

从西山坡往回走的途中，一个道士追上来，将一张纸条递给丰子。这是一份娘的遗言，娘临终前躺在病榻上口述，由旁人代为记录下来。

丰儿：

娘要去见你爹了，娘这辈子最骄傲的就是拥有你这个儿子。你爹去世后，我们娘俩来到青城山，在这里娘度过踏实安心的后半辈子。青城山是我们娘俩的福地，你功成名就后，一定要报答这里的山山水水，报答这里所有的人。

另外，娘心里一直放不下的一件事就是你爹的死，这始终是一个谜。你爹对朝廷忠心耿耿，他耿直倔强，说话不绕弯子，得罪的文武百官甚多。皇上派他去调查贪官，回来反成阶下之囚，这其中必有冤情，如果皇上圣明，吾儿一定要查清原委，还你爹一个清白。

无论发生什么天大的事，吾儿不得叛逆，不得为匪，不能辱没丰家祖上的荣耀。

娘

这是丰子第一次听到娘如此清晰表达对爹身遭飞来横祸的质疑，其实这也是缠绕丰子许久的一块心病。他与娘从未交流过，但母子俩心有灵犀，都对这件惊天旧案有着一个大大的问号。

这天晚上，莲蓉被丰子的辗转反侧搅得难以入眠。山涧溪水的流淌和林中百鸟的啾唧，一直在她耳畔环绕。

次日清晨，青城山刚露曙色，莲蓉就悄悄起床去上清宫拜谒青龙阁和白虎阁。此次来青城山，她要搞清楚青龙和白虎到底是怎么回事。去上清宫的途中，莲蓉又一次看到了树塔，在朦胧的曙色中，三层高的树塔悬空横架在两排大树之间，塔身皆用树干垒成，远远望去像一尊肃穆的塑像，又像一个正襟危坐与苍天对话的道士。

从上清宫回来，丰子还没起床。这时五百里加急廷寄飞马送来，莲蓉闻讯，急急跑去把尚在睡梦中的丰子叫醒，丰子匆匆穿戴整齐，出门跪拜接旨。

据报山东东平湖几万灾民造反，皇上命都督府带兵一万平定匪乱。随行的监军是锦衣卫的指挥使刘秀芳。

"这是什么意思？"披风一边收拾行装，一边大声嚷嚷，"几万人造反，派一万人去平定，这个鸟皇帝是怎么想的？"

"休得胡说！"丰子呵斥道，他坐在案几边一人独自品茶，脸色凝重。

"锦衣卫的指挥使随军出征，这也是前所未有的事情。"披风继续嘟嘟囔囔。

莲蓉端来一只盛满茶水的瓷碗递给披风，幽幽地说："吴道士被除，皇上是在考验将军的忠诚度啊。"

六

大都督丰子率领的一万人马在东平湖的南侧安营扎寨。

东平湖一望无际，大片大片的芦苇将湖面分割成几大块水域。湖的北面就是州府所在地，群山环湖延绵，地势险要，据说前朝的梁山泊匪兵谋反，就曾盘踞在这一带。

山东府本是富庶之地，不料今年连降暴雨，稻粱颗粒无收，州府救灾乏力，还向朝廷隐瞒灾情，导致一时间民不聊生。东平湖一带自古民风剽悍，习武之风盛行，朝廷对此地也一直怀有戒备之心，锦衣卫和东厂的人经常出没其间。前些日子暴雨稍歇，东平湖菜农卢民夫妇上街卖菜，夫妻发生口角，卢民破口大骂，卢妻也不示弱，说你以为你是谁？你以为你是皇上啊。卢民大声嚷道我就是你的皇上！边说边朝卢妻扇过去一个大耳光。卢妻被打后呜咽着说什么狗屁皇上！此话被坐边上喝茶的锦衣卫的人听到，将卢民夫妇带去官府，刑讯暴打下卢民一命呜呼，卢妻每日在官府前鸣冤叫屈。几日后，卢妻的几个兄弟夜袭锦衣卫的校尉，割其首级丢抛在市集，官府出兵清剿，卢妻所在的村寨一夜之间聚集起几千人与官兵对峙，随着事情的一点点演变，方圆几十里的村寨都加入了暴乱，几万人冲击并占领官府，东平湖的暴民亮出他们先民用过的忠义堂的旗号。于今城墙上，远远望去，悬挂着锦衣卫校尉和知府的脑袋。

宽阔的东平湖犹如一道天然屏障，丰子所率都督府的兵丁虽说英勇骁战，但大都是北方人，不谙水性。更令丰子头痛的是没有船只，如何越过这辽阔的湖面？短短的时间，要造出承载一万人的船只是不现实的，何况民众皆反，根本找不到工匠。丰子采取的策略是围而不攻，封锁各个衢道，等待城池内粮断草尽，再作下一步的打算。没有粮草，城内叛军自会骚乱，只要有人涌出城门，都督府的将士凭借丰富的战场经验，可将叛军各个击破逐一剿灭。

丰子在呼延廷和披风的簇拥下走出营帐，远方雷声隆隆，黑云翻滚，他们沿着湖边走去，听到湖水汹涌，发出哗哗的拍岸声。不远处是监军刘秀芳的营帐，那里居然油灯闪烁明灭，传出笙歌舞乐之声，丰子勃然大怒，大步朝刘秀芳的营帐迅疾走去。

营帐门口几名卫士试图拦住丰子，丰子的手在空中挥了挥，划出一个圆弧，几名卫士顿觉天旋地转，踉跄倒地。呼延廷和披风面面相觑，他们知道愤怒之极的丰大将军不经意用了内功。

丰子闯进营帐，只见刘秀芳已喝得酩酊大醉，红着脸，端着酒盏随一群歌姬群魔乱舞。丰子上去就把刘秀芳手中的酒盏一把撸掉，那酒盏嗖地飞出去，砸在营帐的帷布上，又弹落在案几上，发出哐当一声脆响。

歌姬们尖叫着逃出营帐，那刘秀芳眼光迷离，大着舌头说："你、你、你谁啊？竟敢私闯爷的营帐，败坏爷的兴致！"

丰子端起一酒壶，从刘秀芳的头顶上倾倒下去，刘秀芳顿时眼前一片迷乱，头发耷拉下来，霎时间变成一只落汤鸡。这时他似乎有些清醒过来：

"丰、丰、丰都督，你休得无礼！二、二、二十多天过去了，你不、不去攻打城内叛民，反而来冲我的营帐，小心我参你一本贻误军机懈怠戡乱的折子！"

"好，你明天就给朝廷上折子，但刘秀芳你给我记住，再在大营里寻欢作乐饮酒误事动摇军心，小心我将你捆绑起来押送京师！"丰子说完，扭头走出了营帐。

次日清晨，刘秀芳酒醒之后，昨晚发生的事情历历在目，他恼恨于自己的失态，早早来到丰子的军帐前主动谢罪：

"都督休怒，昨日小人喝多，败坏军纪，影响甚坏，小人恳求都督重罚。"

"不必了，"丰子挥挥手，"战事当前，监军还望自重。"

刘秀芳不愧为刘氏后人，他见丰子并无责罚自己的意思，走出军帐，脱了衣衫，露出白皙的胸脯，遂令手下将自己捆绑在一棵枣树下，命贴身侍卫用马鞭抽打自己。这出苦肉计显然是演给丰大将军看的。

那个贴身侍卫是鞍前马后跟着刘秀芳的人，这叫他如何下得去手？刘秀芳见贴身侍卫像根木头杵在那里，大声嚷嚷："还不动手啊？你要等死吗？"

那贴身侍卫哭丧着脸，犹豫地举起马鞭，一下一下地从高处挥落，一副有气无力的样子。刘秀芳见状，抬脚猛地踹过去，那个侍卫即刻跪倒在地。"把他给我捆起来，陪我一起受罚！"

于是，侍卫迅疾也被几个兵丁扒了衣服，绑在另外一棵树上，刘秀芳大喊："让这个贱人与我同受三十鞭笞！"

呼延廷从远处走来，见两个士兵正在鞭打监军及侍卫，喝令士兵住手，然后急急闯入都督帐内，但见丰子镇定地坐在椅子上，身后是一张山东全景地图，都督慢悠悠地品着茶，满屋氤氲茶香。

"丰大将军，这、这、这可如何是好啊？"呼延廷哭丧着脸问。

丰子面无表情地说："慌什么，你不用管，爱闹就让他去闹吧！"

七

披风出事了。

披风是在巡视市集时结识民女麦子的。年仅十六的麦子长得眉清目秀，吸引披风的眼光自在情理之中。那时候，因为数日没有进食，麦子饿得四肢无力，晕倒在爷爷的身旁。即便如此，披风还是在三三两两的饥民中一眼把她找出来。

东平湖一带盛产枣树，饥民们先是吃枣子，吃完所有果树上的枣子再以枣叶果腹，最后连枣叶也吃完了，一大片一大片的枣树上只剩下光秃秃的树干。

披风把麦子扶上马，将祖孙两人带到大营，命人赐以食物。祖孙俩每人喝了两大碗粥。

第二天披风牵着马步出大营，麦子从一棵枣树下闪出来，她的身后蹿出一只瘦骨嶙峋的脱毛小狗。麦子的手中拿着几颗干枣，走到披风面前，笑眯眯地递给披风。披风一把抱起麦子扶上马鞍，自己也翻身上马，战马一阵风似的沿着湖边跑向旷野，小狗飞快地箭镞一般跟了上去。

山坡上，披风侧身躺着，麦子脱了鞋在湿漉漉的草丛里雀跃奔跑，阴沉沉的天，寂寥而悠远，阴沉沉的湖，微澜而辽阔，但此刻似乎都被少女的热情和健康的身躯所点燃所煽动，完全没有战场的死寂和沉闷。马悠闲地在山坡上寻觅，狗窜来窜去兴奋异常，渐渐的，披风的眼光被麦子裸露的小脚所吸引，那是一双披风从未见过的小脚，如此完美如此润泽，粉红、光滑、细腻，像玉器般含蓄地收敛着光，晶莹的水珠扑洒在脚踝上，又朝四周飞溅。

麦子终于坐在披风的边上，披风的眼睛直勾勾地盯着麦子那双漂亮的脚。

"披风哥，你怎么啦？"麦子不解地看看披风，又看看自己的脚。

"你的脚好看。"披风由衷地赞叹。

"脚有什么好看的，披风哥真傻！傻哥哥！"麦子的手指戳到了披风的额头。

从小在东平湖边长大的麦子怎么能理解披风的心思，披风幼时见的女人大多是道姑，成年后远距离看到的是宫女，近距离接触的都是青楼风尘女子，打打杀杀，戎马倥偬，哪见过这么浑然天成娇柔粉嫩的小脚啊。披风恬淡的心境居然被一双小脚所撩拨，他自己都觉得不可思议。

天色忽然黑下来，湖面起风了，雨说下就下，狂风骤雨中，披风与麦子拉着手跑向远处的一间茅屋。

一切都发生得那么自然。在整个过程中，年仅十六的麦子像是引领者，披风懵懵懂懂地被牵引着前行，策马加鞭奔跑到一个高高的悬崖上，然后朝深不可测的地方滑行坠落。他的身体膨胀发热，像团火一样熊熊燃烧。当两个人赤身裸体躺在茅屋地上时，披风仿佛觉得一切都发生在梦里，他好像又回到了青城山，回到了童年时光。他从未有过这样欲仙欲醉的体验。

"披风哥，你们会去杀城里的人吗？"待激情过后平静下来，麦子幽幽地问道。

披风的身体打了个激灵，他的思绪被麦子甜美娇弱的声音突然拉回到现实中来。"啊？你说的是那些叛军吗？当然，那些都是犯了死罪的人。"

"可我哥也在城里！"麦子几乎喊叫起来。她一跃而起，嘟着嘴，白晃晃的身子在披风面前伫立，令他头晕目眩。

听闻麦子的话披风一愣。有一瞬间，他闪过一个念头，麦子莫非就是为此来找他的？但他马上又否定了自己。直觉告诉他，单纯自然的麦子不会是那么有心机的人。

麦子开始迅疾地穿衣服。她沉默不语地走出茅屋，小狗噌一下蹿出去，活蹦乱跳地跟在后面。

消失在大雨中的麦子与小狗一直盘旋在披风的脑海里，他的心里萌发隐隐的担忧，甚怕麦子一去不复返，不会再来找他。

几天后，麦子又出现在大营门口的旗杆下面，她的身后带着七八个面黄肌瘦索讨食物的饥民孩童，披风有些为难，可经不住麦子不停央求，命兵丁去营地伙房拿了饭团和肉干来散发给那些孩童，谁知当兵丁提着食物走到这些孩童面前的时候，出现了诡异的一幕：孩童的身后突然齐刷刷冒出几十个老翁和婆婆，这些老人的后代都当了叛军，留下这些老人一个个饿得皮包骨头，他们不停地给披风磕头下跪，连呼善人善人，披风不忍卒睹，心一软，把他们带到大营伙房。这些饿昏的老人像一群疯子，或者说更像一群强盗，把熟食抢完了尚未果腹，看见生米也大把大把往嘴里塞。

人愈来愈多。后来的场面完全失控,来讨要食物的饥民络绎不绝,人流潮水般涌入,不仅将厨房食物洗劫一空,临了还把粮仓的粮食抢走,几座原本高高的粮垛一下矮了许多。众兵丁上前阻拦,饿疯的饥民对徒手的兵丁毫不畏惧,更何况披风被麦子纠缠着,麦子不停地拉着披风的手左右摇晃,撅着嘴恳求他对那些饥民手下留情。

待人群缓缓散去,军营内像被洗劫过一样混乱不堪。

傍晚时分,披风被刘秀芳的人五花大绑羁押到都督的营帐。

这件事情的性质无疑是严重的。对城墙内的叛军丰子采取的策略是围而不打,大营的粮草原本就短缺,丰子让朝廷火速运粮,无奈大雨连绵,运粮草的马队进入山东境内后无法前行。

刘秀芳坐在一张椅子上,一语不发,静候丰子处置。呼延廷给刘秀芳端来一盏茶,刘秀芳罢罢手,不接茶盏。

丰子倒背着手,闭着眼睛,仰头面朝营帐顶棚,宽阔的背显露在透进营帐之门的光影中。

静默几分钟后,丰子侧过身来问呼延廷,那声音如针尖掉地:"呼将军,这擅发军粮按战时律法是什么罪?"

呼延廷尚未接话,披风的头已磕在地上,声响沉闷,"将军,都是披风的不是,披风知罪!披风知罪啊!"

"将军……"呼延廷双手作揖半跪下,带着哭腔说,"披风有罪,在下请求让他戴罪立功,将功补过!"

丰子的眼神从呼延廷脸上缓缓转向披风,声音微微发颤,"怎么能犯这种浑呢?军粮也能随便散发的吗?这倒好,草民百姓居然全抢上门来了,荒唐啊!擅自动用军粮你知道是什么罪吗?这、这是死罪,你披风不知道吗?"

"丰都督说的对,擅发军粮按朝廷大律是死罪,可那些饥民大概也是饿昏了,真是无法无天呐。"刘秀芳面无表情地说,似乎在替披风说情,又似乎在谴责饥民。

"刘监军说得在理,大敌当前,我军要稳住阵脚,不可自损大将呀!"呼延廷边说边偷觑丰子的脸色。

"军中的粮草维持不了数周,于今大半被抢,我担心,无法剿灭叛军,朝廷怪罪下来,我与丰都督恐怕、恐怕都难以交差啊!"刘秀芳忧心忡忡地说。

"刘监军,现在救人要紧,你万万不可火上浇油……"呼延廷明显是急了。

"呼将军,一切皆由丰都督裁断,如果丰都督决定让披风将军戴罪立功,在下附议。披风将军与丰都督是青梅竹马的兄弟,事已至此在下不糊涂,知道利害关系。"刘秀芳语气诚恳地说。

此时此刻,刘秀芳说什么丰子听起来都像是陷阱,他在琢磨刘秀芳话中的弦外之音。丰子一时半会儿想不明白，只觉得胸口憋闷，一团团的火焰四处奔突，却无法往上冒。刘秀芳话语里有玄机，可这玄机是什么呢？意思是这次他刘秀芳愿意网开一面，但必须他丰都督领情？可丰子偏偏就是不想领他的情。

"你们都别说了，还是按律法办吧。"丰子一字一句说。

正在此时，营帐内闪出莲蓉，跪拜在地，"求将军饶恕披风，披风曾救过莲蓉的命，倘若他的罪无法赦免，妾愿意替他赴死！"

场面死一般的静寂。

"妇人之见！"丰子勃然大怒，四处奔突的火焰一下找到出口。"来人！将这妇人给我绑了！"

"将军，万万不可呀！"被捆绑着的披风挣扎着移动膝盖挡在莲蓉的前面，回首又对莲蓉说，"夫人不必多言，祸是披风闯的，理应由披风一人担当。在下知道，即便班师回朝，披风也难免一死！"

"你是活得不耐烦了啊？！"丰子指向披风脑门的手在抖动，痛心地说。

"一人做事一人当，求将军不要迁怒夫人！"披风凛然地说，"披风最后请求与将军单独说几句话，希望丰将军恩准！"

少顷，丰子罢罢手，"你们都退下。"

营帐内只剩下两个人，披风抬起头，语速很快地说：

"将军，刘府的丫鬟荷花已被我派人保护起来，就在青城山我爹那里。现在基本可以确定，严府的车夫就是被刘聚之的人除掉的。刘聚之当年买通车夫，将几包银两事先放在马车上，事后又杀人灭口。我听说那个老贼已躺在床上奄奄一息，披风虽死无憾，但悲不能亲眼目睹刘聚之覆灭的那一天。将军一定要为丰老爷子的旧案鸣冤哪！"

"你呀，你真是个混账糊涂蛋，把我所有的计划全搅乱了！"丰子闭目仰天，长叹一声，"这一切难道皆是天意吗？"

"人之将死，其言也善，朝廷不公，将军不妨揭竿而起，自立为王！"披风两眼铮铮发亮。

"休得胡说！你跟了我那么多年，你我之间情同手足，后事我会安排好，瘸子伯我也会照顾的，你放心上路吧！"丰子别过头去说。

"将军！江湖险恶，您多保重，恕在下不能再伺候您了！"披风扑通一声双膝跪地，泪如雨下。

八

东平湖平乱最终大捷，可谓谋事在人成事在天。

谋事者自然是丰大将军，围而不攻，让城中几万叛军困兽犹斗；而生死攸关命悬一线之时，是老天爷出来相助。那天晚上丰子与呼延廷走出营帐，沿湖边走了一圈，走着走着，看到朦朦胧胧的一弯淡月，若隐若现地悬挂在夜霭笼罩的远边天际。其实那时候军中几乎已快要断粮，困扰丰子的是：如果大雨继续不停，一万兵马用何来果腹充饥。摆在他面前的只有两个选择：要么退兵，要么拼死攻城。退兵朝廷不会答应，拼死攻城，那就是鱼死网破，是丰子最不愿意采纳的下策。丰子看到那一弯烟云遮蔽的淡月，长长地舒出一口气，他知道，转机来了。

果不其然，翌日，山东境内的天气次第放晴，十几个时辰后朝廷的粮队来到大营，大营里一片欢呼声。

城中因为缺粮，又兼临时聚集撮合的队伍，可谓是乌合之众，每日有人跳入东平湖寻求活路，丰子率大军攻入城中，只见城中街衢伏尸满地，很多奄奄一息的人都是因为饥饿所致，除去逃跑的与战死的，俘获的叛军人数不及八千余。

在如何处置这些叛军俘虏的问题上，丰子与刘秀芳发生激烈的争执。刘秀芳要就地杀戮这些俘虏，丰子不依，他说自己是统帅，如何处置俘虏应由自己说了算。丰子让叛军俘虏每人写一份悔过书，摁上血印，把他们全部放了。

东平湖大捷，丰子率领大军班师回朝。回到都督府，丰子连夜奋笔疾书，次日上朝第一个递上奏折，恳请皇上给山东灾区轻徭薄赋。监军刘秀芳随后也上奏折，笼统回顾平叛过程中都督府将士的功绩，最后似乎轻描淡写地提到丰都督独断做主遣返叛军俘虏之事。

皇上龙颜渐渐变得阴沉，满朝文武官员都不敢吱声，东张西望一片寂静。

刘秀芳留有一手，奏折中并未提及都督府大将披风擅自散发军粮之事，这让丰子颇感意外。内阁一位老臣不合时宜地上奏称都督府治军严明，平定山东之乱理应赏赐。皇上沉默不语，有一大臣见状，立即上奏说丰都督释放乱民有损朝廷威严，唯恐海内竞相仿效。朝廷文武官员形成两派意见，各陈己见，争议不休。

最后皇上下旨，丰子被降四江总兵，不日迁出都督府，赴江都上任。丰子携家眷及大队人马到江都后，将所有的军机要务都交给副总兵打理，他异常珍视难得的清闲，与莲蓉住在江边总兵府的一座私宅中，养养鸟浇浇花，赋闲将息，过着闲云野鹤般的日子。

这期间丰子与莲蓉以给娘祭祀为名去过一次青城山，瘸子车夫在天师洞前恭迎丰子一行，旁边一位身穿道袍的妇人搀扶着他。瘸子车夫虽说老了，眉毛很长地支棱着，头颅谢了顶，露出红彤彤光亮的天灵盖，背已极度弯曲佝偻，但身板看上去还算硬朗。

"少爷啊少爷！"瘸子车夫看见丰子，泪水一下就涌出来了。

丰子向前疾走几步，跪拜在瘸子车夫的面前，他向瘸子车夫谢罪，责怪自己未能保护好披风。瘸子车夫老泪纵横，也相向跪倒在地，双手扶住丰子的臂弯，连声说："万万不可呀少爷，万万不可！披风是犯了死罪，老夫知道。"

众人沿着石阶往山上缓缓攀援，瘸子车夫忽然想起什么，用抖动的手拉过妇人推至丰子面前，颤巍巍地说："少爷，她就是荷花呀。"

其实丰子早已猜到妇人的身份。他此行的目的就是想见一面当年刘府的丫鬟。

晚上，瘸子车夫给丰子莲蓉一行准备了丰盛的晚餐，白果炖鸡，后山老腊肉，还有丰子最喜欢的青城泡菜。喝的是洞天贡茶和乳酒，贡茶经冲泡后色泽清澈，茶香四溢，满屋都弥漫着浓浓的馨香。那乳酒是用猕猴桃和醪糟汁酿造的鲜果酒，瘸子车夫陪着丰子频频举杯，喝着喝着，禁不住泪水又从皱纹密布的脸上滑下。

莲蓉见状赶紧给瘸子车夫斟酒，三下两下莲蓉喝了不少果酒，脸色绯红。荷花倒茶斟酒，忙东忙西，莲蓉一把拉过荷花坐下，也给她斟了酒。荷花端起酒杯起身给丰子敬酒：

"小女子感恩将军不杀之情！"

"荷花何出此言？你本是无辜之人。"丰子举杯与荷花碰杯，一饮而尽。

席间，荷花去闺房取来一个小包裹，她双手捧着包裹跪拜在丰子面前。丰子打开布包，里面是一块黄色的绸布，展开绸布，显现当年汴州知府的府印。多年前刘府管家曾悄悄让荷花去作坊制作几块这样的绸布，但后来因为荷花萌生喜欢，偷偷私藏了一块。几日后同样的绸布包了银两出现在丰老爷的马车上，成为丰老爷受贿的佐证。

"多年来我一直等着这一天，盼望把它亲手交给将军。而今夙愿实现，荷花虽死无憾。"荷花跪在地上不肯起身。

莲蓉上前扶起荷花，"好姐妹，此事与你有何干系，你大可不必如此自责。"

丰子在青城山待了数日，去后山给娘的坟上了香，黄昏时分，他在祖师殿前那棵百年银杏老树下徘徊流连，银杏的树皮龟裂，枝干粗壮，树身用一个人的手臂难以合围，少年时期他与披风常在银杏树下练习射箭，恍惚间他的耳畔又回响起披风的清脆笑声，他们一同玩耍的情景历历在目。丰子的内心似有万千鼓乐轰响，霎时又被潮水般的巨大悲伤覆盖。

几日后，丰子与莲蓉回到江都。自青城山回来，丰子发现莲蓉的举止有些异样，夜幕降临，莲蓉常常会一个人去江边，几个时辰才回。她是瞒着丰子在偷偷恢复武功。一天，莲蓉浑身大汗淋漓出现在总兵府的门口时，一只白色的鸽子腾空飞起，园中的凉亭边闪出虎着脸的丰子，他已等候夫人多时了。莲蓉眯着眼睛朝丰子微笑，然后调皮地俯下身子，从丰子伸出的手臂下面逃脱了。

夜里躺在床上，丰子问道："你常去江边，是在练武吗？"

"是的，我要帮夫君复仇，完成披风未竟之夙愿。"莲蓉说。

"夫人不许胡来！"丰子呵斥道。

"让你凶让你凶！"莲蓉格格低笑，翻身一骨碌骑上丰子的胸脯，"将军不是在打擂台时喜欢上莲蓉的吗？于今怎么反对起莲蓉习武了呢？"丰子的双手抚摸到夫人光裸的腰臀，莲蓉一丝不挂，一切似乎早有预谋。她的嘴唇贴在丰子的耳根，拼命舔舐那块敏感区域，丰子浑身起了鸡皮疙瘩。

暗黑中与莲蓉云雨翻滚之际，丰子的思绪依然难以停下。丰子知道，凭莲蓉的武艺，做掉仇家肯定没有问题，但丰子要的不是这样的结果，他盼望的是朝廷公开为爹昭雪。思绪游走的丰子听凭莲蓉翻江倒海地折腾，习武后的莲蓉变了个人，灵巧无比，放低身段，完全打开生命，像个贪得无厌的浪女淫妇，浑身有使不完的劲，填不满的欲，仿佛要把丰子身体里的精气吸干才肯善罢甘休，丰子因无法集中意念，渐渐放松警惕，他万万没有想到，这一晚的欢愉为日后的变故埋下重大隐患。

九

丰子被朝廷急召入京。浙闽一带屡遭倭寇侵扰进犯，倭寇肆虐猖獗，还非常善战，竟然屡屡让朝廷派去的军队遭受重创，情急之下，皇上想到丰子，下旨命军机处重新启用四江总兵丰子，由他担任浙闽平倭总兵，呼延廷担任副将，连夜率两万人马火速赶往浙江台州。

总兵府外车水马龙，丰子刚披戴整齐走出书房，忽见厅堂外闪现一个身披盔甲的身影，在丰子面前突然下跪，丰子仔细辨认，发现居然是莲蓉。

"将军，莲蓉不才，请允妾随夫出征！"莲蓉的声音铿锵有力，完全不像出自女儿身。

"夫人，打仗理应是男人的事，我要允你去，这不是陷我于不仁不义吗？"丰子微笑着说。

"将军此话差矣，妾知道将军心里苦，没了披风，还有莲蓉，莲蓉的武艺和统军能力都在披风之上，既然不能为将军生儿育女，请允我随军出征，披风能干的事情我都能干，在将军苦闷的时候，我还能给将军沏茶倒水，陪将军说说话。"莲蓉的声音满带凄婉与诚恳。

话说到这个份上，很难找到化解莲蓉执念的方法，丰子沉吟良久，拱手合掌说：

"既然夫人执意要随夫出征，那好吧，此去势必会让夫人百般受累。夫人的体恤，丰子一辈子没齿不忘。"

就这样，莲蓉随明军出征，丰子率两万人马不分昼夜地赶路，十日后的深夜寅时，抵达台州境内。先锋呼延廷策马来报，士兵们都累垮了，请求就近安营扎寨。台州府大都面海，几乎是一马平川，现如今台州府的大部分村寨被倭寇占领，丰子的军队在距台州不远处的黄岩停留驻扎。

与倭寇的遭遇战发生在几日后，江都的士兵多年处于太平世道，没有经历过战争，养尊处优惯了，长途奔袭来到台州，大部分人士气低迷叫苦连天，并无做好殊死搏斗的准备，大白天居然三三两两出去寻酒喝，两拨人加起来总共十几个，贸贸然进入靠近台州的一个小村，当他们发觉一群光着上身束着长发的矮个子围坐成圆圈载歌载舞，急急忙忙想撤退，一切都晚了，村口一群矮个子手持薙刀将他们包围。倭军的薙刀弯曲细长，十几个江都士兵遭受胡砍乱刺，其中一个被倭刀刺中腹部，刀尖一转，肚肠就挑了出来，鲜血汩汩流淌。十几个江都军士兵全部被斩，倭军把尸体像旗杆一样高高升起，悬挂在竹竿上。

呼延廷向丰子讲述这一切的时候，莲蓉觉察到丰子的颈脖一根根青筋暴突。这天晚上夜幕刚刚降临，丰子即刻下令向那座村寨发起攻击，被激怒的江都军奋勇突入村寨，与倭军发生激烈的肉搏。不到一个时辰，倭军见江都军的兵丁源源不断地涌来，人数远远超过自己，不得已只能向台州方向撤退。村寨虽说很快拿下，但清点战场时发现：江都军死亡的人数居然远超倭军。

丰子深知，江都军刚被激发起来的士气来之不易，他命呼延廷留守清理战场，自己率领大军向台州府城挺进。次日曙光初现，丰子的一万多人马把台州府城围个水泄不通，只留了西城门一条道，丰子算好时辰，待呼延廷赶到，让他在台州通往仙居的半道上布下埋伏。丰子选择夜里突击攻城，打倭军一个措手不及。

攻城开始前，江都军的鸟铳齐发，台州城的上空被一片片火焰点亮，城内的几千倭军抱头鼠窜，然而攻城并不顺利，倭军多数由武士组成，刀法精湛，武艺过人，江都军的短兵器对付薙刀和大太刀占不到任何便宜，双方死伤惨重，倭军开始弃城而去，从西城门夺路而逃，呼延廷率部赶到，还来不及布置埋伏，倭军已蜂拥出城，一路杀来，一场混战后倭军剩下几千人，逃往天台山仙霞岭一带，呼延廷所率骑兵不足八百余人，逢山路行进困难，不敢穷追猛打，他命部下找到当地农户带路，登上了天台山主峰制高点华顶山，静候大部队的到来。

傍晚时分，丰子率大队人马赶到。他们溯流攀援而上，暮春时节，沿途漫山遍野生长着云锦杜鹃，淡红色里夹杂着嫩黄，花团锦簇，虬枝如钩，远远望去似锦若霞，山的两侧长满梅树、樟树、柏树以及粗壮的老藤，更兼奇石幽洞飞瀑清泉，然而明军士兵已杀红了眼，蓬头垢面怒目圆睁，此时此刻与秀美的景色形成强烈反差。

丰子与呼延廷的部队在华顶山会合。呼延廷领着丰子来到山崖，站在一棵树枝遮天蔽日的老樟树下，朝山下望去，一汪碧蓝的寒山湖尽收眼底。再远处，就是倭军流窜盘踞的仙霞岭一带。呼延廷不愧为身经百战经验丰富的老将，占领了华顶山这个制高点，居高临下，倭军所有的动向都在明军的鼻子底下。丰子斜睨一眼呼延廷，连日的征战，胡子拉碴的呼延廷显得异常疲倦，眼袋突出，鱼尾纹深陷，但他还是挺直腰板，目光炯炯，丰子暗忖将士们累了，该让疲惫的军队休整几天，几千倭军已是瓮中之鳖，掀不起大浪，剿灭他们是迟早的事。容安顿下来慢慢商议，制订出对倭寇一击致命的良策。

丰子在呼延廷和众将士的簇拥下回到营地，刚刚踏进营帐，没曾想莲蓉掀起帘子笑吟吟地走出来，她告诉丰子：刘秀芳来了。

朝廷增援的运粮草的马队已到山下，因这一带山路狭窄，马车无法驮着粮草上山，刘秀芳率一千人在山脚安营扎寨。

真是冤家路窄。丰子伫立在那儿，面无表情一语不发。

十

莲蓉在山间市集转悠，一点没察觉身后有人远远地尾随着她。

几个山民蹲在地上，面前摆放着野鸡、乌龟、小青蛇及一些蔬菜。莲蓉想给丰子买只鸡熬汤喝，这些日子她发觉丰子消瘦了,脸庞明显变小。到了浙东,莲蓉才知打仗的事情她根本帮不上忙,沿海地区丘陵连绵,倭军流动作战,四处转移,他们一有机会就袭击村民,抢了食物又躲到山上盘踞起来,迫使丰子白天将军队化整为零,编几百人为一队进行搜山,一旦发现倭军踪影,立刻吹响螺号,他山的兵丁听到就会过来围剿。丰子让莲蓉待在营地,派了一队卫兵守护她。想想自己反而成了累赘,莲蓉心有不甘,她躲避卫兵的监视,偷偷溜出营地。

莲蓉买了一只鸡,又买了一些海鲜蔬菜,兜兜转转来到一家香铺前,香铺用布帷围成,一尊红脸长须的神像后挂着一块匾,匾文由遒劲的黑色隶书竖写着四行字:"菩提本无树 明镜亦非台 本来无一物 何处惹尘埃"。

莲蓉挑了几捆香,向摊主付了铜钱,心满意足地准备返回大营,市集渐行渐远,走过一棵老樟树前,她正抬头张望树枝上一只羽毛艳丽活泼四顾的斑鸠,这时候一只黑麻袋套住了她的脑袋,眼前顿时陷入一片黑暗。她双手因为提着东西,根本没有反抗的余地。很快她就被捆绑起来,几个人抬着飞跑起来,大概是到了山脚,莲蓉感觉自己被塞进一辆马车,一声吆喝,马车开始飞奔,此后一路颠簸,莲蓉不知道马车奔向何方,心里估算着,约有七八个时辰后,她实在抵挡不住长途奔袭的困倦,渐渐进入梦乡……

丰子得到莲蓉失踪的禀报,策马赶回营地,其时呼延廷正带兵漫山遍野地搜寻。在靠近山脚的一棵树上,士兵发现了一把匕首,匕首将一张纸条扎在树上。纸条上写着:

素闻丰大将军武艺超群,江湖无人可敌,若求寻回夫人,恳请将军单骑前来雁荡比武,如若带兵讨伐,恐怕夫人性命难保。切切!

雁荡汪旭

丰子叫手下拿来地图,与呼延廷连夜研究雁荡山的位置。雁荡距天台一百多公里,情形危急,丰子也顾不了那么多了,他将帅印交给呼延廷,并嘱他两天内不得把自己的行踪告知刘秀芳,三日后倘若自己没有返回,明军交由呼延廷全权指挥。凌晨时分,丰子带着两个侍卫骑马下山。

丰子一行三人长途奔袭,途中换了几次马,除了歇息喝水,他们没有进食任何东西。距雁荡不远时,一个侍卫察觉有一支明军紧追不舍地尾随在后面,丰子立马判定,那是呼延廷派出的人马。他勃然大怒,一拉缰绳,回头策马扬鞭，朝那队人马飞奔过去。领头的校尉本是都督府的旧部，见挥汗如雨怒不可遏的丰大将军飞驰而来，从马背上滚落下来，单膝跪地，脑袋几乎叩到地面。

"你们给我听着，所有人就地驻扎，在此待命，不得再向前一步，谁敢抗命，定当军法处置！"丰子说完，蹬腿策马而去，身后一路尘土飞扬。

到达雁荡已是翌日上午，沿途走去风景秀丽，进山口一块巨大的褐色崖石上，红漆写就"雁荡"两个大字，雁荡王汪旭率众弟兄恭候在山寨门口。汪旭个子不高，五短身材，他满脸堆笑，乍一看还有些猥琐，占山为王的一方霸主竟长成这番模样，着实有些让人感到意外。

一脸怒气的丰子眼中无人地下了马，无所顾忌地朝前走去，汪旭见状，连忙紧追几步，拦在丰子的前面行礼作揖：

"大人恕罪！汪旭不才，今日能够晋见将军，真是三生有幸！"

丰子一语不发，用眼角余光打量面前的山寨王。他的手朝山上挥了挥，汪旭旋即转身上山，丰子携两名侍卫跟随其后。五短身材爬起山来异常灵巧，像一匹矮脚的蒙古马蹭蹭蹭向前奔腾，身材大一号的丰子居然被他远远甩在后面。丰子暗暗思忖，兴许不能小看此人，能够在江湖上称霸一方，必有其道理所在。

来到山寨前殿门口，丰子冷冷问道："夫人何在？"

"大人息怒，因为在下的冒昧唐突，夫人兴许微染风寒，昨夜屡屡呕吐，在下已派人下山去延请郎中。在下估计只是微恙，没有大碍，夫人此刻正在后殿将息呢。"汪旭忙不迭地解释道。

"何以知晓只是微恙呢？"丰子心中着急，忍不住想问个明白。

"禀报将军，在下祖上乃悬壶中医世家，从小耳濡目染，对望闻问切也略知一二。"

丰子沉吟片刻，把手朝前一指，不容置疑地说：

"前面带路！"

汪旭连连点头，躬身在前引路，丰子一行来到后殿，透过悬挂的黄色帷幕，依稀可见一张宽大的睡榻上，莲蓉双目紧闭，安详地睡着，她的脸色略略有些泛白，腮上有一抹淡淡红晕。见夫人安然无恙，丰子心中的一块石头落地，神色渐渐舒展松弛。

重新回到前殿，宽敞的殿内已摆好桌备好酒肴，主人显然早已精心准备。客随主便，丰子抱着到什么山上唱什么歌的态度，顺着汪旭让座的手势，一声不吭地岿然坐下，两名明军侍卫一左一右分立其侧，汪旭请两名侍卫一同入席，两人有些迟疑，丰子颔颔首，示意他们放宽心坐下。

汪旭的几名手下给几张桌子分别斟酒，随后，汪旭双手端着酒盅起身给丰将军敬酒，他尚未启齿，丰子伸手制止道：

"且慢，雁荡王，我是朝廷命官，知道劫持总兵夫人是什么罪吗？"

汪旭听闻丰将军之言摔了酒盅，扑通一声跪倒在地：

"在下哪敢？丰将军大人大量，不要与小的计较！"

"朝廷命我来此地剿灭倭寇，雁荡王横插一刀，私自绑人，莫非想助纣为虐不成？"丰子正色道。

"此言折煞我也！将军英名天下皆知，在下只是想亲睹其风采，才出此下策。禀报将军，一切的一切都事出有因啊：我雁荡山寨近日归顺一壮士，机缘巧合，他的父辈原是严府的旧人……"

汪旭朝侍立身后的随从使个眼色，那个随从很快从幕帷后领出一位壮士。壮士身材魁梧，满脸杀气，双手合掌单膝跪地说：

"见过丰大将军！"

"你是何人？竟敢妄称是严府的旧人之后。"丰子瞪着眼说。

"在下给丰将军引荐的这位壮士之父原是严府的车夫，他父亲被刘聚之所杀，而后流落河南，归于葛家拳门下，经多年修炼，而今是新晋的葛家拳王。"汪旭耐心解释道。

"既是严府旧人之后，为何要落草为寇，与匪为伍？堂堂严府没有你这样的后人！"丰子侧着身子说。

"将军息怒，朝廷不公，仆人与将军两家父辈同受佞臣陷害，被逼无奈才流落江湖，尝尽人间苦辣酸甜。今日雁荡王特意把将军请来，是为共谋复仇大计的！"葛家拳王说。

丰子一阵冷笑，"就凭你们这些占山为王的乌合之众，想与朝廷几百万大军抗衡？"

丰子不留情面的话让场面一时有些尴尬。无奈之下，汪旭朝拳王使个眼色，拳王又说：

"仆人知道将军的师父是青城老道峨眉拳王，愿向将军请教几招，倘若仆人输了，拼死护送将军与夫人回天台，从此退隐江湖；倘若将军输了，就请与雁荡王合谋共取天下之道！"

"不不，将军赢了，雁荡就是将军的，我雁荡依山傍水，地势险要，易守难攻，在下甘愿率众弟兄辅佐将军成就大业。"汪旭说。

丰子口气强硬，态度威严，但他心里则明白，这场比武是躲不过的，因为莲蓉在他们手里，好比是人质。他说：

"我可以与你比武，但无论输赢我都不会留在雁荡，后日寅时必须赶回天台，否则朝廷的两万大军就将踏平你雁荡！"

"丰大将军息怒，众弟兄都仰慕您，愿意追随您，还望丰大将军三思啊！"汪旭单膝跪地拱手相求。

丰子口气渐渐平和下来，沉静地说：

"雁荡王有所不知，家母临终遗言嘱我不得为寇，你不要勉为其难，让我背负一个不孝子孙的骂名！"

说话间，一位蓄留长须的长者在旁人簇拥下缓步进入前厅，汪旭扭头一望，连忙转身走去，给长者叩首行礼。长者是汪旭特意请上山给莲蓉号脉的郎中，寒暄一阵后，汪旭吩咐手下引领郎中去后殿。

汪旭继续陪丰子饮酒，长途奔袭又整日没有进食，丰子喝得非常节制。汪旭敬酒每每一饮而尽，然后眼睛盯着丰子手里的碗，碗里留有大半碗酒，丰子每次几乎都只抿一口，浅尝即止，汪旭怎么劝酒都没用。丰子的执拗一方面让汪旭觉得有些尴尬，另一方面他隐隐约约有种不好的预感，丰子是个意志如铁的人，酒品见人品，自己的如意算盘恐怕要落空。

半个时辰后，汪旭的手下匆匆从后殿跑出，手中拿着郎中毛笔写就的药方，附在汪旭的耳畔轻轻嘀咕。少顷，汪旭满脸堆笑，起身颠着碎步走到丰子跟前道：

"禀报将军，郎中已为夫人号脉诊断，夫人身体无恙！"

"哦，那就好，替我谢过郎中。"丰子觉着浑身松弛下来。

"在下还要恭喜将军！"汪旭眉开眼笑地说。

"恭喜？"丰子一副宠辱不惊的样子。

汪旭突然躬身作揖，眉飞色舞地说：

"恭喜丰大将军有后了！"

"什么？"丰子突地站起，血脉顿时上冲，饮酒加上格外疲惫，身体竟然有些晃动。

汪旭见状赶紧上去扶住丰子，旁边两个侍卫迅疾冲过来，一把推开汪旭。丰子罢手示意两个侍卫不必惊慌，他对汪旭说：

"雁荡王带我去探望夫人！"

"当然当然。"汪旭前面带路引领，丰子一行随后步入后殿。来到莲蓉床榻边，汪旭非常知趣地退了出去，两名侍卫守候在殿外。

刚刚苏醒的莲蓉，看到丰子喜出望外，欲起身张臂去拥抱丰子，但身体似乎不听使唤，一阵痛楚袭来让她愁苦满面，只好放弃起身的念头，丰子见状赶紧上前一步，紧紧握住夫人的手，莲蓉两腮微红，眼眶噙满泪花。

"夫人受苦了！"丰子眼中蓄满体恤和怜爱。

莲蓉难得感受丰子温存的一面，竟是在这样的时刻，她似有千言万语涌上心头。

"夫人好生将息，明日一起回天台大营！"丰子宽慰道。

"不不不，将军若要迎妾回大营，必先承诺允妾生下腹中的胎儿，不然我宁可漂流四方，隐姓埋名过一辈子。将军，你要想清楚，这可是你们丰家唯一的后嗣啊！"莲蓉带着哭腔说道。

丰子的脑袋一下炸了，他刚刚与雁荡王进行过一场谈判，与眼前的这场谈判比起来，那实在不算什么。丰子深知莲蓉刚烈的秉性，她要犟起来，万马千驽都拉不回头。早年丰子刚娶莲蓉进门，闲暇说笑间涉及纳妾话题，莲蓉定要丰子承诺一辈子不纳妾，即便是皇上老子的旨意也不行。丰子那时候对夫妇相处之道完全缺乏经验，死活不松口，莲蓉举起一把匕首威胁要自残，依然没有引起丰子的重视和警觉，直到匕首猛扎进莲蓉的腿部，鲜血滋了出来，丰子这才惊醒过来，飞扑过去抱住莲蓉，大呼小叫地喊道"你傻呀你这个大傻瓜！"此时的莲蓉已委屈得泪水涟涟泣不成声。夜里躺在床上，莲蓉还是不能原谅丰子，眼见莲蓉的腿部滋血受伤，丰子居然都没有心痛落泪。这让莲蓉感到很失败。无奈之下，丰子不得不把自己从不流泪的异禀告诉了莲蓉。自那以后，场面上莲蓉似乎对丰子百依百顺，暗地里他其实是有些怵自己这位夫人的。

军务在身的丰子心急如焚，碍于莲蓉的身体状况和顾忌候在殿外的汪旭，丰子不能与她发生争执。丰子只能隐忍与妥协，姑且答应莲蓉的条件。丰子早不是当年的丰子，违背内心意愿去做的事情也不止一件两件了。假如莲蓉留在雁荡，朝廷很快就会知道，他的计划就彻底泡汤。雁荡之行明明是一着险棋，可为救莲蓉他别无选择。丰子的脑子里装着很多事情，他苦恼的只是无法与莲蓉一一说明。

丰子返回大厅，宴席已散，汪旭吩咐手下安排丰大将军及侍卫就寝，一夜无话。

翌日清晨，天色微明，丰子早早起身走出前殿，移步到殿前的屋檐下，两名侍卫寸步不离地随后跟着。殿前的空地上竖着一面鼓，一个衣衫不整的随从拿着鼓槌候在架子旁。不一会儿，但见矮个子的汪旭兴致勃勃携众弟兄从远处健步走来，边走边甩着手臂，一副兴奋异常的神情。大殿四周有人流鱼贯而出，渐渐蜂拥过来。

葛家拳王几乎是小跑着进入殿前的空地上，刚一立定他就匆忙脱去上衣，露出一身的腱子肉，甩臂抬腿，放松筋骨。丰子步下台阶刚一现身，汪旭的手下小喽啰们一阵喝彩起哄。葛家拳王被起哄声惹得一时兴起，忽然从围着的人群中窜了出去，噌噌噌，殿外的青砖墙上即刻留下三个半寸深的拳窝，众人瞬间变得鸦雀无声目瞪口呆，惊愕的表情还僵持在脸上，拳王已笑吟吟地向大家行礼了。

这仿佛是在给丰大将军一个下马威。丰子镇定地卸去披风，转了几下手腕，在距拳王一丈远的地方双腿站成马步，手掌平伸，徐徐吸一口气深呼吸，让全身的气血迅速流动偾张，他以静制动，双目威严地直视正前方，等待拳王出招。

拳王跳将过来，出拳凌厉凶狠，众人都能听到霍霍的挥拳声。丰子一直都是采取避让躲闪的姿态，几个回合下来，丰子冒虚汗了，他这时才意识到：昨夜长时间失眠，脚下似乎有些打飘。拳王见丰子体态虚弱，额头冒汗，愈发的兴奋，他的拳也愈来愈重，像雨点一样挥来，有一拳击中丰子的胳膊，钻心的疼痛顿时弥漫全身，拳王果然名不虚传，一般人恐怕承受不了他的重拳。丰子倒吸一口冷气，迅速顺气平复，他想的是拖延这场肉搏的时间，以自己目前的体力会处于非常不利的境地，"地动山摇，风行水上；青龙白虎，神骛四方"，他心里一遍遍地默念着。这时，拳王一记重拳挥来，整个身子倾斜，丰子瞅见空子，抓住机会，手掌像鹰爪般猛然掏进拳王宽阔结实的心胸，并缓慢转了一个圈，仿佛要把所有的致命力气都注入进去，拳王忽然扑通一下直直地倒地……

汪旭及众弟兄一阵欢呼，起哄声喧闹声不绝于耳。倒地的拳王脸上一阵红一阵白。矮个汪旭佩服得连连拱手作揖，然后单臂朝前一挥，恭迎丰大将军步入大殿。

丰子心里挂念莲蓉，无心恋战，只想早早结束比武，不经意中使了内功，葛家拳王本来只想通过一场比武助汪旭挽留丰将军，貌似出拳凶猛，实则并没竭尽全力，他是江湖上一路厮杀过来的人，自然知道丰将军运用内功使出杀手锏，心中恼羞成怒，这完全是不对等的比武啊，拳王有一肚子说不出的憋屈，他挣扎着从地上爬起，随手从旁人腰间抽出一柄宝剑，紧追几步，朝刚欲进入大殿的丰将军的后背刺去……说时迟那时快，丰子好像早就预感到什么，只见他突然转身，双手用力摆开架势，下蹲身子站成马步，侧身躲过刺来的利剑。站立旁边的矮个汪旭，面门被丰子的手背一挡，整个身子像稻草人一样朝后仰去，趔趄了好几步，好不容易才勉强站稳脚跟。

拳王迅疾收剑，奋力蹬腿后撤几步，剑在空中飞舞，漂亮地旋转几圈，划出凌乱耀眼的弧线，又晃着白光朝丰将军刺来……两名侍卫早已拔剑，挡在丰将军的前面。

此时的丰子似乎并不理会眼前所发生的情形，双手合十,嘴里不停念着咒语,突然双手握拳张臂大喝一声,四周顿时霞光普照,一道银光如闪电凌空划过,大殿的屋檐倏忽间分崩离析,碎石断木次第掉落,一时间飞沙走石,仿如沙尘暴席卷,众人的眼前一阵发黑,犹被强光灼痛。等众人缓过神来,睁眼望去:拳王刺过来的剑在运行的半道上已经神奇地折断,半截断剑泛着亮光无声地坠落,直直地插入地面……

所有在场的人都看傻了。

十一

明军连日的搜山围剿,使倭军不得不放弃固守仙霞岭,被迫向仙居方向移动,一路逃窜;丰子率大军紧追不舍,决绝地寻找与倭寇决一死战的机会。

在靠近仙居的一块平原地带,倭军占领一片村落,几千村民被倭军俘获,倭军将村民们用绳索捆串一起,强制分散成几拨赶到祠堂和乡绅老宅羁押,明军一旦发动进攻,捆绑的村民就是倭军的人肉盾牌。这些讯息是从一个擒获的倭寇嘴里获悉的,匪夷所思的是,那个俘虏并不来自外海,他居然是仙居一带的本地人,因为赌博输了田契和老婆,才漂流海上厕身为盗的。家离得近,勾起他思乡的心绪，在潜行返乡的途中被明军俘获。

明军迅速朝平原的四方伸展，将延绵的几十座村寨呈扇形包围起来，然后分别占据制高地，因为有一道道山脉阻隔，明军虽说无法完全合拢，但就此足以对倭军形成压迫之势，东南方向仅留通往仙居和大海的出口。

丰子的大营驻扎在一座水库旁边，呼延廷和刘秀芳的营帐分列两侧。黄昏来临，丰子扶着莲蓉沿水库走去。

雁荡比武后，丰子先同两名侍卫急速赶回大营，那天丰子本想再努力一下把莲蓉一起带走，不料一向顺依夫君的莲蓉坚决不从，她的目标很明确，就是要死死保住身上的胎儿，她说自己体虚气弱的身子经不起长途跋涉的颠簸，她不能冒这个险。莲蓉第一次从内心深处涌起母性护犊的巨大能量，在她看来，与生命的延续相比，官爵地位都是过眼云烟。莲蓉的决绝态度让丰子无法释怀，她流着泪对丰子强调说，假如不让她生下腹中的胎儿，她是不会再回大营的！那一刻，丰子豁然明白，在性格刚烈的莲蓉的天平上，自己的分量远远不如那个未出世的胎儿。

雁荡王汪旭是个乖巧人，见实在无法挽留住丰大将军，承诺一定好生服侍夫人，容夫人调养好身体，择日护送夫人回大营。汪旭没有践诺，几日后莲蓉乘坐一辆马车辚辚地回归大营。呼延廷盼咐几个兵丁用竹椅轿子从山脚将莲蓉抬到丰将军的营帐。其时，监军刘秀芳正在自己的营帐内独自饮酒。

雁荡归来后，莲蓉的身子一直比较虚弱。水库浩渺辽阔，沿途植物茂密，这里的地势略高，站水库的一侧往东面望去，连绵的村落鳞次栉比，粉墙黛瓦在黄昏夕阳下熠熠闪辉。当初村民们建造水库时，肯定根据地形经过周密计划才选择在此地建水库的，因为只要水库一开闸，一马平川的上万亩良田就会受到灌溉浸润。靠海的地方又有良田万顷，没有战争和倭寇的侵袭，这一带堪称是真正的鱼米之乡人间天堂。

莲蓉回到总兵营帐不久，刘秀芳派人送来桂圆、红枣和红糖，说是给夫人驱寒补身。丰子与莲蓉目光对视，沉吟良久，丰子颔颔首，示意来人退去，莲蓉发现丰子用一种怪异的目光直勾勾地盯视着那堆食物，仿佛那堆食物里藏着很深的秘密。

夜里呼延廷来了。呼将军的胡须大概多日没刮，一根根支棱着，胡须已经泛白，在摇曳的油灯下熠熠闪烁。呼延廷老了，从打擂台至今，一晃几十年过去了，岁月如箭啊。自那次打擂台救下莲蓉后，呼延廷一直跟着丰子鞍前马后，戎马生涯中有几次危急关头，丰子救过呼延廷，呼延廷也救过丰子，不得不说呼将军真是朝廷的良将，是真正的勇士。

莲蓉沏了一壶茶端上，丰子的思绪从岁月的深处被拉了回来。他们展开地图，开始研究作战计划，倭军狡猾，用人肉盾牌做掩护，明军的火铳和弓箭都失去威力。如果强硬突击村庄和祠堂，倭军的长兵器就会显示优势，明军近距离搏斗的能力不如倭军，这样明军的伤亡人数就会很大。要找到一个既能保全村民又把伤亡减少到最少的克敌制胜的方案，确实不易。丰子紧蹙眉头，陷入沉思之中，一直到营帐外更夫提着灯笼摇摇晃晃地走过，他们也没商议出一个破敌的良策。

"办法倒是有一个，可就是……"呼延廷吞吞吐吐，犹犹豫豫，憋半天说不下去。

"呼将军是怎么了？都什么时候了，还欲言又止，这不像是呼将军的风格啊。"丰子似乎有些不耐烦。

"嗯……"呼延廷鼓起勇气说，"数日来我连连在水库边巡视，将军一定也观察过地形，只要我军将水库的堤坝凿开放水，倭军势必成为汪洋鱼鳖，这样可以全歼倭寇，而我军则不费一兵一卒。"

丰子眯起眼睛沉吟良久，缓缓问道："那几千村民呢？他们也一起喂鱼吗？！"丰子的眼光斜睨着呼延廷。

"丰将军……"呼延廷嗫嚅道。

半晌，丰子悠悠地说：

"这是你的主意，还是刘秀芳的主意？"丰子的眼睛里有隐隐约约的火星。

"丰将军，在下只是提议。朝廷命我们速战速决，调拨的粮草不允许我军持久作战。刘监军说他的父亲病重，也有尽快班师回朝的意愿，不过一切都还须由将军定夺。"呼延廷轻声说。

"你与刘秀芳商量过了？"丰子沉吟道，"我明白了，你退下吧。"丰子说完，径直走进卧房。

以后几日，刘秀芳与呼延廷要来总兵营帐叩见丰大将军，无奈丰子一点不给面子，屡屡闭门谢客。

丰子坐在营帐内泡茶独饮，内心在受苦苦煎熬，且隐隐作痛。这些天他一直在研究对付倭寇的战术，倭寇都是浪人武士出身，刀法精湛，单兵作战能力超强，明军凭借人数的优势，以三比一的死伤比例赢得局部胜利，倭寇死一个，明军要付出三倍的代价。不能再这样下去了，从战术到兵器，丰子都在仔细琢磨调整与改进的方法。丰子知道凿坝放水确实可以不费一兵一卒，假如没有被劫持的几千村民，他会毫不犹豫地采纳这个计划。有村民为人质，丰子毅然将这个计划排除在外，他不能赢了这场战役，却在身后留下骂名。不求青史留名，但求没有骂名，这是丰子一向的为官之道。为朝廷一次次出征作战，丰大将军手上沾染的鲜血难免日渐增多，这是他最大的心魔，他开始怀疑当初走出青城山的抉择是否正确？丰家两代人侍奉朝廷，这仿佛是一种宿命，爹的冤死让丰子心寒，而自己是不是又在重复爹的老路？官愈做愈大，丰子的内心并不快乐，他常常觉得自己是罪孽深重的香蕉人，一层厚厚的皮，包裹着肉身和内心，所做与所想常常相反，明知不可为而为之，于是，心魔与日俱增地膨胀，笼罩一颗苦涩孤独的灵魂。他生来话少，内心的焦虑和苦闷压得他透不过气来，进入壮年后闷葫芦变得更闷了，难得响一回，每每是只言片语惜字如金，眉宇间的皱纹却愈来愈深，像一条刀疤醒目地镌刻在额头。

于今让他焦心的还有怀有胎儿的莲蓉，他何曾不想拥有子嗣，但官场凶险，前途未卜，他的计划尚未实施，又不能向莲蓉和盘托出，这就是他的苦痛之处。

丰子不能采纳凿坝放水的方案，还另有原因。刘秀芳一直像影子一样盯着自己，他知道这都是皇上的安排。哪天刘秀芳凭借此事在皇上面前参自己一本，假如恰好皇上也有清除自己的想法，那一切就顺理成章！以往朝廷排除异己不都是用莫须有的罪名的吗？欲加之罪何患无辞……

他一身冷汗，不敢再往下想了。现在他需要集中精力，考虑如何以最小的代价来营救几千村民，他不想再与经验丰富的老将呼延廷商议谋划，去雁荡前他叮嘱呼延廷不要告诉刘秀芳自己的行踪，而那些刘秀芳送来的民间通常用来保胎的食品暴露了呼延廷的身份。丰子由此断定：刘秀芳对所发生的一切清清楚楚。早些时候丰子隐隐约约已有预感，但于今的情形远远比他想象得要来得险恶。虽说该来的还是要来，丰子依然有些心灰意冷心如刀割。一眼望去，现在他的身边已经没有一个绝对可靠的人，他怀疑那两个侍卫或许也是刘秀芳安插在自己周围的人。披风离世后，呼延廷是丰子身边唯一可以叙旧的故人，可不知何时起，这位相识几十年的老将与自己渐行渐远。丰子被一种深深的孤独感所包围，这时候他念及早已不在人世的吴道士，豁然理解他当初疏离自己的缘由。吴道士何其聪明的一个人，深谙伴君如伴虎的道理，可终究也没躲过权谋的冷箭。

所有的一切仿佛都是天注定，东平湖剿乱平叛大捷是老天爷帮的忙，这次与倭寇对决，老天爷又起到关键的作用。

浙东地区突然下起罕见的暴雨，降雨量达到历史上从未有过的水准，雨势丰沛的程度足以与丰子儿时逃亡时的那场雨比肩，暴雨狂泻，飓风肆虐，丰子每天在营帐内喝茶，莲蓉虚弱不堪的身体原本已有所好转，碰到连绵的雨季又关节酸痛，浑身无力，不停地呕吐，躺在床上辗转反侧呻吟不已。

台风暴雨终于停歇，丰子健步走出营帐，来到山坡远眺，他被眼前所看到的景象震惊了：山坡下的村寨全被洪水淹没，几千亩良田变成汪洋大海，水面上漂浮着一具具尸体，缓慢地向东漂去，洪水裹挟着竹篮布衣及农具等什物，一直向曹娥江不停漂移。远处一棵枝丫繁茂的大树上，一个前额光秃的倭寇像只青蛙挂在树上。后来，他走到水库边上，发觉堤坝上一个被人工凿开的大口子，他一下什么都明白了，仅凭暴雨不足以淹没山坡下的村寨，是有人凿开水库的堤坝放水，才导致万顷良田变成沧海。

丰子步履沉重地踱回营帐，走到莲蓉的床榻前跪坐下来，埋下头整个人像片霜打过的叶子，轻轻地说："好了，夫人，战争结束了，我们要回家了！"

"将军，你怎么了？回家好呀，应该高兴才对啊，我早就想回家为你们丰家生孩子了！"莲蓉高兴得蹦跳起来。

丰子抚摸了一下莲蓉的脸颊，点点头，站起身走出营帐。在营帐外他让一个侍卫去把呼延廷叫来，特意嘱咐他自己在水库边等候呼将军，丰子不想让莲蓉旁听到他们之间的谈话。

呼延廷急匆匆赶到水库边的堤坝上，拱手作揖道："延廷前来候令！"

丰子沉吟良久，侧过头朝水库堤坝的大决口努努嘴说：

"呼将军能告诉我吗，这水库的堤坝是谁凿开的？"

"将军，延廷也不知啊！"呼延廷哭丧着脸说。

"你我结识多少年了？有几十年了吧？都这时候了，还有必要欺瞒吗？"丰子的声音冷冰冰的。

"好吧，你不愿回答，我就直言了。"丰子继续说，"你是何时与刘秀芳走在一起的？又是何时投靠锦衣卫的？我愿闻其详。呼将军，这个要求不过分吧？"

呼延廷缓缓起身，阴郁地说："将军何出此言？"

"一定要我把话挑明吗？去雁荡前，我嘱你不必把我的行踪告诉刘秀芳，其实我知道这有些为难你。我刚离开天台，呼将军就派人跟踪，说得好听一点是保护。之前我早已察觉你与刘秀芳有染，只是不愿相信，此次去雁荡我想证实一下我的直觉，不要错怪了呼将军。刘秀芳叫人送来红枣桂圆红糖，这些民间通常都是用来保胎的食物，不小心把你给暴露了。"丰子说。

"既然话说到这个份上，我呼延廷也就不再避讳什么。夫人被劫偌大的事情，将军以为能够瞒得住吗？刘秀芳又不是傻子。我呼延廷对将军可谓忠心耿耿，几十年如一日，这一点将军应该没有异议吧？可紧紧追随将军，又有什么好结果呢？将军连从小长大情同手足的披风都保护不了，将军难道就不惭愧吗？难道就没有一点后悔吗？我们同为朝廷当差，还想怎么样？还能怎么样？与皇上离心离德自行其是？将军生性耿直，武功盖世，可身为朝廷命官，侍奉皇上就是天职啊，我们再有能耐，都不过是皇上手中的一枚棋子啊！"呼延廷语速飞快地说，脸颊上的胡须微微抖动。

"说得好！呼将军，我喜欢你说实话。大丈夫敢作敢当，我丰子没有看错人。只是你有没有想过，刘秀芳为何要送来那些食物？他一是要告诉我，所有的事情他都一清二楚，都在他的掌控之中；其二，他就没有打算包藏呼将军，他把你们的关系明明白白摆在我面前，既是威胁又是诫告，一旦遇事谁也跑不了。刘秀芳不是省油的灯，不是呼将军应该寻找的靠山。我说完了，你好自为之吧！你、你现在退下吧！"丰子觉得胸口堵得慌，把手往远处一指。

呼延廷缓缓起身，用惘然而无望的眼神望着丰子，然后一步步后退，一低头，忽然抽身离去。

这天晚上，夜幕刚刚降临，从刘监军的营帐传来号啕的大哭声，丰子派人前去探询，侍卫回来禀报：刘监军的父亲刘聚之因病亡故一命呜呼。正在独自喝茶的丰子,听闻此讯身子渐渐软下来,人晃晃悠悠后仰,像漏气的皮球瘫倒在椅子上,额头沁出一层晶亮的汗珠,侍卫大声呼叫起来,莲蓉从内室冲出来,上前扶住夫君,连连问:

"将军,将军,你怎么啦?"

莲蓉不知道丰子与呼延廷之间发生的事情,她更不知道她的夫君这几日度日如年,内心受尽煎熬。丰子的心被呼延廷狠狠戳了一刀。丰子是靠意念打败对手的,也是靠意念活着的人,如今他的意念被呼延廷刻薄无情的话语彻底击溃了!诚如呼延廷所说,身边最亲近的人他都保护不了,他惭愧;几千庶民他也救不了,他无奈。呼延廷的话一语惊醒梦中人:假如当初他拼死力保披风,冒着丢官贬为庶民的风险,能够保全披风的性命吗?能够把他情同手足的兄弟保下来吗?这一点他当时疏忽了,没有往深里想。刘秀芳在边上,鬼使神差地影响他的思索,似乎一切都要做得无懈可击,才经得起朝廷的检验,才不让刘秀芳钻空子。他怎么就像着了魔似的,做出那个令他后悔一辈子的决定的呢?

埋在他心底最大的计划,就是有一天能够在朝廷上,当着皇上和众臣工的面与刘聚之对簿公堂,为爹当年的冤情公开昭雪,刘聚之突然撒手人寰,丰子的计划成了永远不可能兑现的秘密，永远解不开的死结。当心心念念要去完成的一桩心事顷刻间成了泡影，丰子的精神世界遭遇到前所未有的毁灭性打击。

后来莲蓉躺在床上闻到一股焦烟味，她起身走出内室，看到丰子垂头站在营帐内，脚下是几根熊熊燃烧的柴火，几封书信和一块黄绸布抛在柴火上，火焰跳跃，书信和绸布很快燃烧得只剩下一些边角碎片。莲蓉清晰记得，黄绸布是荷花在青城山交给丰子的证物，书信中应有婆婆的遗嘱，而今在滚滚火焰中灰飞烟灭……

这天深夜更夫巡夜经过总兵营帐，听到丰将军和夫人在激烈的争吵，还附带抽搐声和哽咽声。之后的几日里，夜夜可闻总兵营帐里一浪高过一浪的争吵声，持续不断，刺破夜空下的宁静。于是，将军与夫人闹翻的消息在大营不胫而走。

数日后明军准备开拔，班师回朝。军队结集完毕，呼延廷与刘秀芳骑在马上左等右等，总兵的营帐里没有人走出来，只隐约听到莲蓉低低的呜咽声。

呼延廷跃下马，带人大步流星地闯进总兵营帐，但见丰子直挺挺地躺在床上，面容淡然恬静，一派祥和。呼延廷猛然冲上前，发觉丰大将军已没有鼻息。

呼延廷立刻大声喊叫，令随队的医官速速前来。医官匆忙赶到，把脉后确认总兵已无脉象，医官支支吾吾推测说，丰将军大概是用了屏息术自杀的。呼延廷是江湖出身，他知道这是江湖上修炼到一定份上的人才具备的一种自杀方法：自己停住呼吸，点一处穴位，再也无法恢复呼吸。

泪水涟涟的莲蓉抽泣着交给呼延廷一卷图纸，嘱他一定要转交朝廷，这是丰将军再三叮嘱的紧要事情，关乎千秋万代。

呼延廷缓缓展开卷纸，那是一张图，画了一些人，还画了若干兵器，呼延廷左看右看，露出困惑的眼神，不明所以，莲蓉告诉他：丰将军说了，朝廷迟早会用得上这张图纸的。

明军推迟班师回朝的日子，忙碌着筹备他们总兵的丧葬。出殡那天，天气阴沉，山上请来的身穿长袍的道士，早早开始诵经做道场。东方既白，长空欲哭无泪，呼延廷率上万将士缓缓行进，几十人的庞大唱班是四处招集来的，在唢呐笙箫二胡竹笛合奏的道乐声中，八个兵丁抬着一口巨大的棺木缓缓走向山里，莲蓉斜倚在竹椅轿子上被兵丁们抬着，连日的哀伤使得她眼睛红肿，身体虚弱不堪，泪似乎流干了，连哭泣的力气都丧失殆尽。刘秀芳以丁忧为名，没有参加丧葬。

三声震耳欲聋的巨响过后，火铳如流星般飞上山峦，哀乐顿时齐鸣，明军将士号啕大哭悲恸欲绝。丰将军的棺木葬于水库东侧的山里，靠山面湖，几个兵丁奋力挥锹将泥土覆盖在棺木上，上万人见证了这一场面。丧葬的场面如此浩大，假如没有哭声，俨然像一场军队的演练，隆重的规格似乎只有皇帝驾崩才可与之比拟。很久以后，"丰将军的葬礼"还被浙东的百姓们时常提及，经年历月在民间广为流传。

大明王朝几十年以后，出现一个叫戚继光的人，受丰将军留下的这张图纸的启发，演练出神勇的鸳鸯作战术，屡屡打败倭军。戚继光发明的一种专克倭寇的武器叫狼筅，其形状与丰将军图纸上所画的兵器极其近似。戚继光的军队号称"戚家军"，令侵袭闽浙一带的倭寇闻风丧胆。大明王朝因为戚家军，获得风调雨顺国泰民安的一段重要历史时光。

十二

这一年的夏天炎热异常，青城山到处郁郁葱葱，山谷间流动清新凉爽的空气，溪水在石涧上淙淙流淌，满山坡植被茂盛，果树累累，阳光特别明媚和煦，普照山里所有的生灵。

一对满头银发的老年男女步履蹒跚地爬上山，他们身穿布袍，斜挎月牙包，月牙包鼓鼓的，老人肩膀的布袍被沉重的包勒得很紧，他们拄着拐杖，走走停停，相互搀扶着来到祖师殿前。

祖师殿前的四周墙上，右侧画着张三丰与太极拳的演变图示，左侧画着青龙白虎神。殿内挂着无量天尊匾，乾道士坤道士都在殿内诵读，悠扬的宫廷道乐在殿堂的上空回响。

两个老人在台阶前久久盘桓，寻寻觅觅，一位小道士见状轻盈步下台阶，躬身询问。老夫求让道长出来说话，这下有点难住小道士了。见小道士面有难色，老夫挥挥手说尽管去唤道长出来，我与他是故友，你只要跟他说"地动山摇，风行水上；青龙白虎，神骛四方"，他就什么都明白了。小道士将信将疑，貌似被说服，迟疑着返身进入殿内。

少顷，小道士领着道长走出大殿，道长是中年人，身材颀长，面容俊朗，眉宇间透出一股英气。道长来到殿前，奇怪的是大殿前面的台阶上，空荡荡阒无一人，只有两只鼓鼓囊囊的月牙包放在地上，道长上前一步掀开月牙包，他惊呆了：包里装的全是银两，整整两包沉甸甸的银两。

道长与小道士面面相觑。陷入沉思的道长想起小道士说的"地动山摇，风行水上；青龙白虎，神骛四方"，他大概猜到那两个老人是谁了，可他们既然来了，为何又避而不见隐遁而去？难道他们还是顾忌世人的目光与鹰犬的嗅觉，不愿旁人为弥散在岁月迷雾中的秘密所牵连，不愿宁静的青城山被俗世的纷争所侵扰？

　　更不可思议的事发生在翌日清晨。

　　天蒙蒙亮，一个坤道士来到祖师殿前打扫，她挥动树枝扎成的长扫把，将片片树叶扫拢在一起，抬头间，朦朦胧胧中依稀看到面前老樟树下，没来由地突然拔地生出两座巨大巍峨的石像，一左一右，盘腿而坐，拱手面朝祖师殿。左侧石像的头上长角，圆瞪的兔眼前漂浮一颗大珠，仿佛是感叹人世不平的泪珠；右侧石像通体发白，肩窄胯宽，坐姿温婉，犹如依偎在侧的一只山猫。坤道士误以为出现了幻觉，可那两座石像真真切切地矗立着，高大巍峨，遮挡住天色暗朦的山峦，坤道士被面前的景象所震慑，眼前忽然一黑，双腿软瘫在地。

2019 年 8 月 2 日初稿
2020 年 5 月 30 日二稿
2020 年 10 月三稿

麻将世界

束

我知道，很多人喜欢玩中国麻将，很多人玩得上瘾。世上没有无缘无故的厌恶，也没有无缘无故的喜好。人数众多的麻将爱好者们也许各有各的理由，但假如有人用极其严肃的神情极其认真的口吻对你说出那样的话，你难道不惊诧得目瞪口呆？

阿克隆对我说：麻将里有人生道理。

我曾经在讲述我朋友毕森的爱情故事时提到过阿里巴巴这个人。那次真多亏了他。要不是他及时叫来大学保卫科的几位治安人员，毕森就要和他的情敌在月色笼罩下的操场上干架了。那样对毕森很不利，不是头破血流，就是被记过处分甚至开除出校。

事态平息后，我们几位朋友请阿里巴巴在"大家"沙龙里喝了一次咖啡。大家对阿里巴巴面临危急情况保持理智清醒的头脑，给予很高的评价。事情全是让万有力给弄糟的。咖啡喝到一半，他欲说没说先笑了起来。开始是抿着厚嘴唇笑，我们几个都给他笑得面面相觑。后来越发不可收拾，万有力脸色憋得紫红，厚嘴唇再也难以抿住，咖啡"噗"地喷了出来，射向天花板，而后又天女散花般洒落下来，惊得邻座几位校花尖声歌唱，像鸟雀一样飞走了。

大家被万有力的笑声所感染，也跟着一起笑，算是对那几位校花装腔作势的嘲弄。

笑够了，笑累了，平静下来文亦彬问我刚才发生了什么，我说我不知道；问毕森，毕森说什么也没发生呀。最后一齐把目光射向万有力，万有力说刚才冷不丁想起一部很久以前的电影，里面有个叫阿克隆的男游击队员，与我们的朋友阿里巴巴长得挺像，也是勾下巴、络腮胡子，脸上的线条棱角分明。

大家说这有什么好笑的，万有力说怎么不好笑，阿克隆作为一名游击队员擅自行动去偷敌人的纸张，犯了纪律错误，上级领导为了挽救他，严正宣告：阿克隆，你要深刻反省自己的错误，从现在起，把枪交给叽里咕噜！

大家沉默了一会儿，哄地笑了。笑完了，还是有点糊涂，不知是万有力好笑还是万有力讲的故事好笑。

从"大家"沙龙出来，阿里巴巴正式成了我们这个圈子里的人。他年纪最小，直接从中学考到大学，我们随便叫他什么和他开什么玩笑他都不在乎，每次都宽厚地笑笑。笑的时眼睛眯起，很俊很迷人的样子。

也就是那天起，阿里巴巴被叫成了阿克隆。

南

我们这个圈子里的朋友都忘不了那个夏天。毕森的单簧管就是在那个夏天里变成召唤一个又一个女友的牧笛。

随着毕森的走红，我们这些朋友一个个也都非常走运。以至于多少年以后，当我们回忆起那个夏天时，禁不住还会有喜滋滋的感觉。

夏季来临后不久，万有力摆脱了农场时结识的一位姑娘的母亲的纠缠，那位为女儿伸张正义的母亲扬言要万有力赔偿一千元的损失费，而万有力认为那姑娘除了和他在海滩边的茅草地里跳了一次舞蹈之外，并没有什么大不了的损失；文亦彬经过两年的努力，终于实现了他的梦想，当上校话剧团的演员，在一出还不算太蹩脚的话剧中荣幸地出演一个跑龙套的角色；我呢，也很不错，在那个难忘的夏天，第一次吻了一位拥有许多情人的女同学的脸颊。当然，那时我还非常胆怯，还不懂怎样接吻，要不那样迷人的夜晚那样朦胧的月色那样迷离的树林，原本是可以大有作为的。而且我相信，以那女同学的老练，我放肆到任何地步，她都能处乱不惊应付裕如的。

最走运的当然是毕森。可以这么说，那个夏季是属于他的。

清晨，毕森颀长的身影一出现在男生宿舍大楼门口，相隔一条林荫道，对面女生宿舍大楼的一扇扇窗前便有许多抚弄蓬乱披发的柔美姿影。一曲波尔卡是那样令人沉醉，它幽幽低回的旋律，带着淡淡的青春期的忧郁，让不少清高的女学生在夏日高照的午间辗转反侧。你来过我们的大学便知道了，那实际上是一个母系社会，无论是总统也好，歌星舞星也好，或是卖狗皮膏药的江湖艺人，只要能博得那些活泼可爱的女生们的好感，你便可以在一夜间声名远扬。如果说月亮的周围总围聚着无数颗星星，那么，一个女大学生就是一枚月亮，你赢得如此众多的姑娘们的青睐，无疑也就拥有了浩瀚星海。

毕森单簧管演奏获得成功之后，他把我们这些朋友召集起来商议下一步计划。我已记不清那天是谁出了个绝好的主意，以至于深夜我们在毕森那间弥漫爱情的小屋里高声喝彩，惹得外面空旷的场地上狗吠声不断。我们神情得意地挨个走出小屋，已是深夜两点。那会儿月色正浓，我们每个人的周身都散发着浓重的烟味。

毕森在校园里贴出了举办音乐讲座的海报。

星期六晚上，学校大礼堂里人山人海。事后一些有识之士评论说，毕森举办音乐讲座这件事，在我们学校的历史上可谓空前绝后，它的影响绝不亚于阿拉伯国王访问我们这座大学。

那次我们全去了，坐在前排暗暗为毕森鼓劲。七点整，毕森登上讲台。我回首望去，好家伙，礼堂的后面黑压压的坐满了人，过道里还站了不少。我事后回想起来，那天晚上来听毕森讲座的人群中，有不少女生后来分期分批成了毕森的女友，她们的感情天平肯定在毕森登上讲台的刹那间迅速地倾斜了。

我不想详尽描绘那天晚上发生的事。这篇小说主要不是讲毕森的故事。对这个故事有意义的是：毕森成功了。

讲座结束后，人群里有人奇迹般地给站在聚光灯下的毕森抛去一束鲜花。我注意到毕森的眼镜片在全场掌声中闪着异样的光芒。我们朝毕森拥去。毕森高傲的头颅昂扬地晃动着，我相信，那一刻是毕森一生中最最辉煌的时候。

一直走到校园里，毕森的四周还簇拥着许多人。后来渐渐地只剩下我们这些朋友，像是贴身卫队一步不离地跟随着他。这时，大家发现还有一个人，默默地走在毕森的旁边。他的手上捧着鲜花，是那束别人抛给毕森的鲜花。万有力问小伙子是什么系的，他回答说是化学系的。毕森体恤地问他喜欢化学吗，那小伙子说可以喜欢也可以不喜欢随便吧。

毕森的讲座历时三个月。每个星期六晚上都是化学系的小伙子替他把鲜花捧回寝室的。

三个月后，校长把毕森找去，委托他筹建学生乐团。

这期间，化学系的小伙子不停地帮毕森买乐器、抄乐谱、印通知，忙得不亦乐乎。不久，乐团初具规模，但唯独少个弹钢琴的。毕森虽说什么乐器都能摆弄几下，可让他正儿八经演奏一首曲子，除了单簧管，其他什么都不行的。

焦急万分的毕森苦于找不到钢琴演奏员，只能一筹莫展地在我们学校那架据说拥有上百年历史的破钢琴旁踱着方步，他神思忧愁的样子，十分迷人。兴许正是他的这副愁容有感人之处，才使得坐在一旁心情同样沉重的化学系小伙子鼓起了勇气。他说，他可以在一时找不到钢琴演奏员的情况下，先替代一下。

我想当时毕森肯定怀疑他的耳朵出了毛病。他走过去，慢慢伸出很长的手臂，用双手捧起小伙子的脸，他的明亮的镜片像面魔镜，仿佛要照出小伙子的灵魂。

小伙子从没遇见过这样摄人魂魄的逼视，身子像片树叶一样抖动起来。他红着脸，支支吾吾了半天才憋出一句，他说是的，他会……弹钢琴的。

毕森几乎是把这个黏黏糊糊的人提拎到钢琴面前的。小伙子在毕森充满鼓励和恐怖的目光下，抖抖索索伸出双手摁了下琴键。毕森这时发现，小伙子的双手手指纤细得像女人一样。小伙子弹了几组爬音，像是要唤醒某种记忆。接着，他坐直了身板，略略思索片刻，双手捏在一起活动关节，然后，他敲响了第一个音符。应该说，小伙子敲响了一串历史。

十年以后，当毕森和这个小伙子，一起坐在欧洲名城马德里某个不起眼的酒吧里品味意大利浓缩咖啡时，他们都不曾忘记大学年代时常伴随他们的那架破败的旧钢琴。正是在它褪色的琴键上，那个小伙子摁下了第一个琴音，这样他才真正和他所崇拜的人成为平等的朋友。

这一切来得都这样的突然。

当时，毕森极其兴奋地听小伙子弹完全曲。他知道小伙子弹的是《土耳其进行曲》。这首曲子后来成为学生乐团钢琴独奏的保留节目。小伙子呢,当然成了学生乐团的首席钢琴家。

不说你也知道,这位小伙子就是我们已经认识的阿克隆。

西

学生乐团举行首场校园音乐会,大约是在一个月以后。从毕森顾长的手臂非常优雅地自台侧请出身着黑色西装的阿克隆起,这位化学系小伙子谦恭的微笑,也就深深地映入大家的脑海。

一年过去,阿克隆的知名度几乎与毕森不相上下。而就在这一年开春后不久,阿克隆和毕森双双从我们宁静而喧嚣的校园中神秘地失踪了。无论是寝室、图书馆,还是课堂教室、学生乐团排练厅,都很难见到他们两人的踪影。

这座大学开始悄悄地萌生某种不平衡,似乎有一种躁动在同学中间蔓延开来。这全是由一些打扮入时的漂亮女同学引起的。

可以毫不夸张地说,差不多每天从早到晚,都有一些各系的女同学穿过男生宿舍后面那条种了几株兰花的小径，朝毕森的寝室走来。当她们在那间屋子里逗留片刻，斜眼瞥见毕森的靠近门口的床铺依旧是耷拉着两片懒洋洋的蚊帐随风摆动，不得不从那条兰花小径返回时，她们的沮丧和失望的心情，如同傍晚时分那坠落校园枝头的夕阳一般黯淡凄然。

频频而来的造访，不仅使毕森同寝室的那几个男生感到厌烦，更重要的是，那些漂亮姑娘成倍的倾慕者们因为她们的不安分，渐渐将酸溜溜的愤懑转嫁到那两个失踪的人身上。可以想象，男生们背地里是如何辱骂嘲笑毕森和阿克隆的。要不是胸前那块校徽还闪烁着几许文雅清高的光泽，就是有人跳出来找毕森他们寻衅闹事也并非不可能。

那时候，我们这个小圈子里的人也很不安。大约有一两个月，我们定期举行的聚会无来由地被取消了。校园里流传的一些有关我的两位朋友的闲言碎语，慢慢也变得刻毒起来。

一天，万有力来宿舍找我，说了一些不着边际的话之后，他开始支支吾吾提到毕森和阿克隆，还问我听到些什么。

我瞧着万有力那额头上蹙着的沟壑一般深的皱纹，心烦如麻。我说万有力你这改不了的老毛病听到什么你痛痛快快说别吞吞吐吐像肠道堵塞半天憋不出一个屁来。

万有力蠕动着厚嘴唇,红着脖子,费好大劲才给我说清楚那令人吃惊的坏消息:照某些人看来,毕森和阿克隆这两个男人之间,存在着某种暧昧狎昵的关系。

不知为什么,听万有力说完后,我浑身奇痒,背脊上好像爬着一条条蚯蚓似的皮肤过敏。

是的,我知道中国大陆上发生着以前也许是想也不敢想的变化。比如,不仅女人,男人也可以将本来充满雄性激素的头发烫成一鬈一鬈的,也可以像女人一样抹抹香水;比如,女人除了涂指甲戴耳饰,还可以露脊背露前胸地行走街上,充满无知和饥渴的眼光也并不会因此酿出什么骚乱来;再比如,人们听到或看到某个有妇之夫和有夫之妇在公开场合与他(她)的情人相会,旁人若像遇着外星人一样大惊小怪,这个人自己无疑成了外星人。我不是什么学究,也不是道德家,我能或快或慢地适应各种形形色色的变化,甚至对各类新鲜事只要无伤大雅皆乐于一试。然而,我无法接受两个同性别的人在一起亲昵的事实。受一些名画名照的影响,要说光着身子的女人在一起,心理上还有审美享受的话,那么让我想象两个男人在一起,我的肠胃即刻会翻滚抽搐,像活吞了一只苍蝇。

直到今天,我仍然固执地坚信:那些败坏我的两位朋友名声的闲言碎语,是某些人的拙劣创作,它仅能说明人类天性里的恶疾犹如旷原上的野草星火,稍有淫风相助,便可燃起置人于死地的熊熊烈焰。

可我凭什么?仅仅是一股子义气。我拿不出任何具有说服力的证词,来洗刷泼在我的两位朋友身上的污水。面对万有力蠕动的厚嘴唇、疙疙瘩瘩毫无光洁度的脸,我无话可说,唯能让几条蚯蚓缓缓爬上我的脊背,上上下下穿行,留下蜿蜒的遗憾。

几天后的一个早晨,我沿着林荫道朝学校图书馆走去。途经校门口时,我听到有人叫我的名字。

我回转身,眼睛一亮,竟是多日不见的阿克隆在向我招手。不过他的神色似乎很不自然,我欲朝校门口走去,他却匆匆迎上来,脸上勉强挂着昔日的微笑,他问我晚上在寝室吗他来找我,我稍加思索后说,晚上七点我有约会你可以在七点以前来。阿克隆说就这样定了,他伸出手拍了下我的胳膊,咧嘴一笑,扭身匆匆地走了。

我木然瞧着他离去的背影,心里充满疑惑。想想刚加入我们这个圈子时,一个那样羞怯懦弱的小伙子,现已变得形迹诡秘神情飘忽,邂逅阿克隆的欣喜不由得烟消云散了。

在我回转身往校园里走的时候,无意间我又稍稍感到有些欣慰：校门口那儿，还站着一个身材高大的女学生。她似乎正与阿克隆在谈论我，并同时朝我的方向眺望。

如果我找到了阿克隆恍恍惚惚的原因，我将为此感到高兴。我甚至不会责怪和计较阿克隆的不大方。我宁可我的朋友多找几个女孩子。以我当时有限的知识看来，一个喜欢女性的男子是不会染上性倒错恶习的。

晚上，阿克隆到来的时候，我正在查阅资料。他瞧着堆满一桌的书籍材料，不禁哑然失笑。你老兄还这么用功啊？他说。

谈不上用功，没事可干。你说干嘛呢？我整理了一下凌乱的桌面，敷衍道。

这些天你小子在干嘛？我冒冒失失地问。

搞点研究。阿克隆回答。

研究？我顿时警觉起来。什么研究？

小小的研究。他又强调了一句。

什么小小的研究。我紧追不舍，逼视着阿克隆，欲从他避开的眼光里寻找出什么来。

突然，阿克隆笑了起来。笑得很爽朗，很潇洒。而我却觉得：这是一种摹仿。阿克隆以前从不这样笑，只有毕森才这样笑。

你、你、你干嘛？想要吃人似的，耳朵都支楞起来。

阿克隆越发的不自在。

他越这样，我越觉得蹊跷。

你的研究很有意思吗？我不无嘲讽地问。

当然有意思，阿克隆摸了摸他的勾下巴。不过，你这个书呆子是不会感兴趣的。

难说。读书读腻了，兴许对任何新鲜事都会感兴趣的。我阴阳怪气地说。

你也读腻了？你也会有读腻的时候？简直让人不敢相信。阿克隆露出一种古怪的神态。

你看，有人邀请我今晚去参加一个家庭舞会，我是满口答应。仿佛为了证明什么，我透露了今晚的行踪。

家庭舞会？阿克隆顿时显得神采飞扬。我也去，可以吗？

可以不可以，要看你对朋友说不说真话。我说。

我什么时候骗过你了？阿克隆的脸上顿时没了那迷人的笑容。

好好好，你说，上几个星期你在干嘛？我和万有力、文亦彬都去找过你。我像是在拷问。

在我的一再逼问下，阿克隆无法再搪塞下去。但他的回答却是大大出乎我的意料：在毕森那儿玩麻将。

玩麻将？我轻轻呼出一口气。一些老电影里，姨太太们玩的不就是那玩艺儿吗？我对麻将的了解仅限于此。

那就是赌博了。我仍然有些不放心。

哦，你说的是一种低层次的玩法，或者叫作市井麻将。阿克隆解释道。

那还有高层次的麻将？难道不赌吗？我问。

也赌也不赌。为赌而不赌，不为赌也赌。阿克隆说着绕口令。

算了算了，赌就赌，还要说得如此高雅！我显然有些不耐烦了。

老兄，此话差矣。你以为中国可以和埃及金字塔相比的是长城？你以为中国人的智慧体现在四大发明上？扯了！是麻将，信不信由你。本世纪初，一个叫詹姆士的美国人就曾预言，总有一天中国的麻将会获诺贝尔奖；日本一位心理学教授，十年前跑到一家疯人院里，他给那些精神病患者治病最简单的办法就是鼓励病人们玩麻将，五年后这家疯人院里三分之二的疯子奇迹般地渴望回家，渴望性生活。你说，中国的麻将神不神？阿克隆口若悬河滔滔不绝地说。

嗟，听口气，麻将里还有学问？我诧异地问。

学问大着呢。不说别的，光说这一百四十四张牌，为什么是一百四十四这个数字？你说怪不怪，自老祖宗发明麻将至今，每个玩家所拿到的牌没有一次是重复的。还有，老式麻将有最后留七墩的规矩，你知道为什么要留七墩？牌局千变万化，没一局相同，可要不留七墩呢，便缺少一种变化：黄。

什么叫黄？我问。

就是没人和。说得再直露一些，便是不分输赢胜负，天下太平。牌局的变化是无穷大，而不管有多少种变化，如果七墩以前没人和的话，第一百三十一张牌也就是七墩里的第一张牌，四个玩家中必有一人是和在这张牌上的。这样精确到神奇的计算，就是高等数学也无法解释和演绎它的过程。阿克隆说。

我听得云里雾里。由于当时我对麻将缺乏最起码的了解，阿克隆所说的这些于我来说无异于梵文天书。

以后再听你谈麻将经吧。我为了不扫他的兴，说要去跳舞的话该出发走了。

好，那就走吧。反正也是对牛弹琴。看得出他有点扫兴，最后来这么一句。

我和阿克隆走出寝室，天色已暗，有几颗星星闪耀在深邃浩瀚的天穹。教学楼灯火通明，大家都在勤奋苦读，我们两个读腻了书的人悄悄溜出了宁谧的校园。

北

那年第一阵春风刮来，我们料峭的城市里开始风行一种叫吉特巴的舞蹈。这种舞蹈一个基本的特征便是用坚硬的皮鞋跟不断地踩地。舞厅里，只要吉特巴的音乐一起，便可听到一片叭嗒声。有些人出于误解，也不管姿势对不对，一上场先把地板踩得震天响，乐呵呵的自以为占了舞厅的便宜。

我们这一帮朋友里，除了毕森和阿克隆，大概就要数万有力的舞蹈感觉比较好了。他虽然驼着背，下颌前伸，虽然唱起歌来像讲话一样，常常从一个流行曲子滑到另一个流行曲子，使我们不得不恭维他为出色的联唱歌手，但他学交谊舞凭借刻苦训练的劲头，倒也早早地会跳什么慢四快三的。当然，与他合作的舞伴，是不能跟着扩音机里的音乐跳舞的，唯有仔细聆听万有力附在耳边发出的耳语声移动脚步，脚才不会受到他的伤害。

自从流行吉特巴后，万有力犯难了。他怎么也无法从脚尖过渡到脚跟，他弓着背跳吉特巴的模样酷似装神弄鬼的巫婆，惹得我们不时地请教他：既然吉特巴这么难学，当年将女职工拉进芦苇塘跳那种舞蹈怎么就毫无困难哩？

后来万有力听从我们的建议，去买了双男式中跟皮鞋，这样一来声响效果是有了，可那舞姿实在叫人看着惨不忍睹。

那时候，随着吉特巴的风靡，男式中跟鞋也变成畅销商品。公共场所包括汽车上随处可闻叭嗒声。那些日子里，我们这座城市的公共汽车也开得摇摇晃晃，仿佛也在跳吉特巴。搞得一些老年人，时隔好些日子还心有余悸，出门不敢坐公交车。

我与阿克隆去参加家庭舞会的那天晚上，他凑巧穿了双打了铁钉的中跟皮鞋。我之所以要啰唆地讲到男式中跟皮鞋，是因为它与那天晚上将要发生的事情，具有直接的关系。

约会地点在一个剧场门口。我与阿克隆赶到那儿，我的朋友，也就是那天家庭舞会的主人已等候多时。不知是因为他穿着随便，还是夜幕下剧场大厦的黑影笼罩了他，我们——至少是我，第一眼看到的并不是他。

那天晚上，我与阿克隆从远离闹市区的校园，长途跋涉赶往霓虹灯闪耀的剧场门口，在享受都市夜生活熙攘的人群里，我们第一眼看到的是一位亭亭玉立的绝色美人。她长长的披肩黑发，衬以鹅黄连衣裙的丰满身躯，静静伫立的淡雅气质，经幻梦般的灯影烘托后，散发出一种让人怦然心跳的诱惑力。

我们先向这位美丽姑娘行了注目礼，继而才发现站在墙角的我的朋友。我的目光离开那妩媚脸庞时，内心不免有一丝淡淡的惋惜。

但一切都好像是天遂人意，当我把阿克隆介绍给我的朋友之后，他竟然把这时已悄悄站在旁边的那位美丽姑娘引见给我们，说是他妻子的妹妹。当时那种猛烈而又经过克制的欣喜，至今回想起来都那么清晰。

在那之前的一段日子里，我正在情感世界中备受煎熬。我大学里的女友对我并不专一，当我从别人嘴里获悉到这个重要信息，有一度我几乎像是丢了魂似的心神不安，苦恼异常。就在我与那位美丽姑娘相互对视的刹那间，我清楚地感到，一股强大的电流击中了我，整个世界包括大学女友迅疾地离我远去，并消失得无影无踪。所有的苦痛、焦虑、疯狂乃至丧魂落魄，乃至爱与恨的心灵撕扭，在那一刻都被轻易地抹去了，都化为了乌有，都被证实为是不可靠的。

世上有永远可靠的心灵撕扭吗？世间的不可靠不是从女人，或从别人那儿开始的，一切不可靠，都来自于每个人自身最隐秘的地方。当时我就是这么想的。

我们一行四人去我朋友家的路上，走成的队形是这样的：我在外侧靠人行道边上，我朋友和我挨着，他的另一侧走着他的小姨，最里面的是阿克隆。这个队形对阿克隆很有利，给了他一个机会。我曾试图改变这个队形，但未能成功。

我只能继续与我朋友礼节性地进行交谈。不过，阿克隆和那姑娘所谈的每一句话，都难以逃过我的耳朵。

我听到阿克隆询问姑娘的名字，姑娘说她叫安娜，阿克隆赶紧说这名字好听，比他的名字强多了。姑娘自然问他叫什么，他说朋友们都叫他阿克隆。阿克隆？姑娘咯咯地笑了起来。阿克隆也得意地笑了。接着是我的一只耳朵出卖了我，我也跟着笑了。我朋友正与我谈着什么话题，被我突然冒出的笑声弄得很尴尬，仔细一听，周围三个人都在笑，忙问：你们笑什么？你们笑什么？

到了朋友家，他妻子将我们引领至客厅。客厅里灯光幽幽的，已有几个人散落地坐在那儿，他们的穿着入时，一个个好像都很有教养的样子，男士都凑在女士的耳畔低声轻语，我猜，这些人的谈吐也一定非常高雅。

见我们走进房间，男男女女依旧自顾自交谈，并不惊讶或有其他反应，只有个别人略略仰起脸朝我们颔首，算是接纳了我们。

朋友妻子和安娜给我们端来了咖啡，然后，朋友妻子跑去拧响了录音机，顿时，吉特巴音乐在客厅的四周弥漫。朋友妻子忙着招待客人，我们这个角落只有安娜一个女伴，我为了表示谦让，提议阿克隆邀请安娜跳舞。

阿克隆和安娜上场后，其他人也一对对纷纷站起跳舞，唯独我一个人坐在角落里，慢慢品呷咖啡，品呷舞姿。

在几对舞伴中，应该说阿克隆和安娜这一对是最为出色的。阿克隆的乐感绝没问题，安娜脸含微笑，配合默契，她的旋转和扭动皆很得体，既不放浪，又恰到好处地与男伴的激情相迎契合。我看得出，阿克隆也极为兴奋，这种兴奋刺激了他的艺术灵感，他即兴想出许多旋转的变招，令人看得眼花缭乱。

一曲终了，男女舞伴们蜂拥退下，这时我才发现，旁边多了位浓妆艳抹的女士。我稍一回头，一股浓郁的香味扑鼻而来。我有些受不了，乘势站起，把座位让给阿克隆他们坐。这样，音乐再起时，很自然地，阿克隆又很自然把安娜作为他的舞伴。

公正地说，这天晚上阿克隆并非完全忘却我的存在，他有次乘休息的间隙，跑来让我去与安娜跳一曲，而他好像是作出巨大牺牲，大义凛然地去请那位喷了一身香水的女士跳舞。

我终于能和安娜跳了一曲，但我知道，自己跳得很糟。尽管人很兴奋，指尖触摸到安娜纤细而又柔软的腰肢时，仿佛有似醉未醉的晕眩，也许就是因为太投入的缘故，我忘记了男伴的导向作用，结果我们跳得很呆板，很空洞。另外还有一个很重要的细节，严重影响了我的情绪。

前面说过，跳吉特巴需要一双好皮鞋。我一直忙于读书，很少注意穿着。这天又是与阿克隆匆匆离开寝室，慌乱中套了双皱皱巴巴的旧皮鞋，上面积了许多灰尘不说，这双原本就不是中跟的皮鞋还磨损得非常厉害，跳舞时根本踩不出声响来，这样，节奏感大为减弱；阿克隆呢，自和毕森形影不离后，哪怕再忙，哪怕是考试阶段，他也穿得山青水绿，皮鞋擦得锃亮，头发梳得溜光。今天晚上，他穿了双极其时髦的三节中跟鞋，据说是香港名牌。谁能说得清，一双名牌皮鞋，给阿克隆增添多少自信和感觉，使得他在那些都市摩登儿面前丝毫没有穷大学生的寒酸相。

一个人的成功可以有许许多多的原因。那天晚上，阿克隆的成功便凭借了一双名牌皮鞋。是的，仅仅是一双皮鞋。

舞会进入高潮，阿克隆和安娜跳得几乎有点疯狂。

其他舞伴渐渐退下，最后场上只剩下他俩。他们跳得是何等的欢畅！从他们热烈的舞影里，从他们相互注视的深邃目光里，我发现了一种神秘微妙难以言喻的东西。正是这种发现让我浑身燥热，胸内仿佛有一只爪子在上下挠搔，我不得不用有关阿克隆和毕森的传闻来宽慰一颗骚动的心灵。在这之前，我还曾用风度和朋友义气来遏止自己的狂躁。当这些都无济于事的时候，我就作出了那个令我一辈子都无法原谅自己的举动。

我记得，阿克隆和安娜忘我舞蹈于客厅中央之际，坐在一旁的香水女郎曾主动与我攀谈。她告诉我她叫什么婕，我当时神不守舍心不在焉，误听成"简爱"。气得她嘣地跳起，从我身旁愤而离去，走的时候嘟嘟哝哝好像是说我不识抬举之类的话。

我顾不得这个小插曲了。当时我的心里很乱。你不是很看重朋友情义的吗？我扪心自问。你不是很希望有关阿克隆和毕森之间的传闻是一种不攻自破的谣言吗？既然如此，阿克隆主动出击去追逐漂亮女性，你应该为他高兴才对呀。你不应该这样焦躁不安，你不应该心里不舒服，你脸上发烫，心中乱跳，不就是因为根源于那两个你怎么也无法接受的字眼——妒忌吗？你后悔了，你想，要是今晚不带阿克隆来，毫无疑问，你就可以一直和安娜在一起。

是的，我后悔了。

后悔以及那种我不愿提它名字的罪恶情感铺天盖地向我袭来。我昏昏然，简直像是丧失了理智，等音乐一结束便朝阿克隆走去。

你能不能稍稍收敛一点？我把掏出手帕擦汗的阿克隆拽到一边，正言道。

怎么啦？发生了什么事？余兴犹在的阿克隆见我如此严肃，好像被兜头浇了一盆凉水。

什么也没发生。不过，追女人也可以含蓄些，何必那样赤裸裸的？这毕竟是在别人家里。我的话说得很难听。

阿克隆被我说得莫名其妙，眼光直愣愣地盯着我。不一会儿，他明白发生了什么。我敢肯定。阿克隆是一个有悟性的人。

我朋友大概也看出我们喜欢他的小姨，这天晚上舞会结束离开他家时，他为我们创造了一个绝佳的机会：让我们两个送安娜回家。

后来是我一个人送安娜回家的。一走出朋友的家，刚走到马路边，阿克隆便推托有事先走了。

几星期后，我们这个圈子里的朋友都知道我有了新的女朋友。幸福的光晕照拂着我，而我却暗藏着一种负疚心理。我怕见人，见圈子里的朋友，当然，最怕见的是阿克隆。我变得行踪无常，躲躲闪闪，好像急切渴望从这个世界上销声匿迹。

一天，我从图书馆回到寝室，刚进门身后接着闪进一个人来。我猛地一看，是阿克隆。我浑身不自在起来。

你老兄好难找呵。阿克隆说，我找了你好几次你都不在。

找我有什么事吗？我瞥了一眼阿克隆，迅疾将目光移向窗外。不远处，一丛嫩竹上，几片黄叶随着微风翻飞，我觉得，它们随时会掉落下来。

也没什么事，想和你谈谈我的女朋友。阿克隆说。

你的女朋友？你有女朋友了？我眼睛瞪得又大又亮。

对，上次你在校门口见过的。学校排球队的，他们叫她女排一号。阿克隆说。

那……那不挺好吗？我是真心觉得好，无论从哪个角度说。

真要是好也不必找兄弟们商量了。从认识到现在，我们经常吵架，经常闹不愉快。她说我是"玩物丧志"，反对我玩麻将，要我读书、考研究生，我呢，总觉得她身上少点什么。少什么呢？我也不知道。阿克隆陷入迷茫之中。

在阿克隆平静的叙述中，我渐渐收回目光，似乎感到窗外竹林上的枯叶暂时不会坠落。当我将目光投向阿克隆时，我察觉到与他相比，我的目光是多么犹疑和慌乱。

那你对她有什么不满意的？我问。

她似乎对怎么爱人根本不懂。她不懂体贴人，接吻时不会用舌头，她甚至不让我碰她的身体，说那是留给她未来丈夫的。真他妈见鬼，现在还有这样古板的女孩。阿克隆忿忿不平地说。

想不到我们的阿克隆喜欢又贤惠又现代的女性，那自然只有一条路可走：找俩女朋友！我是为了缓和气氛才这么说的。

说完后我笑了。阿克隆也笑了。笑容第一次出现在这次意味深长的会晤中。

我会永远感激阿克隆的！他的情商真高，我会永远记得阿克隆为我们这次异乎寻常的见面找到一个聪明的话题。

安娜甘美的唇滴还留存在我的记忆里，幸福的光晕笼罩着我的脸庞，陶醉般的欣喜犹如涨满的泉水，止不住要从我心里往四周喷涌，这些，阿克隆不会不感觉到，可他是那样淡定澹然地与我交谈着另一个女人。

阿克隆走了很久以后，我还木然地坐着。阿克隆拿走了我背负的十字架，使得我继续拥有一个融洽的朋友圈子。

秋季来临。快要毕业的前夕，不知由谁提起我们这个圈子应该举行一次聚会。

毕森表示同意这个建议，并说如果想去他家里的话，有一个条件：每人必须带一位女朋友。

万有力一听结巴了：你提什么条件都行，这女朋友……

毕森挥挥手说：不管是正式的，还是候补的替代的，哪怕是街上临时拉的也行！

文亦彬不怕毕森提的条件，自从话剧团一位年龄比他小的女孩，演了一次他的妈妈以后，他们两个便公开地手拉着手在校园里谈情说爱。大热天他们也不怕出汗，在话剧团办公室的桌子上干得热火朝天，被路过的治安人员当场逮住。这倒也好，破罐子破摔，文亦彬干脆每星期六下午，大模大样骑着自行车把女演员往家里带。

所以，毕森的话音刚落，他连忙附和：那是应该的，这条件不算苛刻，你上剧院看戏还要一张门票呢，没有门票谁让你进啊？

我打电话邀请安娜参加这次聚会，她欣然答应了。我常在她面前叨咕这个圈子里的事，她早就想见识见识我的这帮朋友。安娜很懂礼节，去的时候途经花店还买了几枝鲜花，给那天的聚会增添一种高雅的气氛。

文亦彬和他那位女演员是最早到的，他第一个看到毕森请来的一个身穿华贵服装的女郎。

从她的服饰打扮判断，她绝不是我们学校的学生。她似乎对毕森这间弥漫爱情的小屋异常熟悉，我和安娜一到，她很快从毕森的写字台下面找出一只花瓶，安静地与安娜一起剪枝插花。

在我们后面，阿克隆带着女排一号也来了。这时我与女排一号已经很熟，阿克隆曾邀我一起去观摩过几场排球赛。第一次去我就恭维阿克隆的眼力。女排一号虽说体格粗壮，皮肤黝黑，可与她的队友们一比，无疑是最漂亮、最性感的姑娘。

万有力到的时候，我们七八个人挤在毕森的小屋里已喝开了酒。他是一个人偷偷从门缝里溜进来的，不幸被文亦彬一双当演员的锐利目光攫住，一跃而起，脚踩着椅子，抬臂怒指门口，大喝一声，完成一个造型定格：他没有带门票！

我们刷地把目光一齐扫向门口，几乎是异口同声地大声呼叫：门票！门票！

四位姑娘被突如其来的变故搞得面部表情很复杂，她们不知"门票"为何物，也不明白万有力干吗要蜷缩在角落里，嗫嚅着不敢走进来。

对不带门票的人怎么办？毕森像是领袖在询问群情激昂的工人群众。

赶走！！！大家齐声喊。

万有力苦笑着，笑得很痛苦，脸部都扭曲了。他原来说话就不流畅，这时更是支支吾吾，他想做出解释，话没说囫囵，顷刻间就被吵闹的声浪所淹没。

对如何处置万有力，小屋里的人们意见不统一，分成了鸽派和鹰派。女同胞普遍同情万有力的处境，唯有话剧团女演员平时常混迹于我们这个圈子，对什么样的恶作剧都是推波助澜，事不闹大不痛快。她竭力主张严惩违纪者。这是关键的一票：五比三。

万有力不得不哭丧着脸，掉转身，从门缝里灰溜溜地退出。

鸽派中毕森的女朋友最富同情心，她主张派人去把万有力找回来；鹰派竭力反对，认为一个团体理应保持它的纯洁性，宁缺毋滥，对不遵守纪律的人就该严惩。

谁知半小时后，万有力神气活现地回来了。他居然真的带来了一个人。那是个比万有力高出整整半个脑袋的女人，从她的脸部长相上，你无论如何也猜不出她的真实年龄。一坐上桌子，万有力也不给大家介绍那女人姓甚名谁，径自大吃大喝起来，仿佛是要弥补刚才缺席半小时的损失。

高个女人开始还文雅,后来渐渐发觉情况有些不妙,要等旁边的万有力来照顾她似乎根本不可能,于是,她摆开架势,将桌上相邻的杯碗朝两边移了移,挥舞两根筷子,向桌上的菜肴发动闪电式的袭击。他俩进来没几分钟,一盘白斩鸡便一扫而光。

万有力和高个女人埋头比赛啃鸡爪,瞧着他俩毫不客气的吃相,我们面面相觑,只有惊叹佩服的份儿。

文亦彬见此情景,朝我们眨眨眼,举起酒杯首先发难。文亦彬与万有力那一对干过之后坐下,我们接着轮番进攻,一次次碰杯。万有力不知是计,三杯两杯全干了,脖子很快红了,不一会儿,躺倒在沙发上哼哼唧唧地说胡话。

高个子女人倒是海量,她每次必干,万有力躺倒了,她却不动声色地继续大口咀嚼。我们作弄万有力,她心里也不知明白不明白,一声不吭地陪吃陪喝。

文亦彬阿克隆跑去拽起万有力,万有力大着舌头说两位兄弟啊不能再喝了。阿克隆说两位兄弟不能喝了你再喝一杯。不喝不喝不能再喝了。文亦彬说要么陪兄弟们再喝几杯,要么把桌上那碗罗宋汤喝了,你自己挑吧。不吃也不喝了,万有力闭着眼睛赖在沙发上死活不肯起来。那不行，不吃不喝我们兄弟一场还有什么意思？给个面子。不喝酒就喝汤，你说对吗？文亦彬很认真地朝高个女人摊摊手。是不像话，高个女人鼻子里哼了一声。

你插什么嘴？万有力腾地从沙发上跃起，他显然对高个女人关键时刻的变节行为极不满意。我喝醉了你高兴啊？我喝……我喝汤，你坐在我腿上喂我，你干不干？

好！小屋一片欢腾。大家想不到万有力还有这一手，静静地等待着高个女人的反应。

高个女人稳稳地站起来，端过那碗汤，走过去，一屁股坐在万有力怀里，拿着勺使劲往万有力嘴里灌。

话剧团女演员乘乱跑过来，把一块围兜系在万有力的脖子上。

瞧着万有力抱着个大娃娃，涨红脸痛苦不堪往肚里咽汤，我们个个笑得前俯后仰。

最后，万有力实在喝不下了，只得告饶。高个女人铁板着脸说还有一勺。万有力大声哀号：一勺……一勺也不行了！

从那以后，提起"一勺"，我们这个圈子里的人即刻会喷饭。

中

那天晚上接下来开始玩麻将。

毕森阿克隆据他们说是经常在一起玩的，没问题；文亦彬稍稍会一点；万有力鼾声如雷，三缺一，他们硬让我上场凑数。

我就是这样第一次上了麻将台。记得那天晚上我的手气特别好，大家都说要真赌，他们可输惨了。玩过这一次，直到毕业，我没再碰过麻将。可见，万索筒并没给我留下太深的印象，对我来说没有那么大的魅力。

有趣的是女排一号。她从头至尾自始至终坐在阿克隆身旁，很认真地观看着牌局。她似乎也不太懂麻将，谁和了以后，她总要靠在阿克隆肩旁仰头提出一堆疑问来，那神情酷似一只依枝小鸟，极为动人。阿克隆和了，她眉开眼笑，忙乎着替阿克隆收下筹码；别人和了，她是又跺脚又叹息，她的表情随着阿克隆的输赢胜负，产生喜怒哀乐的变化。

乘女排一号离开牌桌的几分钟间隙，我朝阿克隆扮了个鬼脸，意思是说他调教有方。

阿克隆给了我一个未置可否的表情。当时，我以为他没明白我的意思。后来事实证明我错了，阿克隆明白我的意思，而我却未明白他的意思。我怎么也没想到，阿克隆和女排一号这对看上去很有情分的恋人，已经走到了分手的十字路口。

聚会后没几天一个下午，阿克隆在校园里到处寻找我们这个圈子的朋友。因为是毕业前夕，大家都为分配而奔走忙碌，只有文亦彬一人在校。

阿克隆好容易找到文亦彬，闯进寝室劈头盖脑就问：你说你怎么有那么大耐心可以和女人无休无止地缠绵下去你说你和女人在一起非得耗光所有的精力然后再结婚再组合家庭再生儿育女你说什么人都逃脱不了吗我阿克隆不喜欢这样就不是男人对不对男人一生最伟大的事业不就是在逃离女人吗我阿克隆和女人待久了便心烦便没劲文亦彬你说你是不是这样的是不是这样。

假如文亦彬那天是这样回答的：阿克隆，你说得不对。那情形会如何呢？但他没有。

文亦彬很平静地说：是的，我和你一样，也是这样的。

阿克隆沉默了，低下了头。

过了一会儿，文亦彬从床底找出一只足球，啪地抛到阿克隆手里，说：我知道你现在该干什么。

如果你和一个人待着没意思透了你怎么办？阿克隆走出房间时问文亦彬。

分手！当断不断，反受其乱。文亦彬想也没想地说，砰地拉上了宿舍的房门。

阿克隆在文亦彬臂膀上捅了一拳，两个朋友互相看看，一起走了出去。

来到操场上，阿克隆一脚把球踢向蓝天，然后张开双臂，像一只大鹏似的朝操场中央飞跑而去，边跑嘴里还大声喊道：我他妈的自由了——

第二天，文亦彬将阿克隆与女排一号分手的消息告诉了万有力。很快，我们这个圈子全知道了。

我对安娜提起阿克隆的事，她说她早猜到了。我说你怎么猜到的？安娜说没道理，预感。我问她我们俩的关系前景如何，她笑而不答，转身轻盈地跑进了街心花园。

我追上去，安娜猛地回转身，将濡湿的嘴唇迎向我，月光下，我们的嘴唇靠近，靠近，然后发疯……平静下来，我看到安娜的脸颊上挂着泪珠，我问她怎么啦，她说你别问了我们回去吧。

毕业分配方案公布后，我去学校搬行李。铺盖箱子装上卡车送走了，我从系里办完手续出来，刚跨上自行车，听到有人叫我。抬头一看，化学系大楼阳台上站着女排一号，正朝我招手呢。

女排一号步下台阶，我们沿着湖边散步。空气极其沉闷，走到一丛菊花前，她停了下来，突然放声哭了。

我赶紧说你别这样，叫人看见了还以为我在欺负你呢。我想来点轻松的，活跃一下气氛。没想到她听了我的话之后，抽抽搭搭哭得更伤心了。

瞧着女排一号耸动肩膀掩面而泣的样子，我真想走上去抱住她，吻干她小鼻子两翼的泪河，可又一想，这不是乘人之危吗？再说，要让安娜知道了不乱套了？

想开点，天下没有不散的筵席，早散晚散不总有一散？我当时要知道这句话可以套在任何人头上，就决不会如此信口开河了。

我不是想不开的人，女排一号突然抬头说。我早就想和他断，这次让他先提出来了，如果是为了别的比我好的女人，我也认了。可他为了一个男人和我断绝来往，这口气咽得下去吗？

你别胡说八道。阿克隆怎么是这样的人呢？我说。

你别替他辩护了，他和毕森两个人之间的事我全知道。她说。

我把手放在女排一号额上，没发现她有什么不正常的地方。

你不能这样说我的两个朋友。阿克隆伤了你，我们大家都知道，都十分同情你，但不能由此听信一些人的谣言，在背后乱说。我有些恼怒地说。

我没乱说。女排一号执拗地昂起头，胸脯一起一伏。他们两个人的事，我有证据。她严肃地说。

你有证据？我有点迷惑了。

嗯。女排一号挂着泪珠的脸上，露出一丝得意的微笑。

你有什么证据，你说。我的脸色一定很难看。

我……我，我不好意思说。女排一号的脸上泛起红潮，她腼腆地低下了头。

这一天，我本来想好好询问一下有关我两个朋友的事，无奈后来有人来把女排一号叫走了，我们的谈话被迫中止。

毕业后分配到单位工作，很少有机会回学校。几年里，我再也没有碰到过女排一号。从此，有一个谜，久久深藏于我的心底。我渴望有那么一天能将它解开。

發

中国麻将，也叫麻雀牌。在宋太宗、真宗时代，有一个叫杨大年的翰林学士写过一本叫《马吊经》的书，专谈马吊牌的技巧。明末清初的隐士顾亭林，不愿做官，逍遥于山水之间，他写的《日知录》一书提到马吊牌。据他称马吊牌原为士大夫阶层所玩，天启年间开始流行民间。史学家认为：宋代和明代人玩的马吊牌或称马掉牌，便是后来的麻雀牌。

《清稗类钞》记载说：江浙一带的乡音把鸟叫作"刁"，刁读去声和吊音相同，于是马吊就叫成麻雀。

原来的麻雀牌上有公、侯、将、相、文、武和百七个字。道光年间，一个叫陈鱼门的人把那七个字改成红中、绿发、白板和东、南、西、北四风。传说陈鱼门是浙江舟山的渔民，他换麻雀牌的七个字的构想，是在一次出海行船途中突然萌发的。

中国麻将，不算它的最早源头叶子戏、牙牌或更早些的骨牌，也已有上千年的历史，中国麻将发展到今天的模样，经年历代，荟集了无数人的智慧、想象及生活体验。

在我走遍这座城市的各个图书馆，四处收集有关中国麻将历史资料的时候，占据我脑海的始终是这样的意象：一艘绘满金龙的渔船行驶海上，一个年青渔民伫立船首，眺望海天之外一轮圆月冉冉升起，冥想着人与大海，大海与月球之间的关系。

陈鱼门你是因为在海上看到了如此壮观如此幽远的一幅景象，才突发奇想，产生了改换麻雀牌中七个风字的冲动?

我是在大学毕业后第四年才学会麻将的。这令许多人着迷的游戏，却怎么也难以刺激起我的兴趣来。我不明白，我的两位禀赋甚高的朋友，怎么会沉湎在那一百四十四张牌中流连忘返乐不思蜀。

这时，有人给我推荐了几篇有关麻将的文章，是一个叫吴亮的人写的。我读后虽然觉得文章有些灵气，但作者是在一个层面上讨论麻将与生活的联系。说得直接些，这个叫吴亮的人太注重于分析人的世俗心理。这些文章，无法解释我的两位朋友之所以那么迷恋麻将的内在原因。他们不是世俗生活的失败者，他们是现实土地上的宠儿。应该有更神奇的彼岸世界的东西，才能诱惑住我的两位朋友！

为此，我开始注意收集麻将资料。

一天，有人打电话给我，说他那儿有一本《麻将技巧》的书。下班后我立即赶到他家取书。这位朋友也在业余时间研究中国麻将，那几篇文章就是他向我推荐的。

朋友把书交给我后说：非常的巧，今晚有两位麻将高手要来我家玩牌，你如果有兴趣的话，可来观战。据说，那两位高手都非常有名气，是国内第一流的。

晚饭后，我躺沙发上翻了翻《麻将技巧》。令人大失所望，这本书缺少翔实的材料和细致的考证，在一些至关重要的问题上常常是含糊其辞。可以说，它毫无价值。电视节目也没什么可看的，无聊中忽然想起朋友的话，于是，我推着自行车出门。

到朋友家，摁了好长时间的电铃，朋友才下楼来开门。一见是我，他把手指竖在嘴上，示意我放轻脚步。我们沿着黑咕隆咚的楼道向上攀援。我闻到一股浓烈呛人的烟味。

走到楼梯顶层，朋友轻轻推开门，我往里一瞧：好家伙！黑压压的一屋子人。

屋子中央，一盏标准麻将灯低挂，由于四周观战的站得密不透风，我一下看不到牌桌上的人。窗帷捂得严严实实，团团烟雾弥漫屋内。虽说有那么多人，屋内却安静得出奇。我甚至能清晰地听到麻将牌放倒在厚毯上的声音，甚至能清晰地听到围观者紧张的喘息声。

我从屋内紧张的气氛中可以判断：这是一场高水平的角逐。

朋友轻轻拨开人墙，让我挤进去。

我一看牌桌的阵势，确实非同一般。

不说那四名角逐者东南西北气度不凡地坐好，那牌桌上垫了一块厚毯，厚毯上再铺了一块雪白的布，一副浅绿色台湾产的玻璃钢牌叠得整整齐齐，每个人门前的牌先后有序，所吃所碰的牌一律放在牌手的右侧，庄家还要加上骰子。

再看那四人出牌摸牌的动作都富有节奏，决无拖沓，也不忙乱，每张牌在中指停留一秒钟，即可摸出牌底，其手势之娴熟，之规范，之潇洒，令人叹为观止。我从未见过这样肃穆的场面，心里竟然扑通扑通无来由地乱跳。

我逐个扫视四位高手。东，南，西，北——我顿时惊讶得目瞪口呆，那北风位置上不分明坐着阿克隆吗？

阿克隆也看见我了，抬起左手非常有风度地招呼我过去。

我在阿克隆身后坐下，从侧面仔细打量起他来。

嗳，好久不见，阿克隆真是变了样，衣冠楚楚，西装领带熨帖挺括，风度翩翩，一副进口变色镜架在光洁的鼻梁上。还有一种气质上的变化，那是只有作为老朋友才能细察的。阿克隆不再像以前那样，笑起来咧开嘴眯缝眼一副可爱的稚嫩相，如今他只微微牵动一下嘴角两侧的肌肉，旋即恢复原样。

阿克隆轻轻拍拍我的膝盖，算是什么意思都包含了。我瞥一眼阿克隆前面的牌，好牌呀！我在心里暗暗叫道。十三张牌除了两张风子，一张筒子，其余全是索子。

阿克隆不慌不忙，正襟危坐，你从他的手势里丝毫感觉不出异样来。他摸一张，扔一张；摸一张，扔一张，四五圈后，清一色听牌。

我紧张的目光扫过去扫过来，好容易才看出和的牌是三六索带四索。阿克隆摸一张，我的心就卟嗵一下。别人出一张，我也莫名其妙地把头伸得很近，满心希望别人打的是索子。

也真是奇怪，除了阿克隆自己摸了个九索打掉之外，桌上其他三家再也没人扔索子了。三圈后，东家扔一张五万，西家嵌五万和了。我惋惜得差点"啊"了出来，捏紧的手心松开，居然渗出不少汗。

阿克隆似乎一点不在意，他轻轻将牌放倒，往中央一推，像什么事也没发生过似的与我寒暄几句。

接着一副牌，起手竖起十三不搭，可以说是一副烂牌，我看着都没信心了，阿克隆的手像变魔术一般，一摸一对，一摸一对，下家给他碰一索后，他听六筒与北风对倒，碰碰和。摸了七八圈也没人和，阿克隆摸了张南风扔掉，东家碰扔二万，又是阿克隆摸牌，他摸一下，再摸一下，将牌扔进碰出的一索旁，那就是杠了。阿克隆从杠头摸了一张竹，再杠，阿克隆轻轻将牌推倒，翻过手上那张牌：是北风。碰和加杠开三番，三花三番是封顶的最大牌。其他三家顿时呆若木鸡，半晌都没动静。

双手来回洗牌时，阿克隆附在我耳边悄悄说，没上一副牌，也就没有这一副牌。

我问他此话怎讲？阿克隆说该你得到的跑不了，会突如其来的得到，不该你得到的强求也没用。

我说你这麻将理论是不是太消极了？阿克隆轻轻一笑，说：谋事在人，成事在天。很多人以为麻将有什么技巧，哪有什么技巧？有的话也是人人可以掌握的。

那高手与低手有什么差别？我悄悄地问。

差别在于是否明白得与失之间的关系，在于是否能够抓住优势与劣势的时机转换，一句话，在于是否具有悟性。阿克隆边说边注视着牌局。

我静静坐在阿克隆旁边，思索着他话里的含义。阿克隆就是在这天晚上，对我说麻将里有人生道理这句话的。

深夜回家我们走在马路上，他还说了一番叫我记忆犹新的话。阿克隆说：麻将世界无非就是输输赢赢，输是一种修炼，赢也是一种修炼，修炼到家了，输赢便不在话下了。

这天晚上的牌局是三输一赢，也许你已经猜到：阿克隆大获全胜。他从西服上衣内袋拿出一只名牌皮夹子，打开后把赢的钱一张张叠得整整齐齐塞进夹缝。在马路边他请我吃了宵夜，我们两个喝了七八瓶啤酒。

白

自此一别，再与阿克隆见面，是一起送毕森去西班牙留学。我们圈子里的万有力、文亦彬也来了。

没想到，第二年的冬天，还是我们这些朋友聚在机场，送的是阿克隆。他获得了去法国自费留学的签证。

冬日照耀下的机场，白灿灿的，有一种肃杀之气。我们几位好朋友漫步在开着黄花的腊梅树下，心中被一种离愁别绪所充塞。

阿克隆穿着一件皮夹克，十分英俊潇洒。他今天显得很轻松，与我们逗趣说笑，回忆关于"一勺"的典故。经他一提，我们也提起精神，互不相让地挖苦讽刺，气氛一下活跃了。

这一年的冬季，我不幸被自己言中，与安娜无可挽回地分手了。我把这消息告诉阿克隆，并愧疚地说当初要是他与安娜来往，兴许就不是这样的结局了。

阿克隆挥挥手，好像一切都在弹指之间消逝了。他告诉我：没有"假如"，很多人相信生活中存在"假如"，我不信，什么都是必然。

离飞机起飞还剩下不多的时间，我们想把余下的时间让给两位来送阿克隆的女士。

阿克隆坚决不从，他执拗地要和我们在一起。我留意了一下，两位女士虽然都笑嘻嘻文静地看着我们，但我无从发现她们中的哪位与阿克隆具有某种亲密的关系。这就使得那个深藏我心底的谜团屡屡往上爬。

是的，碍于面子，我从未当面问过阿克隆，毕竟每个人都有自尊心。但今天不同，阿克隆这一去，什么时候才能见面谁又说得准呢？同在世界上，一辈子不再重逢也是可能的。

检票口开始放行了。阿克隆与我们一一握手，提着行李随人流朝前移动。离检票口愈来愈近，一过海关，阿克隆便将离开他的祖国，踏上异国他乡的征途了。

阿克隆离检票口只有三米的距离，不，剩下两米，最后一米了——我突然箭镞一般朝前飞去，在阿克隆的一只脚将要踏出国门之际，我抓住了他的衣袖。

让过蜂拥而来的人流，我把阿克隆拽到一边，结结巴巴，半天才说清楚我的意思：

阿克隆你要觉得我伤了你你就当我的话是放屁好了有一句话我一直想当面问你今天不问也许永远没机会了你听我说大学时有人说了许多你和毕森的闲话你对我说实话如果你把我当朋友你说你和毕森之间有没有那种关系。

阿克隆沉吟片刻，眼睛透过落地玻璃窗，一直望到很远很远的地方。

他没正面回答我的话。

他说，在峨眉山他曾遇到一位麻坛高手，是个留着长须浪迹四方的道士。他向道士请教麻将中七个风字的象征意义。道士答：中国麻将中，东、南、西、北四风代表大千世界；中风代表人在这个世界里的位置；发代表世俗生活；最有意思的是白，万物生于白，但这白又不是任何东西。佛说空，道说禅，阴阳家说无，皆与白相通。玩麻将时，牌的一出一入象征日月；打出的牌是明，覆着的是幽，明象征白天，幽象征夜晚；四人入局各占一方叫四方。

阿克隆说完，提上行李扭头进入了检票口。

白，照阿克隆的说法，大概便是混沌了。婴儿在娘胎里是白，生死轮回是白，太极阴阳是白，星转日移是白。中国画是一种白的艺术，作画要留空白，看得见的东西画得看不见，看不见的东西让你看见又觉得顺理成章。

把阿克隆送走之后，我们的故事也该结束到了。

至于阿克隆和毕森在马德里怎样相会，他们怎样情意绵绵地怀恋起大学时代那架经常与他们相伴的破钢琴，以及我的两个朋友在西方世界里遇到的有趣的人和事，等我积累了足够的材料，我会给你讲另外一个故事。

在结束这一章之前，有一个小插曲我想提一下，它也许对我们理解这个故事的主人公阿克隆有用。

半年前，我收到过一个不认识的人寄给我的信。我查看邮戳得出的结论是：寄信人和我居住在同一座城市。

拆开信封后，我发现里面有两封信。我先看第一封信下的署名，不由得高兴万分。这是阿克隆以前的情人女排一号从美国写给我的信。信上说她去美国已有数月，出国前因为走得匆忙，没能辞别，请我原谅。她说她一直记得我在她最最哀伤的时候安慰她的那些话。信的最后说，如果我想去美利坚的话，她可以替我找担保人。信的落款旁边还注了一笔，说明信是通过她在大学时的好朋友李芹转给我的。

另一封信就是李芹写给我的。奇怪的是，她让我不要相信女排一号的话，她说，那些虚情假意的话，女排一号不知对多少人说过。

更为奇怪的是，李芹还对她大学时代好朋友的人品大肆诋毁，她说女排一号大学所居住的那个寝室是同性恋的窝，每天晚上八个床铺有四个空着。女排一号的饭菜票四年里一直和同寝室的另一女同学的饭菜票放在一起，她们同吃同住同甘苦，即使是星期六也不回家。李芹说请我想想，像女排一号这样有严重性倒错倾向的女人，怎么可能真心去喜欢一个男人，帮助一个男人？她劝我不要上当，好自为之。

看了这两封信，我是既惊骇又糊涂，脑子里一团乱麻。这个李芹是什么人？如果她真是女排一号的好朋友，就不该这样向一个陌生人披露女伴的隐私；如果她恨女排一号，又何必把信转给我？这个李芹和女排一号之间究竟是什么关系？

我抱着极大的好奇心，在一个星期天，根据信上所写的地址，来到天鹅新村9号401室，给我开门的是一位中年男子，他说他姓陈，这儿没有叫李芹的姑娘。我只得向他道歉，悻悻地退出天鹅新村。

后来，我还去过一次学校，打听到女排一号原来的班上根本没有一个叫李芹的女学生。那么，这个李芹在哪儿呢？因为没有女排一号在美国的地址，我也不能写信到美国去询问。

事情就这样搁下来了。

作于20世纪90年代初
2021年9月上旬修订

我的清迈，我的邓丽君

一

阿格从坐上飞机那一刻起,耳畔就一次次地回响着温和甜美的曼妙歌声。那歌声如吴侬软语般婉转清澈,如雨如雾,如泣如诉,阿格依稀记得,那是从一台手摇唱机发出的,手摇唱机带着一只古铜色的喇叭,从底座侧面插入一个手柄,上下使劲转动几十圈,贴着圆形红标签的黑色唱片便开始缓缓转动,曲柄唱针转一个身轻轻放在唱片上,那由庞大乐队伴奏的前奏就汩汩流淌出来,音乐起始是无力的,变调走音的,慢慢才转入正常,变得悦耳和顺畅。

波音737头等舱一共四个座位,大胖与建国坐一起,阿格一个人坐,他选择靠近走道的位子。阿格有恐高症,他拉下遮阳板,不敢去欣赏舷窗外漂浮的大片大片的流云飞彩。

  步入中年以后,有一阵阿格不敢坐飞机,与朋友聚会时闲聊,他怯生生地吐露自己的恐惧小秘密,岂料一桌的人都附和,竟然有那么多人怕坐飞机。当时有位研究《易经》的大师,很神秘地传授他的个人经验:从登上飞机那一刻起,闭上眼睛,不停地默诵阿弥陀佛,一直念到飞机降落为止。谁也不知道大师说得对不对,但估计谁下次坐飞机,都会试一试这个法子。

  机票是建国在携程上订的,飞泰国航线中型机居多,头等舱唯一的好处就是服务,脸上挂着迷人微笑的空姐不停地来倒水送毛巾,就餐时铺了餐垫,刀叉餐巾一应俱备,中西餐搭配,还有红酒水果,食物格外丰盛。

  三个好友相约出游已约了半年,大胖希望去马尔代夫,建国和阿格都嫌太远,坐飞机的时间长,想想都累。建国说想去越南,唯独阿格提议去清迈。建国去过清迈,那次他是带着女友去的,当他讲述清迈的所见所闻时,阿格的眼睛里发出一道道神奇诡异的光,在阿格一而再再而三的坚持下,三人终于成行,说好所有的开支消费AA。

  阿格没有告诉两位朋友自己执意要去清迈的真实原因,这是一个秘密,藏在他内心深处许久的秘密。暗地里,阿格为这次出行做了详尽周密的准备:他去银行兑换两万泰铢，从网上下载了清迈地图，把去各个景点的路线都研究一遍，还储存了清迈当地警局的地址和电话。

建国拿着一本时尚杂志在翻阅，阿格的座位与建国间隔一条过道，时尚杂志上的一条黑体字吸引了阿格的眼神：

著名导演李安正在筹拍电影《邓丽君传》。

阿格转身一把抢过时尚杂志，眼睛直勾勾地盯着那条新闻看，建国僵在那里，一脸懵，无奈地摇摇头，对阿格的举止甚为不解。时尚杂志上的黑体字标题下面这样写着：

李安筹拍《邓丽君传》的消息传出，没有引起太大波澜，似乎所有人都认同，李安是最合适的导演人选。拍摄筹备期之所以如此漫长、慎重，是因为邓丽君早已成为神话。三千多首歌，四十年间的反复流传渗透，她已经成为中国人久远年代里心灵和精神的诠释者。

飞机降落在清迈国际机场，机身还在跑道上滑行，后面经济舱的人已经纷纷起身站起来拿行李，不顾不管地簇拥在两边的过道。

阿格一动不动，手中紧紧攥着那本杂志，"唉，可以醒醒了！清迈到了。"建国用手掌在阿格的面孔前面上下滑动。

阿格缓过神来，见建国皱起眉头，一脸的不爽，阿格能够猜到他这位大学同学现在的想法。按建国的说法，欧洲人飞机降落停稳，只要机舱的灯不全部打开，是没有人会从座位上站起来的。建国毕业于国内名牌大学，工作几年后去了欧洲，现在是法国久居身份，愤世嫉俗，一谈起国人在国外的所作所为，满腔的愤懑。建国的抱怨说多了，大胖就会跟建国说，你那么看不惯国人，你去法国生活呀，干嘛还要在国内烦心呢？这话其实是揶揄，建国只能鼻子里出气，但又找不到怼回去的话。

建国的表情显示的是大人不记小人过。他的父亲是国内著名工程设计院的设计师，九十年代末建国从国外回来开公司经商，倒卖过土地，代理过家具，做过演员经纪，没一笔生意挣钱的，全靠父亲的设计费置换成十几套房子，来维持公司的经营。他父亲给多个房地产公司设计图纸，公司付不出设计费，就给一套房子，二〇一〇年以后，这十几套房子升值十倍，建国从此衣食无忧，关了公司，成了游手好闲的新上海小开。他不愿去法国，说在巴黎没有朋友，没有乐趣，可在国内这也看不惯那也看不惯。

三个人在转盘处提了行李，走出机场。

清迈的机场很小，与浦东机场无法比。快走到出口的地方，大胖突然不见了，阿格与建国回头一望，只见大胖宽阔的身板晃来晃去，在用中文标识"兑换"招牌的小亭子前踟蹰徘徊，眼睛圆瞪，死死盯着牌价表。

建国拖着行李箱走过去，拍拍大胖的肩膀说："不要看了，清迈市区到处都有兑换店，机场的牌价肯定要比市区贵。"

大胖闻言，连忙拉起行李箱，转身扭着屁股随两人大步朝出口处走去。出口处人头攒动，建国掏出手机拨了一个号码，手机响了，面对面站着的一个皮肤黝黑的女子拿起手机，建国马上反应过来，用手机指着她说："你就是惠子啊？"

导游惠子迎上来，"汪先生吗？我就是惠子。一路辛苦了！"惠子的中文带着浓重的广东口音，"车子停在那边，辛苦大家要走几步。"

惠子引领三人朝停车场走去。在一辆丰田面包车前，惠子用手背敲了敲司机座的车窗，车门打开，只见一个黑皮肤的泰国小伙子灵巧地跳下车，双手合十，笑眯眯地说："萨瓦迪卡！"小伙子说话间露出一口洁白的牙齿。

大胖大大咧咧上去，用力拍拍小伙子的肩膀，大嗓门吼了一声："萨瓦迪卡！"大胖身材魁梧，声如洪钟，那泰国小伙子显然被他的举止吓了一跳，脸色微微有些发红。

建国在一旁觑觑阿格，把头摇得像拨浪鼓："你别这样好吗？这里是国外。"

"没事没事，他中国人见多了。"惠子微笑着出来打圆场。这话听起来多少带一点讽刺。

"你看，惠子说没事，"大胖尴尬地说，"你们法国佬啊，就是规矩多！"

上车后惠子落座副驾驶位子，建国低头钻进后排，把前面两个座位让给阿格和大胖。建国随即系上安全带，用沪语硬邦邦地提醒两个同伴："系上安全带！"

"坐后排也要系安全带吗？"大胖大声问。

"要的要的，不然被警察逮到要罚款的。"惠子居然能听懂沪语，这让大胖很惊诧，他眨巴眨巴眼睛，嘴里支支吾吾，欲言又止。

面包车驶入一条小街，左拐右拐转了几个圈，开始沿着梅宾河的宽道疾驶。路上的街景散发着一种旧时光的古典韵味，与车水马龙的现世境况形成很大的反差。穿梭流动的有红色的双轿车，有飞驰的摩托车，还有来来往往敞篷的黄色摩托车，这种车的车厢放着木椅，可以坐六七个人。路上红绿灯很少，车速都很快，路况貌似有些凌乱，尘土在空中飞扬。

"梅宾河是清迈最大的一条河。"惠子转过头来,向客人介绍说。

"惠子小姐,那是什么车?"大胖指着满大街跑的敞篷车问道。

"那是嘟嘟车,你们这几天在清迈,出门的话就可以坐嘟嘟车,很便宜,不管去哪里,二十泰铢一个人。"惠子说。

面包车驶进拉提兰纳酒店门口的圆形花园,酒店坐落在兰纳河边,因而得名。惠子待面包车停稳后下车,她的几位客人也纷纷下车提行李。进入庭院,迎面而来的是大屋顶的凉亭,屋檐下的铁皮风铃随风叮咚。通往凉亭的甬道铺了绛红色的地砖,两边是探头探脑的再力草及在微风中摇曳的倒挂金钟。庭院中央有个游泳池,碧水潋滟,几个度假的白人老外在水中嬉戏打闹。沿河是一排高大的热带树木,酒店的庭院掩映于一片灌木丛中,入口处有一个神龛,摆放着香炉和紫色的醋栗。醋栗是一种与佛教有关的花果,寓意平安和招财进宝。

在惠子的一路陪同下,三个人办好入住手续。在酒店门口,惠子叮嘱明天九点早餐,然后她来接大家去参观景点。

"明天我们去哪里?"阿格问道。

"双龙寺,素洁山。"惠子说。

"美萍酒店什么时候去？"阿格斜刺里冒出一句。

"后天。大后天我陪你们去金三角。"惠子答道。

阿格迟疑了片刻，吞吞吐吐地说："可不可以明天去美萍酒店啊？"

"可以呀，那就后天去双龙寺。"惠子微笑着，一副客随主便、非常好说话的样子。

惠子说完，正准备与三人告辞，谁知大胖突然冲过来，冷不丁地问道：

"人妖呢，什么时候看人妖表演？"

"我会安排的，你们放心好了。"惠子笑吟吟地说。

"那泰国浴呢？"大胖不依不饶，故意夸张地问。

"这个么……要问我老公。"惠子朝面包车努努嘴，很自然地回答，没有任何障碍与神秘感。

"你对女人又没有什么兴趣，还关心这个？"建国咧着嘴用一种不屑的神情朝大胖说。

大胖推开建国，冲着惠子大声嚷道："你说你老公？他在哪？"

"喏。"惠子朝面包车指了指，身体倚在车上的泰国小伙子司机笑嘻嘻站直了身体，竖起大拇指朝向自己的胸脯，意思是包在他身上。

"啊？他是你老公？"大胖简直不敢相信，那泰国小伙子长得很帅，皮肤黝黑，有点像刘德华，但看上去比惠子足足要小了十几岁。

二

美萍酒店的门口耸立着一棵大榕树，榕树的藤蔓像胳膊那么粗，它们缠绕延伸，自由生长，仿佛在诠释大自然的奥秘。松鼠爬在榕树的枝干上，一只只硕大无比，左顾右盼，丝毫不畏惧游客。

酒店大堂门口站着身着泰国民族服饰的侍者，他们双手合十，恭迎来宾。一排盛开的蝴蝶兰成为背景，洁白的花蕾雍容华贵，烘托热闹的气氛。大堂左侧竖立着一对鸟人铜像，大胖转着圈，围着铜像上上下下打量，惠子过来说鸟人铜像与泰国历史上的一段民间传说有关，惠子很耐心地讲故事，但她似乎也不甚了解泰国历史，只能语焉不详地说出一个大概，令大胖听得云里雾里。

建国挥挥手，显露不耐烦的样子。惠子属于那种特别乖巧机敏的女人，很会察言观色，应该是职业熏陶使然，见客人对她的故事不感兴趣，立马刹车，领着大家来到酒店一楼餐厅，门票包含自助午餐，餐厅里游客如梭，人头攒动，惠子抢到一张桌子，她说她帮看着座位，让大家去拿食物。

早上建国与阿格睡到九点才起,没吃早餐,大胖习惯早起,把酒店周围转了个遍,用手机拍了酒店庭院和兰纳河边的植物照片,一条条全发在朋友圈,获得不少点赞。坐在面包车上,他不停地夸奖兰纳酒店的免费早餐,摸着鼓起的腹部,一副满足自得的神态,似乎很为阿格和建国没能享用到早餐的美味而惋惜。

美萍酒店的自助餐比较简陋,就一些三明治、泰式小点以及水果,即便如此,大胖还是拿回来两大盘堆成小山的食品。阿格端着的盘子里放了几块糕点和水果芭乐,一小碟糖拌红辣椒是用来蘸芭乐的;建国拿的是一片三明治和一杯清咖,他斜睨着眼望着大胖面前的"小山",脸上满是讥屑地说"真是服了你了"。

大胖不乐意了,眉头皱成一团纸。三人中大胖年龄最大,阿格最小,被比自己小得多的建国如此奚落,大胖非常不爽。他歪过头去朝阿格诉苦道:"又不是没付钱,吃自己的都要被骂!这什么世道!"

惠子见状,赶紧说:"你们慢慢用,我在餐厅门口等着。"就径直离开了。

大胖三下两下消灭了面前的两座"小山",见建国还在慢悠悠地品酌咖啡,站起身说:

"我先让座给别人,这样比较绅士吧?"说完大摇大摆走到了餐厅门口。其实他是烟瘾犯了,要去门口抽烟。

酒店门口一侧放着圆柱体的烟筒,几个烟民围成一堆吞云吐雾。大胖掏出一包中华,点着了猛吸一口。抬头看到前面有个国内来的小伙子在抽电子烟,大胖随即大声嚷嚷道:

"唉唉,兄弟啊,泰国禁抽电子烟的,你不知道啊?抓住要罚款的!"

那小伙连忙拔出电子烟的白色烟蒂,扔进了烟筒。大胖从口袋里往外掏出中华,抖动一下,给小伙递过一支烟。小伙接过烟,连声说谢谢。

建国和阿格走出餐厅,惠子正在大堂一侧教大胖泰语:"忽托卡布,意为对不起,泰语男性说的,女性说忽托卡。谢谢称之谓好布卡布。"

"好布卡布!"大胖双手合十,毕恭毕敬地朝两个朋友显摆。

惠子转身迎上来,招招手,引领大家来到一楼电梯口,电梯窄小,已有些老旧,电梯内的四壁都挂着邓丽君的照片和画报。惠子摁了按钮,电梯缓慢上升,发出迟滞的声响,一直到酒店顶楼十五层,电梯门打开,一位戴着领结穿着白衬衣的中年男人恭敬地候在电梯口,操着一口流利的中文说："欢迎光临，我是比利，很高兴为大家服务。"

"你就是当年侍奉邓丽君的服务员比利？"阿格突然问。

"就是我。"比利笑吟吟地把众人引向大厅。面对电梯约有十几平米的走廊大厅，摆着一张三人沙发和茶几，透过几扇绛红色木质窗户，正对美萍酒店就是著名的素洁山，云山雾绕之中，双龙寺就掩藏其间。一眼望去，映入眼帘的景物里见不到一栋高大建筑，清迈，仿佛是一座拒绝高楼大厦的城市。它散发着一种迷人的原始气息，美丽的风景和植物遍布城市的每个角落。

"我们明天就去素洁山，泰国国王曾经在那里居住过。那里的双龙寺供奉有佛祖的舍利子。"惠子说。

大家都聚集在窗前远眺，唯独阿格一人在大厅四周踟蹰往返，寻寻觅觅，一副若有所思的样子。

比利带着大家沿右侧走廊朝前走，1502房间门口竖立着邓丽君的等身画像，一米六五左右，画像里的邓丽君微笑着，娇嗔甜美，貌若仙人，散发着无限的魅力。

进门是大客厅，客厅摆放着餐桌，米黄色花格图案的沙发及淡棕色的脚凳，比利介绍说，房间里除了地毯和电视机换过，其他都保留着当年邓丽君入住时的原貌。邓丽君平时就喜欢坐在这张沙发上看书、听音乐。沙发和脚凳上都放着一块牌子，用中文写着：不准坐在椅子上。客厅还有一把黑色摇椅，也是邓丽君饭后喜欢坐的。从邓丽君的立像边上进入，就是卧房，转角处放着邓丽君与法国男友的照片。卧房里的家具蒙上一层岁月的尘埃，床头墙上挂着蝶形的布帷，白色的床单上白毛巾折成一对接吻的鸳鸯，一面梳妆镜泛着黄斑，阿格站在镜子前，恍恍然发现镜子里出现一张欧洲人的脸，长头发，又高又尖的鼻子，你是谁？你是保罗吗？你就是那个邓丽君在世上最后相伴的男友吗？

良久，阿格才从臆想的幻觉中缓过神来。他移步走向茶几，茶几的果盘上放着几只芒果，那是邓丽君生前最喜欢的水果。徘徊至靠近窗台的地方，阿格凑近花盆偷偷摘下一朵花瓣，那是他异常熟悉的百合花，放在鼻翼下闻了闻，悄悄塞进口袋。

这一切都被不远处的建国看在眼里。

阿格走进洗漱间，像一名侦探似的在地上仔细辨认，仿佛在寻找故人的踪迹。他的眼神循着浴缸一点点往外移动，再循着过道、房门，一直朝卧房外的大客厅逡巡过去。他的眼光停留在电梯右侧的 L 形的 VIP 服务台上，服务台的后面站着一个穿着泰式服装的年轻女子，她双手合十，朝阿格欠欠身，微笑颔首。

比利还在热情详尽地介绍，香槟轿车，芒果，保罗，哮喘等词语频频显现，像烟雾一样蒸腾离散，从身后弥漫而来，在阿格的思绪中久久环绕……

大胖围着比利不停询问，他的问题好像永远问不完。建国的眼光时不时地偷觑着阿格。

三

上午九点未到，惠子已等在酒店大堂。临出门，睡眼惺忪的建国提着一个礼物袋匆匆走下楼，他对惠子说他不去素洁山了，约好要去见一个朋友。建国在酒店门口挥手叫了辆出租，扬长而去。

左等右等，不见阿格下楼，惠子朝总台走去，往阿格的房间打了个电话，话筒里传出阿格慵懒的声音。惠子放下电话，对大胖说，你们另外一个朋友也不去素洁山。

大胖的大嗓门即刻炸了："那两个家伙搞什么名堂？不去就不去，他们不去，我去！"

大胖气呼呼地坐上面包车，惠子连忙小跑过去，坐上副驾驶座，面包车朝素洁山一路驶去。惠子很敬业，尽管只有大胖一个客人，她还是不厌其烦地介绍双龙寺为何选址在素洁山的历史传说。

清迈原是兰纳王国的首都，双龙寺的创办人库巴大师让大象背着舍利子在清迈随意地行走，灵性的大象走到素洁山停下不走了，库巴大师就决定选此地建庙。兰纳王害怕库巴大师在民众中的影响比他大，他想把库巴大师赶走，兰纳王扬言说除非梅宾河水倒流，他才让库巴大师在素洁山上建庙。库巴大师毅然跳入梅宾河，口中念念有词，他瘦弱的身体艰难地朝前走，神奇的一幕出现了：梅宾河水真的开始汩汩倒流。兰纳王只得践诺，素洁山从此诞生一座双龙寺。

到了素洁山，惠子老公去停车，惠子陪着大胖朝双龙寺缓步走去。素洁山气候宜人，游人如织，山道边的樱花到处盛开。沿途墙上刻着蜥蜴、硕鼠、苍狗的石雕，一尊白象矗立在前方，白象背上铺着红黄相间的锦缎，上立一尊金光闪闪的佛塔，旁边墙上挂着一块巨大的古代兰纳王国的木雕，图案繁复，雕工精细，形象地讲述那个久远的选址传说。

双龙寺前的千年古树高耸入云，游客络绎不绝地在花房前排队，购买一支支白色长茎像玉兰的花卉，供奉在双龙寺门口的象鼻神前。

大胖与惠子站在山坡上眺望，山下是一大片一大片的橡胶树，惠子告诉大胖，清迈的主要经济收入就靠橡胶，泰国南部的橡胶树是摇钱树，是南部的经济命脉。

阿格坐在美萍酒店一楼餐厅的角落里，一盆紫色的洋兰，衬托着他的落寞和孤寂。面前桌上放着一杯清咖，每个走进餐厅的男人他都会细细打量，等待的人始终没有出现。

他知道那个人在泰国，近些年阿格一直在苦苦寻找，通过国内公安的朋友查到那个失踪的人还活着，公安的朋友给了他一个手机号码：0066834651122，这是泰国的号码，阿格打过无数次这个号码，电话是通的，对方的手机声音持续地鸣响，但始终无人接听。阿格的直觉告诉他，那个人很可能就在清迈，假如是这样的话，按理就应该时常光顾美萍酒店。

阿格五岁时因为一场突如其来的变故，过继给舅舅家，舅舅和舅妈对他视同己出，格外疼爱他。阿格的亲生父亲是轻工业局的局长，"文革"中受冲击，上世纪七十年代末重新出来工作，很快就与阿格的亲生母亲离了婚，净身出户，阿格兄弟俩的生活从此缺失了父亲。按舅舅他们的说法，母亲在"文革"中迫不得已与父亲划清界限，导致后来家庭的破裂，阿格之前似乎也默认这样的说法，直到发生那场车祸，他才一点点明白，那不是事情的原委和真相。

与大多数人一样，阿格记忆的分界线也是在五、六岁左右，直到那场车祸突如其来地降临。那次是外地同学来沪，约了几个同窗好友喝酒，阿格因为开车没有喝。酒席结束大家还不尽兴，有人提议去斗地主，于是阿格的沃尔沃载了三个好友，往他家附近的棋牌室驶去。在沪青平公路的一个十字路口，红灯翻绿灯，阿格转动方向盘调头，车身刚刚全部转过来，一辆货车风驰电掣地从后面撞上来，受到猛然撞击的沃尔沃，噌地往前蹿出去几十米，车头磕在前面一辆小车的尾部上。三个大学同学居然都毫发无损，唯独阿格的脑袋重重撞在方向盘上，当场昏迷过去。

在医院躺了一天一夜，阿格被风箱般的呼噜声吵醒，他睁开眼睛，发觉自己头上扎着纱布，手背输着液，外地来的大学同学躺在一张椅子上呼呼大睡。

一缕夕阳从窗棂透进，阿格浑身感到阵阵清凉，像泡在秋天的海水里，思绪格外的活跃纷乱，他的眼前居然涌现了大片大片的白色百合花，还有蜡地钢窗和百合花簇拥的阳台，一个女人追着一个年轻男子，那个年轻男子一边挣脱女人的拉扯纠缠，一边疾步朝卧室走去，他急速闯进卧室反手猛然闭上门，女人追过去，拼命敲打房门……

阿格出院后曾经咨询过当医生的朋友，经历了一场车祸，他怎么能够清晰地回忆起童年里所有发生的事情？医生朋友支支吾吾，无法解释。后来大胖请一个藏传佛教上师在玉佛寺吃素斋，把阿格叫去陪坐，席间大胖介绍了阿格的情况，请教上师这是怎么回事。身穿黄袍的上师轻声地说了一句：天眼开了。

大胖嗓门响耳朵背，为此建国经常嘲笑他，没听清上师说啥，他大声嚷嚷道：什么什么，什么开了？！上师轻声重复了一遍：天眼开了。见大胖迷惑不解的脸色，随后又补充道，在佛界这是再普通不过的事，修炼到一定境界就会开天眼，天眼开了的人能看到前世的场景，级别更高的人还能看到天国发生的事。

这么说阿格不是通过修炼而是通过一场意外使他能看到童年的情景？大胖大声嚷道。上师沉静地说：是的。并不是每个俗世的人都有开天眼的机会。一桌的人都缄默了，陷入了无语和沉思，对人类未知世界有一种森然的敬畏和恐惧。

美萍酒店的大堂一阵喧哗，一个举着蓝色三角旗的导游身边簇拥着一群中国人，导游在分发参观票，阿格的目光凝视着那杆斜挂的蓝旗。拿到参观票的游客朝餐厅涌来，川流的人群缝隙中，越过那杆蓝旗，阿格看到远处有个穿着黄袍的泰国僧侣在大堂徘徊。那个僧侣很奇怪，这个季节居然围着一条米黄色的长围巾，而且还把大半个脸遮盖得严严实实，只露出一双忽闪的眼睛和光秃秃的脑袋。

阿格的目光紧紧盯着僧侣，终于，僧侣的目光也扫视过来，两个人的目光对接上了，看着看着，阿格突然站起身，冲出餐厅，在蜂拥的人群中推搡前行，那个僧侣见状拔腿往外就跑。

阿格推开酒店的玻璃门，那个僧侣跑得飞快，已下了山坡。山坡上不时有大客车爬上来，遮挡住阿格的视线，阿格气喘吁吁下了山坡，追到街上，嘟嘟车一辆辆从面前穿梭而过，街边的小店铺前聚集着三三两两的欧美游客，阿格瞪着眼睛左右环顾，那个僧侣没了踪影，像是人间蒸发了一般。

四

阿格回到酒店房间，在柚木茶柜里拿出电水壶，拧开一瓶矿泉水的盖子，倒入水壶烧开，给自己泡了一杯绿茶，刚在棕色沙发上坐定，就听到走廊里传来大胖的大嗓门。少顷，房间的门铃猛然炸响，急促的叮咚声催命般响个不停。

阿格打开房门，大胖一头冲进来，脸颊上挂满汗珠，大嗓门声震屋宇，阿格的耳膜顿时感到一阵阵的发颤。

"你们搞什么鬼名堂？说是来泰国旅游的，有名的景点都不去，啥意思啊？"见阿格不语，大胖又问，"你去哪里了？"

"没去哪啊，就在街上转了转。"阿格支支吾吾地说。

"你们都有病啊？我跟你说阿格，双龙寺里有佛祖的舍利子，你不是最信这个的吗？"大胖说。

见阿格嘴里哼哼唧唧，一副心不在焉应付自己的样子，大胖显然感到无趣了，突然想起什么，"咦？建国呢，建国怎么还没回来呀？你给他打个电话，我上个厕所。"

大胖从厕所出来，身后传出哗哗的冲水声。见阿格仍然一动不动坐着，大胖把头摇得像拨浪鼓，"哎哟，叫你做点事情真难啊，给建国打电话呀！"

"谁想打谁打。"阿格依然一动不动。

"吃错药了。"大胖边说边给建国拨了电话，建国的手机一直鸣响着，但始终没人接听。

连续给建国拨了几次电话，大胖终于也失去耐性，他走到窗前朝下眺望，游泳池旁有几个老外裹着浴巾躺在白色凉椅上，通往酒店大堂的甬道上阒无一人，绿色灌木丛的茎藤覆盖路面。远处酒店的草坪上亮起景观灯，大叶茑萝在黄澄澄的灯影中婆娑摇曳，灯火阑珊处密集高耸的椰树树干伸向空中，天色渐渐暗下来，一股热带植物散发出的馥郁气息在四周氤氲弥漫。

"吃饭去吧！我可是饿了。"大胖说。

他们下楼去酒店餐厅。阿格点的是咖喱炒米粉，大胖点的是菠萝炒饭，再加一份冬阴功汤。

几分钟后侍者端着托盘走来，阿格拿起筷子，把米粉往一只小碗里拨了些许，把小碗推至大胖面前。大胖狼吞虎咽地吃着菠萝炒饭，吃完炒饭再吃米粉，最后把一大碗汤喝了个底朝天。等他们吃完了，建国还是不接电话，也不见他的踪影。

于是两个人走出兰纳酒店，来到街上。沿着兰纳河两岸蜿蜒伸展的街市灯火通明，小商铺小摊贩鳞次栉比，清迈的夜晚既有现代都市的热闹，又兼具田园乡村的静谧，两者竟然毫不冲突地统一在这座历史悠久的城市里。

阿格与大胖穿过几条马路，来到清迈的闹市区，震耳欲聋的音乐声随即扑面而来，音乐旋转着从粗粝的低音喇叭箱里一阵阵传出，将他们团团围住。原来是一个敞开式的酒吧街，一个区域连着一个区域，每个区域内都站立着若干个褐肤色浓妆艳抹的酒吧女，她们的腰肢随着音乐摆动，或抽着烟，或晃动着手中的酒杯，朝阿格大胖抛媚眼勾手指，他们朝里一路走去，走到底是一个泰拳的拳击台，因为没到表演的时间，拳台上空无一人。

返身往回走的时候，突然蹿出几个妖艳女孩，堵住他们，拽住阿格和大胖的胳膊往吧台拉，这时大胖哇里哇啦大声叫起来，因为他看到十米外的地方，居然坐着头发凌乱红脸红脖子的建国。

两人挣脱几个酒吧女的围堵，朝建国所在的方向移动。脸色绯红的建国坐在几个穿着暴露的女孩中间，左拥右抱，前面桌子上密密麻麻竖着一堆啤酒瓶，女孩们轮番与建国玩骰子，建国似乎一直在输，输了就举起一瓶啤酒一干而尽。他已喝得醉眼蒙眬，见到阿格与大胖，手在空中挥舞，大声嚷嚷道："来来来，快来喝酒！今朝有酒今朝醉！"

阿格与大胖刚落座，两个女孩就拿着酒杯黏上来，另外一只空着的手还在他们的手臂上轻轻抚摸。大胖与旁边的女孩干了一杯，玩起了骰子，大声问："你去哪里了？我们找了你半天了。"

音乐声浪巨大嘈杂，但大胖的声音依然能穿越突现，阿格暗暗发笑，这是什么样的肺活量啊，跟牛有得一拼。

建国大着舌头说了一句"别提了"，然后断断续续说了一串又一串，谁也没听懂，因为建国的声音被音乐声浪一次次覆盖。

"这叫什么阿格你知道吗？北方人叫车轱辘话。"大胖手里拿着骰筒指着建国说。大胖下海前在体制内的单位待过，与北方人打交道比较多。

阿格坐在建国的边上，努力听他讲述，经过仔细分辨，好不容易才听出一个大概线索。

原来建国上回来清迈，住安纳卡拉酒店，认识前台的一个美女，她曾经留学法国，可以与建国用法语交流。她长得像波姬小丝，皮肤极白，是那种在泰国女孩中极为罕见的白，容貌端庄艳丽，她对法国的文化艺术有着极深的理解。那次建国因为带着一个中国女孩，所以只能与波姬小丝互加微信，回中国后他们一直保持密切联系。在网上建国一次次请求波姬小丝做自己的女友，波姬小丝似乎并不拒绝。这次建国来泰国前，特意去恒隆广场给波姬小丝买了个LV的包，谁知早上建国兴冲冲赶去安纳卡拉酒店，波姬小丝说她已经结婚了，让建国郁闷的是，她居然嫁了个在泰国的华人。波姬小丝拿出她丈夫的照片给建国看，建国几乎晕倒，一个又黑又矮相貌猥琐的男人，竟然比波姬小丝矮半个头。这是啥鸡巴社会？这世界哪有什么公道可言？坐在酒店咖啡吧，看着波姬小丝左手无名指戴着一枚硕大的钻戒，建国的心拔凉拔凉的，似有一股冬季的海水残忍地漫过全身。

桌上的啤酒瓶排成了几个方阵，一眼望去有点像缩小的兵马俑，建国依旧不肯善罢甘休，执意不要离去。大胖的骰子也掉入一个怪圈，不停地输，阿格见状只能硬着头皮顶上去，鏖战众吧女。大胖难得喝多了，甩着手臂晃着宽阔的身板，走向毗邻的吧台四顾巡视，俨然像一个视察前线战况的将军。

有两个吧女喝多趴在桌上睡着了，建国眯缝着眼睛左右打量，手掌重重地砸在阿格的肩上，说：

"你、你是我建国、一辈子的、朋友——朋友——"

阿格只能不停地颔首点头，"对的，对的。"

"你阿格、是、是一个怀旧的人，昨天你在美萍酒店拿、拿了什么东东，我、我都看见了。你以为、我建国傻呀，你拿了窗台上的一支、百合花，邓丽君的事情，你、你不问我问谁呀？我、我最有发言权了。知道邓、丽、君为什么喜欢清迈吗？她在这里，认识了她的老大，她的贵人，你懂吗？后、后来一手把她捧了个漫天红啊。邓、邓丽君喜欢来清迈，你、你知道为啥？她的妈妈不让她吸毒，你知道吗？这里没、没他妈的人管她。那个法国小赤佬保什么罗，经常打她、欺负她，邓丽君去世的时候脸上全是乌青，九五年我、我在巴黎，什么都知道，小报记者、全写了……"

"邓丽君、跟我们一样,不要看她当年如何、如何的风光,全是、全是过、眼、烟、云!一九七一年,她回、回不了台湾,因为她拿的是、国外护照,台湾媒体说她是、间谍。邓丽君临死前呼喊谁?不是什么、保罗,她痛苦中喊叫的是她的妈妈,一遍遍地喊叫,邓丽君跟我们一样,都是、都是这个世界上与妈妈走散的孩子。你知道吗?"

"与妈妈走散的孩子",这句话深深刺痛了阿格,妈妈或者母亲这个词在阿格的内心里是永远被屏蔽掉的,与母亲的关系可以说是他的一块心病。要说与妈妈走散这句话套在自己身上合适,阿格是跟着舅舅舅妈长大的,套在大胖身上更合适,因为大胖是义父义母带大的,他从未见过自己的生身父母。唯独建国的父母俱在,照理说他不该有这样的感受啊。

建国愈说愈来劲,阿格觉得他似乎并没有醉,脑子非常清晰,他只有频频点头的份。有好几次他想打断建国的话,可他还没说话,建国就高声叫起来:"听—我—说!"

阿格插不上话,忍俊不禁地想笑,内心里又陡生一丝悲凉。

"阿格你知道的,我是五房、五房隔一子,我们宁波人、讲究这个，要传后的，我肩负着振兴家族的重任，我容易吗我？九九年我回国，阿娘八十八了，你阿格有、有腔调，自己单身，却帮我介绍女朋友，你知道的，我是、是闪婚，生了儿子，完成任务了，对阿娘有个交代，对家族有了交代。"

建国九十年代末回国，说要找人结婚。是阿格安排的饭局，那是圣诞节的晚上，当时阿格的女友带了一个小姐妹来参加饭局。烛光下，建国与阿格女友的小姐妹相谈甚欢。一周后，建国带着那个女孩来阿格的办公室，两个人手牵着手走上楼梯，阿格一下看不懂，有点懵，手忙脚乱不知所措。三个月后，阿格收到了建国的婚礼请柬。九十年代末，还没有"闪婚"这个词，但建国的速度真够快的。

建国的话匣子还在快速转动，"我的阿娘去世，我前妻你、你知道的，人不坏，就是作，作天作地的作，没办法，吵啊吵最后还动了手，只能离婚，反正有了一个儿子。我建国失败呀，一辈子都是、为别人活着，完全拷贝我母亲。我母亲生下我后，就与父亲分开住，过年过节才会在一起吃个饭，我不能跟别人说，家丑不外扬，只好藏在心里。去年来泰国，好不容易真心喜欢上一个人，他奶奶的、突然嫁人了！郁闷不郁闷啊！"建国举起半瓶啤酒，跟阿格前面桌上的酒瓶碰了碰，自说自话看也不看，眯着眼睛一饮而尽。

建国喝那么多，掏心窝子的话说了一箩筐，可碍于面子仍然没有和盘托出，到了关键的最后一句踩住刹车，其实建国母亲是工程师，个性倔强，已与拥有设计师头衔的父亲离婚多年。

建国不停地倾诉，一次次地敬酒，阿格每次自己干掉，然后总是找各种理由不让建国喝。一个泰国妹子摇摇晃晃走过来，要挑战建国玩骰子，阿格见状，赶紧替建国挡驾，摇了摇面前的骰筒，示意自己来应战。

阿格居然老是输，别看那女孩脸色绯红，疯疯癫癫，摇头晃脑，毕竟是久经沙场的职业选手。几分钟后，阿格的面前已堆起一排啤酒瓶，酒精的作用在慢慢上头，全身被一股热浪所席卷。阿格正在思忖如何收场，大胖一阵风地不知从什么地方跑回来，眉飞色舞地大声嚷嚷道："快走快走！我找到一个价廉物美的好地方，你们肯定喜欢！"

大胖扶着建国走出去，阿格还算清醒，悄悄跑去吧台买了单，账单要一万泰铢，阿格没带那么多现金，收银的老板说微信支付宝都可以，阿格觉着微信不合适，想了想，还是用支付宝结了账。

五

一辆出租停在酒吧街的路边,大胖扶建国坐上车,拼命朝阿格招手,阿格坐上副驾驶座,出租车启动,在夜色下飞快穿越几条街,不一会儿倏地停下。

阿格先下车,朝路边的霓虹灯抬头一望,原来是一个歌厅。大胖扶建国下车,出租司机在车里哇哩哇啦大叫,应该是说他们还没付费,大胖头也不回,潇洒地挥挥手,对阿格说:"二十泰铢。"

阿格回转身付钱给司机,岂料司机突然用中文大声说:"两百泰铢!"

扶着建国的大胖扭过头来说:"不是说好二十泰铢的吗?"

"两百泰铢!"司机愤怒地叫着。大胖板起脸,脱开建国回转身要来跟司机讲理,阿格上前一把推开大胖,快速递给司机两百泰铢,出租车缓缓启动,大胖想起什么,回头大叫:

"前面付的二十泰铢拿回来!"

阿格不耐烦地摆摆手,大胖的头摇得像拨浪鼓,那神情似乎责怪阿格太大方。

三人在歌厅包厢刚落座,一个妈咪走进来,身后跟随一群妖艳的泰国姑娘。妈咪的中文很流利，说老板们随便挑，都可以带走的。

大胖说："啥意思啊？"

妈咪把用裸露的肩膀靠近大胖，撒娇地说："老板，一看你就是有素质的人，你懂的呀。"

靠在沙发上的建国已醒来，眼睛巡视一圈，然后指着其中一个高个女孩示意就她了，那女孩迅速落座建国身旁。大胖又指着另一个女孩，叫她坐在阿格的边上，然后对妈咪说：

"我就免了，来一箱啤酒。"

戴着领结的男服务员搬进一箱啤酒，还上了一大盘水果。大胖说我们没点过水果呀，那男服务员说是妈咪送的。

开始点歌，建国先唱了个周杰伦的《菊花台》，大胖在旁边伴唱，他不用话筒，可声音完全盖过建国。大胖频频跑调，歌声与建国不在一个调性上。

两个泰国女孩都会说中文，唱歌却是用泰语。泰语歌悦耳动听，像吴侬软语。阿格暗暗奇怪，泰国女孩唱歌怎么都有点像邓丽君。

"你是清迈的？"建国问身边的女孩。

"不，我是老挝的。"高个女孩放下话筒说。

"啊？老挝女孩也来泰国打工挣钱？"大胖不失时机地凑过肥胖的身躯来问。

"你们都爱到泰国玩，又不会去老挝玩。"女孩笑嘻嘻地说，似乎很有逻辑。

"那你呢？"大胖指指阿格边上的女孩问。

"我是泰国的。"那女孩回答。她用泰语说了一个地名，大家都不知道是什么地方。

经这么一询问，大家似乎觉着两个女孩的气质确实有所不同，可具体的差异在哪里，又说不上来。

很快一箱啤酒喝完了，男服务员立马又送来一箱。其时大胖正在上厕所，走进房间与男服务员撞个满怀，大胖嚷嚷道：

"你什么意思？谁让你又拿一箱的？"

男服务员笑嘻嘻温和地说："老板，喝酒就要尽兴，喝不完可以寄存的。"

轮到阿格唱歌，他唱的是周华健的《朋友》。大胖又是跟唱，声浪轰然盖过阿格。阿格终于唱完，显露隐隐的扫兴，放下话筒，将杯中的啤酒一饮而尽，说：

"买单。"

泰国女孩走出去叫人，男服务员进来，两个女孩说要去换衣服，走了出去。一直到买完单，她们也没有再进房间，按照店里的规矩小费全包含在账单里，不多不少，两万泰铢。

"你找的什么鬼地方？"看到阿格在买单，建国不由得怒火中烧。

"原先那个在酒吧街口拉客的可不是这么说的。"大胖嘟嘟囔囔，低头查看阿格手中的账单。

"那两个女孩呢？"一脸委屈的大胖朝男服务员咆哮。

"我去叫我去叫！"男服务员退出房间。

几分钟后，男服务员重新返回，他谦恭地说："那两个女孩要陪其他客人，我找了个更漂亮的。"

他朝身后挥了挥手，门外娉娉婷婷走进一个身穿黑裙的高个女孩，个子比老挝女孩还要高，皮肤嫩白，长发披肩，胸脯高耸，挎着一个小包，她扭着腰肢走进房间后，侧过身体，款款展示长腿和翘臀，姿态妩媚妖娆。黑裙女孩的身高大概足足有一米八左右。

阿格见建国的眼睛闪烁光亮，就对男服务员说了句："就这样吧。"径自走出歌厅。大胖建国及黑裙女孩随后鱼贯而出。

在路边拦了辆出租，阿格依旧坐在副驾驶座，建国大胖和黑裙女孩坐后排，出租车朝酒店驶去。

第二天早上，阿格与大胖在酒店餐厅吃自助餐，建国姗姗来迟。刚落座，大胖的眼睛浑身上下打量，用一种猥亵的口气问道：

"怎么样？幸福了吧？"

谁知建国恶狠狠地说："幸福个屁！都是你弄出来的好事。"

大胖大声嚷嚷道："诶，你这人怎么说话的？兄弟我可全为了满足你的爱好。"

看上去建国似乎窝了一肚子的火，经再三追问，他终于道出原委。

建国说自己昨晚喝醉，回去不停地吐，不记得一共吐了几次，那黑裙女孩一直坐在沙发上玩手机，每次只要建国想吐，还没起身，黑裙女孩就赶紧过来扶他上卫生间，用毛巾给他擦脸擦手，递水漱口，对建国的照顾可谓殷勤周到。

早晨醒来睁开眼睛，建国头痛欲裂，黑裙女孩斜倚沙发玩着手机，大长腿搁在沙发扶手上，她竟然一夜无眠地照看自己，精神很好，脸上不见困倦萎靡的样子。建国则完全处于失忆状态，他忘了眼前这个女孩怎么会进入自己房间的，他的眼光慢慢搜寻到一侧的床头柜，床头柜上是打开喝剩的矿泉水瓶和堆在一起的几块污迹斑斑的白毛巾，他依稀回想起来一些零星碎片，这个陌生女孩居然照顾了自己一个夜晚,这是一种什么样的职业精神?他匆忙下床,从旅行包里快速摸索,好不容易掏出一百美金递给黑裙女孩,那女孩收起美金塞进小包,娉娉婷婷走到门口,拉开房门,一夜无语的她突然回过头来,用雄浑粗犷低沉的男人声音迸出一句:"谢谢你哦!"扭着腰肢走出了房间。

建国傻掉了。

六

四月的清迈气候宜人,碧蓝的天空挂着洁白的云彩。这天下午,美萍酒店门口缓缓驶来一辆香槟轿车,车停稳后,身穿燕尾服戴着白手套的司机推开门,下车后毕恭毕敬地候在轿车旁,侧身面朝酒店大堂眺望迎候。

美萍酒店的大堂里,涌动着一种非比寻常的喜庆气氛,身穿镶着白边红裙的女服务员都簇拥在大堂四周,三三两两交头接耳,窃窃私语。电梯门打开,邓丽君与保罗手牵手款款走出,脸上洋溢着宁谧喜气的神情。邓丽君身穿一袭印着粉色花卉的银白长裙,搭着玫瑰红披肩,高出一头的保罗西装革履,深黑色的西装里穿着白衬衣,搭配一条彩色领带,领带由红蓝黄三色图案构成,玫瑰红与邓丽君的披肩呼应暗合。

大堂内一阵雀跃喧哗，不知谁率先鼓掌，掌声像潮水般席卷而来。早早等候在电梯旁的小伙子比利朝前伸出左手臂，引领邓丽君和保罗走向酒店门口。他们来到香槟轿车前，戴白手套的司机拉开车门，保罗随即上前，用手掌罩住车顶，呵护邓丽君跨入轿车。酒店门口人头攒动，目送一对新人上车入座。

香槟轿车驶向清迈的松德寺。蓝天白云下的清迈街道春风荡漾，绿树环绕，有棕榈和芭蕉，还有金边巴西木、枸杞树以及匍匐在地的肾蕨。时不时有鸟鸣声传来，空气中弥漫一种醉人的甜甜的清新气味。

松德寺矗立在蓝天下，被大块大块的云彩笼罩，白色的佛塔一字排开，两座金色的佛塔侍奉寺庙的两翼，庄严肃穆，远远望去，松德寺就像一幅巨大的宗教画卷。

香槟轿车缓缓停在寺前的草坪上，保罗先下车，躬身又去搀扶邓丽君。司机脚步放轻跟随在后面，一直护送他们走入大殿。

大殿内四壁金碧辉煌，两排立柱气势恢宏，柱面雕刻着无数莲花与神器，笔直地伸向宽阔的屋顶。正前方是一尊青铜佛像，慈祥而不失威严地盘腿而坐，前面围着一排缩小的青铜佛像。欢快的音乐从远处渐渐传来，既带佛乐的肃穆，更具东南亚风情。几十个僧侣鱼贯而出，在邓丽君和保罗面前站成一排，齐声诵读完经文，保罗给邓丽君戴上戒指，两人相拥亲吻。订婚仪式仅仅用了不到半小时的时间，邓丽君携保罗走出松德寺，阳光无比灿烂，草坪上的朵朵碎花随着微风轻轻摇摆。

回到酒店，年轻而忠诚的比利守候在酒店门口，邓丽君走过去附在比利的耳畔，用柔细甜糯的声音与他耳语一番，比利眉开眼笑，转身朝大堂里面高声嚷嚷道：

"保罗夫人回来了！"

随即，身穿裙子的女服务员蜂拥而至，鲜花围绕着邓丽君，白色的百合，红色的月季，蓝色的星星草……邓丽君的脸上挂着满满的幸福，她对保罗轻声嘱咐一句，保罗从裤袋里掏出一厚叠泰铢，吩咐比利去定制一个大蛋糕和香槟酒。这对刚刚订婚的新人要请酒店所有的服务员吃蛋糕。

这天晚上夜深人静时，值班的女服务员在五楼服务台翻看时尚画报，忽听到1502的总统套房传来争吵声。

争吵声愈来愈响，是邓丽君与保罗的声音，他们好像用的是英语。那个女服务员无法相信，平素邓丽君那样温婉柔美的细嗓，竟会发出如此尖利的刺耳呐喊。

1502套房的门忽地打开了，保罗愤怒地冲出来，嘴里一遍遍嘟哝着一个词"麦格的麦格的！"披头散发的邓丽君追到门口，满脸乌青，套房客厅内凌乱不堪，地上碎玻璃、针头等杂物撒了一地，茶几上放着一堆大麻，女服务员前去劝阻邓丽君，被粗暴地推开，这时候，阿格的眼前突然出现了年轻的比利，他从走廊的尽头飞奔而来，他的脸面朝摄影机的镜头，双手大幅度地摇摆着比划着，嘴里声嘶力竭地叫嚷道"NO"，"NO"，"这不是真的，这是造谣！彻头彻尾的造谣！"

……

阿格醒了。浑身大汗淋漓。

窗帷的缝隙透进一道光亮，阿格疲惫地起身，抬头看了看床头柜的电子钟，才是清迈时间早晨六点。他昏昏沉沉睡了一晚上，汗流浃背，掀开薄毯起床去卫生间冲淋，按照计划，今天要去金三角，睡不成懒觉了。

八点不到，惠子已等在酒店门口。惠子老公开来的是一辆面包车，阿格脚步缓慢地走出酒店，惠子微笑着在车门旁等着，阿格居然是最后一个到的。车上除了建国大胖，还有两个泰国女孩。

惠子跟随阿格上车，然后说很抱歉，今天有两个泰国女大学生一同搭车去金三角。车是他们包的，惠子夫妇明显是赚外快，但看看两个女大学生眉目生动，面带笑靥，建国瞥了一眼阿格，把已堵在喉咙口的话咽了下去。两个女大学生长得像中学生，小巧玲珑，皮肤很白，与肤色黧黑的小泰妹形象毫不沾边。

大胖永远是闲不住的人，听闻惠子的话马上站起来说"欢迎欢迎"，魁梧的身躯挪动到两个女学生前，突然冒出一句："萨瓦迪卡！"

两个女学生被吓一跳，然后笑得前俯后仰，扭作一团。阿格与建国的目光对接，建国皱着眉拼命摇头。

去金三角的路程很远，路况也不好，沿途两侧的树木时现时无，途中尘土飞扬，颠簸不堪。两个泰国女学生玩着手机，一路不停吃着各种零食，其中一个女生笑容迷人地拿着一包芒果干递给邻座的大胖，大胖摆摆手，女生又拿给建国和阿格，他们也不吃。

大胖涎着脸指指女生在看的手机问："你在看什么？"

女生不明白，建国用英语翻译。女生把手机递到大胖面前，屏幕上展示的是一款新出的苹果手机。

大胖眉开眼笑地用手比划着："你做我的女朋友，我帮你买。"

泰国女生听完建国的翻译，调皮地连连点头用英语说："Yes，yes，我做你女朋友。"

建国和阿格在旁边起哄，车厢内一时声音鼎沸。

"她还没我女儿大呢。"大胖一脸尴尬地嘟哝着,居然脸红了。

"缩掉了缩掉了,真没有腔调!"建国用暧昧的神情对阿格说。

下午一点多,到达清莱境内,午餐的餐馆对面就是白庙,银白色的建筑群气势巍峨,除了草坪,所有建筑的外立面全是银白色的。草坪上到处挂满空气铁兰,垂下的密须被装饰了老人面具,青叶络石枝丫交错,泛绿的叶片经阳光涂抹呈现一种嫩黄。蓝天白云下,白庙错落的建筑群银光闪闪,恍若梦境。

惠子预先打电话安排好的,所以进入餐馆,已经有张桌子摆放了碗筷,大家一旦坐下,几大盘菜肴和米饭都上了桌。两个泰国女学生胃口很好,风卷残云地吃起来,这边除了大胖基本没动筷子。大盘的泰国料理色彩诡异,加上餐馆里人声鼎沸,阿格建国一点食欲都没有。

午餐后又上路,行驶两小时后惠子用泰语与老公交流几句,少顷,面包车左拐,进入一条乡村小道,土路高低不平,面包车像是一艘疾驶海面的游艇,一会儿冲高,一会儿坠落。来到一座村寨,面包车停下,惠子招呼大家下车。

在惠子的带领下,大家走入村寨。村寨门口有一个简陋的拱形门楣，门楣旁竖立着两尊木雕神像，造型怪诞戏谑。惠子开始履行导游的职责，她说这个村寨叫长脖子村，两尊木雕一尊是太阳神，代表男人，另一尊当然就是月亮神，代表女人。太阳神拥有不成比例的硕大阳具，一直垂挂到膝盖处，笑眯眯的脸上浮现滑稽古怪的笑容，几绺稀松的发辫挂在光秃秃的脑袋上，月亮神宁静安详，雕着细腰丰臀和一对圆形的巨乳。

长脖子村基本还是母系社会，女人们从小就要在颈脖上套上箍圈，让颈脖挺直抻长，箍圈大都用银铜制成，随着身体的成长发育，箍圈愈换愈高，脖子变得越来越长。脖子愈长的女人愈美愈骄傲，在村子里的地位也就愈高。

村寨沿途都是一个个小摊位，出售各种手工艺品。一路走去，摊位里的女人脖子一个比一个长，大胖极其兴奋，突然大声嚷嚷，招呼阿格和建国过去，只见一个摊位里的女孩长着漂亮的瓜子脸，整个上半身几乎都是挺拔的脖子，她的手灵巧地来回划拉木锤，一条彩色的长方形围巾已基本织成，不可思议的是她的身体与手再怎么运行，颈脖像一柱挺拔的玉雕纹丝不动，仿佛固定在半空中一样，让人叹为观止。

摊位上摆放着各种工艺品，阿格拿起一尊一尺长的太阳神木雕仔细端详，所有的木雕都有月亮神陪伴，唯独这尊最大的太阳神缺少伴侣。阿格有些好奇，经惠子翻译，长脖女孩说月亮神被人买走了。

阿格抚摸太阳神的身体，若有所思的样子。旁边的建国拿过木雕，不明白阿格为何对这尊木雕如此青睐。大胖的手从下面伸过来，抚摸着木雕下垂的硕大阳具，建国推开大胖的手，大胖一脸坏笑，发出夸张古怪的声音。

阿格付了钱，买下木雕。大胖还要来捣乱，阿格闪身躲过，将木雕塞进挎包，挎包有点小，没法拉上拉链，木雕的头露在外面，满脸喜气，披挂着几束草绳编织的稀松头发。

离开长脖子村后，一个多小时的路程，就到了著名的金三角。湄公河河面宽阔，水流湍急汹涌，金三角是泰国、缅甸与老挝三国毗邻，因河流交汇，形成共管的口岸，影视剧里的缉毒片经常会出现与金三角有关的情节。

惠子带着大家穿上救生衣，坐上木筏。木筏驶向对岸，靠岸处便是老挝境内。上岸后迎面可见老挝的一块界碑矗立在沙地上，界碑上刻有红色的拼音文字。周围开满了一丛丛橙色的万寿菊和姹紫色的夏鹃，远处是一棵棵高大的榕树，粗细不一的虬枝茎须瀑布般从树干上垂挂而下，深扎在泥土里。景点的房屋全由矮木草屋构成，唯有一幢正在建造的钢筋水泥建筑高耸入云，映入众人的视线。

惠子介绍说，老挝现在也搞改革开放，那幢建筑物是一个华人老板投资建造的，建成后将来就是金三角的第一个赌场。

景点四周散落着一些店铺和小摊，天气燠热，一些赤膊的小孩吃着冰棍。两个泰国女学生坐在矮桌上吃米粉，苍蝇盘旋四周，发出嗡嗡的声响，大胖走过去与她们搭讪，因语言不通，大胖先是扮了个惊讶的表情，然后又用手往嘴里扒拉，两个女学生笑得直不起身。建国皱着眉头，不停挥手呼扇飞舞的苍蝇，拉住阿格的手臂走去参观鸦片博物馆。

落日照在湄公河上，河水波光潋滟，水天一色，一只只长木筏漂浮起伏，偶尔有游艇在水面上飞驰。游艇所过之处留下深陷的波谷，水鸟临空而下，扎进河中叼啄鱼虾。

惠子招呼大家往回走，在渡口坐上面包车，天色向晚，淡蓝色的暮霭已笼罩四野。归程有几个小时的路程，惠子老公把车开得飞快，一车的人摇头晃脑，瞌睡虫渐渐袭来，昏昏沉沉的气氛弥漫全车。

回到清迈快十点了，面包车停在酒店门口，昏黄的灯光中，阿格建国和大胖下了车，与惠子他们告别后，三人朝大堂走去。酒店对面的spa店还闪烁着隐隐的红光，建国忽然提议去做个按摩，大胖立即附和，三人返身穿越马路，走向spa店。

建国的提议正中大胖的下怀，大胖在国内一周三次保健按摩，一开始是做生意需要，陪客户放松，久而久之，大胖已经习惯性地离不开按摩。而且他与其他男人不一样，每次都只要男技师，手劲则是越大越好，每次给大胖按摩完，男技师基本都是大汗淋漓。

Spa店门面不大，装修却非常考究，背景音乐悠扬地在四周低回。穿着大襟工作服的几个中年妇女迎上来，让客人们换鞋更衣。先冲澡，然后换了薄薄的按摩服。一个人一间包房，包房内点着香薰蜡烛，满屋芬芳。阿格刚要在按摩床上躺下，手机响了。他起身拿手机，走出包房，只看见大胖在走廊里晃悠，大声抱怨空调太冷。

阿格刚接电话，大胖走过来问谁啊谁啊，阿格把手指竖嘴边，让他别出声，大胖没趣地踱回自己的包间。

按摩完三个朋友向酒店走去，坐电梯各自回房间。阿格卸下挎包，准备挂壁橱里，隐隐约约总觉得有什么地方不对，稍稍凝神思忖片刻，发觉挎包里那尊太阳神木雕不见了。

他想起有spa店的名片，从口袋里掏出名片，用手机给 spa 店拨了电话，对方接电话的是女子声音，阿格猜测大概是 spa 店的收银员，阿格听到她用泰语在电话里询问一圈，然后对阿格说：刚才有个女技师在更衣室的沙发上看见过木雕，后被一个客人出门时拿走了。

七

在医院的病床上醒来后，阿格第一眼就看到了大把大把的百合花，记忆的宝盒缓缓打开，白色的粉色的黄色的花卉像海潮般朝他眼前涌来，让他有一种晕眩的感觉。

百合花一次次开放在阿格的童年时光里。阳台上种满了百合花，屋内角角落落都放满花盆。戴近视眼镜的女人喜欢穿紫色衣服，每天会挤出一块时间，提着花洒走来走去地伺候那些花卉。

阿格从小是过敏体质，每天早晨起来喷嚏不断，百合花有一股幽幽的清香，并不刺鼻，但很奇怪，阿格经常是鼻涕眼泪狂流不止。最在意这件事情的是男人，为此与那个女人不知吵了多少架。印象中最惨烈的场面是男人把房间里的花盆摔碎，碎瓷片与灰泥土撒满打蜡地板，折断的花茎花瓣尸陈遍地，女人情绪激烈，一定是疯了，冲上去给男人一个耳光，随后两个个子差不多高的人扭打在一块。阿格在旁边吓得号啕大哭。后来女人与男人也蹲在地上哭起来，阿格反而停住了哭声，用一双惊恐的眼睛东张西望。

"阿格难道不是你的亲生儿子？"男人一边抽泣一边大叫。

"是我亲生的，你也是我亲生的，你怎么可以这样对我？"女人针锋相对地说，脸上有一种满满的委屈神情。

后面女人与男人的对话阿格就听不懂了。平静下来之后，女人对男人说：

"你不要学你那个忘恩负义的父亲，我们母子三人相依为命，现在你对我最重要，你知道吗？"

"狗屁！你去死吧！快去死吧！"男人突然咆哮起来。

女人的眼睛瞪得圆圆的，转身怒气冲冲地走出了房间。

阿格家住的是新式公寓房，四十年代建造的，高大的梧桐树遮天蔽日，公寓的墙上爬满茑萝。局长走了以后再没回来过，这套房留给了母子三人。女人一个人住主卧，男人住二楼的亭子间，客厅搭一张帆布床，这是阿格的栖身之地。

女人走后男人过来抱住阿格，说：

"不要害怕，我会保护你的！"不知道为什么，后来兄弟俩哭成了一团。

每天都是男人去幼儿园接阿格，回家后男人就开始做晚饭。女人在一个中学当语文老师，每天回家很晚，晚饭后男人起身收拾桌子，拿着碗筷去厨房洗刷，女人会跟过去帮忙，剩下阿格一个人在客厅玩。厨房里传来女人的声音，她一次次催促男人去打电话，"你去打呀！叫你朋友来跳舞呀！"男人从厨房走到客厅，女人紧跟在后面，那情形用沪语说叫做紧盯黄包车不放。

男人走来走去躲不过，被逼无奈，只好一副不情不愿的样子拿起电话。

家里的电话也是局长留下的。那时候家里有电话的人家不多，阿格家因为局长的地位才拥有一门宅电。男人打过去的都是公用电话，对方接电话的需要去叫人，通常许久才会回电。男人终于叫好了几个朋友，女人心满意足地去自己房间换衣打扮。女人用蘸了水的木梳把头发梳得铮亮，重新走出卧室的时候神采奕奕满面红光。

阿格从小都是男人带大的，在他的记忆里，局长离家出走前就没怎么抱过自己。阿格曾经在亭子间的床头柜抽屉里翻出一张照片，是四个人的全家福：局长、女人、男人和阿格。照片上的局长表情很严肃，与生活中一模一样，所有人都叫他局长，包括外人和家人。局长早出晚归，据说管着这座城市的重要命脉——水和电，只要局长在家，就不停有人找上门来求他办事。

男人的朋友们来了，有男有女，有时三四个，有时五六个，女人娉娉婷婷走出房间，精神焕发，殷勤地给大家沏茶倒水，第一时间走过去拉下窗帘，关掉顶灯，只剩壁灯微弱的光影熠熠闪烁。女人掀开手摇唱机的盖子，手摇唱机带着一只古铜色的喇叭，从底座侧面插入一个手柄，上下使劲转动几十圈，贴着圆形红标签的黑色唱片便开始缓缓转动，黄铜色的曲柄唱针转一个身轻轻放在唱片上，针头轻放在黑色唱片上，唱片缓缓旋转，顿时，邓丽君柔软温婉的歌声似乎从云天外传来。

男女翩翩起舞，身体贴得很紧，像小船轻轻摇摆，幅度很小，那时候，女人的脸上被一道红晕笼罩，光彩四射，像个骄傲无比的女皇。某个时候男人似乎意识到什么，急忙过来抱起阿格，将他送到亭子间。男人通常不会马上离开，总会陪自己玩一会儿，阿格有点困了，男人就扶他躺倒在枕上，嘴里会轻轻念叨阿格从小听了无数遍的童谣：摇啊摇，摇到外婆桥……阿格其实能感觉到男人要走，可巨大的困倦像海水一样袭来，他还没来得及反抗，海水就已经将他淹没。

阿格长大后才听说贴面舞这个词，开始他不明白是什么意思，经别人一描述，他马上想起在遥远的童年岁月里，其实他常常与贴面舞不期而遇。

阿格的童年里最开心的一件事就是与男人在一起玩，男人就是他所有的依靠和安慰。有一次在亭子间，阿格胆怯地问身边的男人：你为什么对她那么凶？她对你不好吗？男人问你说谁？阿格朝楼上努努嘴，男人恍悟，突然双眼冒火，说：不要提她，她就是个神经病！

一年后的某天傍晚，夜幕刚刚降临城市，女人像一只展翅的大鸟毅然从三楼阳台飞身跃下，公寓前面的甬道上鲜血淋漓，脑浆四溅。殷红的细流在方形的水泥石板上左突右蹿，蜿蜒流淌。男人不见了，客厅里两个民警走来走去，阿格躲在角落，成了无人顾及的弃儿。

后来舅舅赶来接走了阿格。之前舅舅接到一个没头没脑的电话，没等舅舅弄清对方的身份，电话已经挂断，发出嘟嘟的蜂鸣声。

在女人的追悼会上，阿格终于见到久违的局长，他依旧是面无表情，像一尊石膏雕像。追悼会尚未结束，局长就准备匆匆离去。临走前他把舅舅叫到大厅门口交谈了几分钟。

从头到尾，男人没有出现。舅舅和舅妈一左一右搀着阿格的小手，阿格泣不成声，笼罩阿格心灵的，与其说是悲伤还不如说是茫然和恐惧更为准确。

阿格从此在舅舅家寄居，数月后男人出现了。那也是阿格最后一次看见男人。一个炎热的夏天，树上的知了叫个不停，在舅舅家门口的一棵香樟树下，男人抱着阿格放声痛哭，阿格长高了，男人抱着阿格的颈脖说他要去国外，以后等他站稳脚跟就来接阿格。从那以后男人再也没有音讯，黄鹤一去不复返。舅舅舅妈抚养阿格长大成人，他们对阿格视如己出疼爱有加，非常地宠他，一直把阿格培养到大学毕业。有了工作后，在阿格的一再坚持下，他与舅舅舅妈分开住，阿格在市中心一条法国梧桐遮蔽的僻静小路上租了一套房。

舅舅六十岁生日，表哥正好出国，阿格去陪舅舅喝酒，爷儿俩用锡壶烫了古越龙山对饮，四瓶酒下去，舅舅舌头渐渐大了，一直不停地说他年轻时有多少女孩愿意跟他搞暧昧，奇葩的是，每个女人的名字舅舅都清晰记得，如数家珍，娓娓道来，细节都描述得格外仔细。哪个女人会发嗲，哪个女人身体某部位长着一个大瘊子，他一五一十绘声绘色地讲述着。

坐在一旁的舅妈频频点头，一点都没有生气的意思。舅舅说他年轻时酷爱摄影，经常挎着一台德国造的相机给女人拍照。舅舅年轻时的外号叫一夜八次郎，你知道一夜八次郎是什么意思吗？舅舅问。阿格摇摇头。舅舅把大拇指与食指一起伸出一个虎口姿势，阿格好不容易才明白舅舅的意思，他觉得舅舅是在吹牛，这显然违背常识，挑战人体机能的极限。不可思议的是，坐在边上看电视的舅妈微笑着一直在点头，让阿格一时云里雾里难辨真假。

舅舅喝多了，说话的语速有点慢，他告诉阿格，家族基因是一种神秘的东西，它无比强大，他妹妹——也就是阿格的母亲，基本上也继承了家族的血统。

"不能怪她，是家族遗传给她的基因。"舅舅说。

"基因？"阿格眼睛里闪现的是好奇和迷糊。

"对，我们家族的基因无比强大，是人群中的异类，天生身体素质了得，按照今天时髦的话来说就是情种；也不能怪局长，哪个男人受得了自己老婆经常在外面偷人？况且又是一个有地位、有头有脸的人。不怪任何人，所有的都是命，可以说是命中注定。"舅舅非常肯定地说。

后来舅舅摇摇晃晃走进卧室，拿来一个褪色的信封，他的手微微抖动着，从信封里取出一厚叠纸片递给阿格。

"这是什么？"阿格疑惑地问。

"局长每年给你买的保险，上面写了你的名字。他让我在你结婚的那天一起交给你，我年龄大了，想想还是早些给你为好，放在我这里总是一桩放不下的心事。"舅舅说。

"局长？他现在哪里？"

"他在监狱里，山东。你想去看他的话，我有地址。"舅舅端起酒杯浅酌一口，"还有件事要告诉你，局长没进监狱前，你的抚养费他每个月都打在我的工资卡里，一天都没有拖延过。"

有一瞬间，阿格的眼眶似乎湿润了，哽咽着说不出话来。五味杂陈，脑子一片空白。

给舅舅过完生日后不久，阿格通过大胖介绍，去瑞金医院挂了个专家门诊，与一个心理医生进行了非常私密的对话。大胖下海后三教九流的人认识不少，他有种非凡的交际能力，与任何人见一次面就自来熟，马上可以称兄道弟。大胖让阿格拿着一张字条直接去找医生咨询，但阿格到医院后还是在挂号处排队，知趣地挂了一百元的专家号。

"根据你介绍的情况，你母亲患有抑郁症，可能还伴有先天性性亢进的疾病。"心理医生托了托鼻梁上的眼镜镜框，这样跟阿格说。

"抑郁症？性亢进？"阿格一脸迷惑。

"那个年代，国内对精神心理的疾病研究都比较落后，抑郁症性亢进都是无人涉及的领域。"心理医生机械而刻板地说。

阿格听得浑身一阵阵发冷，直冒虚汗，他扭动身体坐立不安，脸上的表情非常古怪。

后来他突然起身，不打招呼就准备出门，心理医生追到就诊室门口，递给阿格一张名片，说上面有联系电话，假如有需要的话，随时可以向他咨询。短短几分钟的交谈，心理医生显然有些不好意思。

"我们有行业操守的，绝对会保护个人隐私。"心理医生的脸上溢出一丝微笑。

八

前面是蔚蓝的天蔚蓝的海，一棵棕榈树遮天蔽日，阿格戴着一副墨镜，斜倚在游泳池边的木制躺椅上，光裸的上身盖了一条白色浴巾，建国与大胖在游泳池里扑腾，水花飞溅，池边的绣球花和水带草上挂满水珠，像淋了雨似的微微摇摆。阿格不会游泳，刚才大胖恶作剧，乘他不备将他推下泳池，阿格呛了几口水，水是咸的，游泳池里的水是从大海那边引过来的。

阿格用手机拍了几张海景，又给建国和大胖拍了照，闲躺着有些无聊，他环顾四周，看到几十米处的一个木亭，木亭里似乎有吧台和服务员，陈放着各种饮料和零食。他起身朝木亭走去。

大胖坐在泳池边，看建国表演仰泳。大胖早年干过救生员，各种泳姿都会，比较起来仰泳是弱项。这时，躺椅上的手机响了。是阿格的。手机不停地响，大胖站起身，朝躺椅走去，魁梧肥胖的身躯像企鹅般移动，身上的水滴滚落在绛红色的地砖上。走到躺椅边，他用毛巾擦擦手，拿起了手机。话筒里传出一个男人的声音，用不标准的普通话在跟他打招呼。

"啊？谁啊？阿格先生啊？他走开了，马上就回来。你是他什么人？"大胖的大嗓门穿透力很强，"什么？清迈警方？你们找阿格先生干嘛？"

阿格提着几罐啤酒从绛红色的甬道疾步赶来，板着脸一把从大胖手里夺过手机。大胖一头雾水，瞪着眼盯视着阿格。

"嗯，我就是，请说。"阿格把啤酒放在躺椅上，食指搁嘴边轻嘘一下，示意大胖不要说话。

阿格一边接电话一边离开大胖朝草坪走去，甬道和草坪接壤处盛开着紫色的夏鹃花，葳蕤的绿叶覆盖了阿格穿着拖鞋的脚踝。

接完电话，阿格回到泳池边，建国与大胖正躺着喝啤酒。看到他走近，大胖一副不屑的神情，用眼睛的余光斜视着他。

阿格打开易拉罐，仰脸喝了一口。

大胖嘴里嘟嘟哝哝地说：

"搞得神神秘秘的，还怕人偷听电话。"

"没啥问题吧？"建国见阿格不说话，关切地问道。

"没问题啊。"阿格的脸上没有表情，他故意不想满足大胖的好奇心，岔开话题说："今天我们去哪里吃晚饭？"

建国说还有两天就要离开泰国了，想去一下清迈免税店，还想去下超市，买些鱼罐头、活络油和青草药膏。

"鱼罐头？为啥要买鱼罐头？"大胖好奇地问。

建国说上次来清迈，带回去泰国风味的鱼罐头，老爸超喜欢，这次出来千叮嘱万叮嘱，要他多带一些鱼罐头回去。

大胖没听说过青草药膏，不知道有何用，他关心的是活络油，听建国说泰国的活络油有治愈筋骨酸痛的功效，马上来劲了，放下啤酒罐，站起来立马就走。

建国与阿格对视了片刻，摇摇头，只得拿起手机和毛巾跟上去。

三个朋友回房间换了衣服，在酒店大堂会合，叫了辆出租前往清迈免税店。路上车辆拥挤，气温陡然升高，开着空调，大胖还是热得浑身大汗，他哇啦哇啦叫司机把空调开大一点，棕色皮肤的司机听不懂，面露愠色冷眼相对。后排的建国赶紧打圆场，说前面不远处就到目的地了。

建国熟门熟路，离免税店几十米处叫停出租，付了钱下车，迎面就是一个大超市。

在超市逛了半小时光景，账台排队结账时建国提了一大堆东西，大胖手里攥了四瓶活络油，唯独阿格什么都没有买。建国毕竟有经验，买完单把大胖的活络油塞进自己的袋子，然后将一大包东西寄存在超市，这样逛免税店就不用提着袋子。大胖笑嘻嘻地朝建国竖起大拇指。

免税店的大堂前台人满为患，人流排成几条长队，需要用护照登记后才能入内购物。大胖在队伍中穿梭往来，忙得不亦乐乎，他打听到二楼有免费自助餐，兴奋地跑来跟建国阿格说，建国斜眼看大胖，说你不要与我们一起去吃晚饭了？大胖挠挠头，思忖半天，还是不肯放弃这绝佳的机会，央求两人去自助餐厅看一眼。

自助餐厅里人很多，一进餐厅，大胖完全忘了先前所说的"看一眼"，他循着食物长台一路走去，东拿一样西拿一样，啥都要来一点。自己拿不了，还往阿格手中的盘子塞了几样点心。建国看不惯，拉着阿格找桌子坐下，阿格去端了两杯咖啡来，两人慢慢品酌。大胖捧着几盘满满的小山过来，光亮的额头上沁出汗珠。

大胖一边大快朵颐，一边使劲劝诱建国阿格一起享用。阿格不好意思，用叉子叉了一块火龙果往嘴里送，建国一语不发只喝咖啡。

不一会儿，建国起身说"我先去化妆品柜台逛一下"，径自走了。

这时阿格的手机响了，他站起来，移步至大玻璃窗台边接电话。

大胖打扫完桌上的食物，回头一看，阿格不见了，用餐巾纸擦擦嘴唇，朝购物区摇头晃脑地走去。

大胖在免税店逛了一圈，没有他感兴趣的东西要买，最后落座在休闲区，休闲区非常宽阔，落地玻璃分隔区域空间，有零星的游人在喝咖啡吃蛋糕。

大胖叫来服务员，要了蛋糕咖啡，拿出手机玩微信，他给建国和阿格分别发了休闲区的定位。微信里有很多提示记号，大多是给大胖发的清迈照片的点赞。有一条是女儿发来的，先祝老爸在泰国玩得愉快，后面才是重点，说最近要搞世界音乐的演出，还缺一点排练经费，老爸是否可以赞助一点？大胖的女儿情商高，找个老公入赘，生了两个男孩，其中一个随大胖姓，明明是外孙，女儿却对大胖一口一个你孙子，于是乎女儿一家四口全靠大胖养着，女儿女婿却一门心思扑在世界音乐的普及工作上。

蛋糕吃完，咖啡杯也空了，大胖想找服务员续杯，回头一看，远处的角落里，阿格正与两个身穿短T恤的男人坐在一起交谈，大胖站起来准备朝角落走去，服务员拦住他，说先生你还没有买单哩。

"什么？不是说免费的吗？"大胖很生气地叫道。

"先生，我们这里要买单的。"小伙子塞过来账单。

大胖无奈，只得乖乖地付钱。付完钱抬头一看，远处的阿格与那两个男人在视野里消失了。

天色渐暗，免税店门口人头簇拥，一辆辆大巴接踵驶来，接走一批批游客。大胖走出旋转门，看到大门左侧边上站着建国，一只手夹烟托着眼镜，眯缝着眼，凑在手机屏上上下巡视。建国对大胖说，他攻略到一家很有名的泰国餐馆，就在免税店附近，走路过去不到十分钟。两人正说着，阿格出现在门口了。

去超市取了购物袋，三人依据导航引路，沿着茂密的高大树丛走着，很快一条大河横亘在前方。泰菜馆是敞开式的一幢木屋，鳞次栉比的大屋顶傍河而立，大屋檐悬挂的霓虹灯跳跃闪烁，光影四射。一座古旧的木桥架在河面上，桥的一侧簇拥着四处伸展的芭蕉树叶，桥面上有长长的铁索扶栏，人行其上会剧烈晃动。

泰菜馆门口七歪八倒散落停放着一堆自行车，他们下坡踏上木质跳板，跳板连接窄窄的回廊，绕过回廊，便来到餐馆中央的圆吧台，餐桌以吧台为轴心呈扇形向四周分布，屋顶悬挂的铜质吊扇缓缓旋转。餐桌大都是两人座，满目皆是欧美老外，一人带着一个泰妹，轻声密语神采飞扬。每张餐桌上放着一盏铜油灯，清风徐来，灯光摇曳，弥漫温馨浪漫的情调。

他们找了一张靠河边可以观赏夜景的四人桌，服务员拿来菜单，全英语的，阿格懒得看，大胖是看不懂，最后只能由建国点菜。

"长得都好难看啊！"大胖突然冒出一句。

"你说什么？"脱了眼镜正俯脸浏览菜单的建国抬起头问。

"他说那些泰妹好难看。"阿格说。

"你们不知道啊，清迈可以租妻的，"建国的表情带着一种神秘感，"老外到这里度假一般都不住宾馆，租一套临时房，租一个泰妹，进进出出都骑自行车。"建国很内行地介绍说。

点完菜之后，夜幕已降临四周。河面上缓缓漂来一长溜祈愿的纸水灯，朝四周漾开一圈圈涟漪，灯影辉映河水，波光粼粼，微风中光影交织轻轻抖动，构成一幅如梦如幻般的迷人景象。

服务员端着托盘上菜，有白灼基围虾、辣椒草鱼、咖喱空心菜，外加一盘花生米和三瓶啤酒。大胖急不可耐把手伸向盘中，用两个手指夹起一只虾，剥了壳大口咀嚼起来。

建国连连摇头,"真是个吃货,在免税店吃了那么多,不曾想你的胃口还那么好。"

大胖的手刚又要伸向盘子夹虾,忽地停在半空中,朝阿格哭丧着脸说:"吃自己的还要被骂。"大胖话里的含义很明确,他们此次结伴出游是 AA 呀。

阿格举起酒杯,"吃吧吃吧,没人不让你吃。我们一起干一个!"

"还是阿格大气,干杯干杯!"大胖竖起大拇指。

酒足饭饱后,三人打车回酒店,下了出租车,建国与大胖又要去马路对面的 spa 按摩,阿格没有兴致,说自己想回酒店。建国和大胖穿越马路,朝 spa 店走去。

阿格进入房间,随手拿起遥控器打开电视,换了几个频道,全是泰语台,好不容易调到一个中文台,居然传来异常熟悉的歌声。荧屏里播的是一部纪录片,讲述一代歌星邓丽君与清迈的故事。

邓丽君坐在摇椅上安静地看书,录音机里放着维瓦尔等的《四季》。高个的、把头发束在脑后的保罗从更衣室走出来,他俯下颀长的腰背在邓丽君的额上轻吻一下,健步走出 1502,他要去给邓丽君买 CD 和水果。保罗走后不久,邓丽君起身去浴室洗澡,等保罗回来他们要去散步,她喜欢每天傍晚时分天气凉爽了,与保罗手牵手散步。在清迈，这是她与保罗每天必做的功课。

大约下午四点多，两个正在VIP服务台闲聊的女职员，突然听见一声惨叫，只见邓丽君赤身裸体从房间里冲出来，扑通一声，重重摔倒在地毯上。她们见状赶紧找来浴巾，裹住邓丽君的身子。喊叫声惊动了休息区的比利，他闻讯赶到，小伙子情急之中给酒店经理打电话。不一会儿经理来了，吩咐比利叫救护车，救护车迟迟未到，经理当机立断，决定用酒店的汽车送邓丽君去医院。

比利和服务员几个人抱着邓丽君坐电梯下楼，酒店经理带门童和女服务员，一起护送邓丽君去医院。

正好是下班高峰期，本来只需要五分钟的路程，汽车足足开了二十分钟，在去医院的路上，脸色发黑的邓丽君一边抓着女服务员的手，一边痛苦地喊叫着"妈妈"，显得那么的无助和绝望。

邓丽君去世后，警察在酒店卧室的化妆包里找到了哮喘喷雾药剂，据警方分析，邓丽君平时把缓解哮喘的喷雾剂放在随手可拿到的地方，那天突然身体不适，找不到喷雾剂，导致慌乱中冲出房间。

在美萍酒店，比利面对记者的追问时伤心欲绝，记者问他保罗是否在殴打邓丽君之后离开了酒店？

比利非常生气，愤怒地说：这全是谎话！说这些谎话的人全是人渣！污蔑，造谣，不知道这些人为何要这样亵渎女神和她的未婚夫？

记者说那为何邓丽君的尸体照片显示，她的脸上伤痕累累？

比利回答说邓小姐可能在找哮喘喷雾剂时摔倒了，或者是体力不支出门时摔伤所致。

那你是否知道邓小姐一直在吸毒？记者接着问。

没有，真的没有啊！比利连连摇头。这全是谣言！谣言！

你凭什么这么肯定？

因为……因为我们经理派人送邓小姐去医院后，我出于好奇，偷偷去1502检查了房间。外面传说的谣言太多，我也时有所闻。房间的角角落落我全部都寻找过检查过，没有找到任何毒品，没有针筒，没有K粉，连大麻都没有，我可以在佛祖前起誓，请你们相信我！

九

一大早面包车沿着护城河古城行驶，中世纪式的砖砌城墙在车窗里飞快往后退去，惠子指着前方的斜坡砖瓦门楼介绍说，清迈古城具有七百年的历史，共分五个门，从高处鸟瞰，古城的形状酷似一头大象。很长一段时间里，清迈是兰纳王国的首都。

古城墙消失后开始进入山路，面包车盘旋而上。山道旁树木葱郁，探出的枝丫不断划过车窗，发出犀利的刺耳声响。

面包车停在半山腰的停车场，惠子领着大家沿山道攀援，两边是成片成片的参天竹林，阳光透过竹林的缝隙照射下来。爬到山顶就看到了富平皇宫。这座皇宫建于泰国第九代皇帝时期，是皇帝及家眷度假休息的所在地。皇宫所占园林面积并不大，中央是一个大花棚，里面种满了各种花卉，玫瑰、夏鹃、菊花和茶花争相斗艳，一大片兰花盛开如海，红色的、黄色的、蓝色的花蕾次第绽放。大花棚的四周生长着一棵棵亭亭玉立的菠萝蜜树。

一扇简陋的铁门上了锁，庭院深处伫立着一幢大屋顶的琉璃瓦建筑，惠子介绍说这就是皇帝的下榻处，碰到开放日可以进去参观。大胖拿着手机不停拍照，建国对参观毫无兴趣，他与惠子老公在一座石亭下抽烟交谈。

惠子是广东潮汕人，来泰国十七八年了，这些年中国人变富裕了，来泰国旅游的游客络绎不绝，购买力超强。他们夫妇自己开了旅游公司，买了车买了房，膝下育有三个孩子。惠子老公说惠子贤惠，有旺夫运，惠子老公朝空中吐出一口烟圈，神情里透出一种骄傲和满足感。

阿格和大胖一左一右伴随惠子走来，惠子又在发挥她擅长讲故事的特长，向他们介绍泰国国王在老百姓心目中的崇高地位。

"你的朋友好有意思。"惠子老公说。

"你说谁？大胖吗？"建国问。

"对，他讲话好幽默。他有两百多斤吧？"

"哪止！三百多。都是吃出来的。小时候穷，没有吃的，现在有钱了，拼命吃。"

"看起来他活得很潇洒。"惠子老公用一种欣赏的口吻说。

"也是表面光鲜，其实也是一个可怜的人，他从小跟着继父继母长大，连他的生身父母是谁都不知道。"建国撇着嘴说，小时候他与大胖阿格都是街坊邻居，所以他对大胖的身世比较了解。

"啊，这样啊。"惠子老公耸耸肩，"按你们中国人的话怎么说的？清官难断家务事？"

按计划下一站参观游览魏功甘景点，他们下山后驱车前往。魏功甘有清迈古城的遗迹。遥远的岁月里，因梅宾河发大水人们开始大规模地搬迁至现清迈古城。洪水带来的泥沙掩埋了魏功甘古城，直到十多年前才慢慢被发掘出来，出土的文物甚至包括中国万历年间烧制的青花瓷器。

到达魏功甘，天上下起淅淅沥沥的雨滴。热带地区就是这样，阴晴转换只在短短一瞬间。魏功甘有七八处遗址和一些民居塔楼，散落分布在方圆几里地的茂密森林里。

惠子用手机打电话，一辆泰国传统马车哒哒跑来，惠子把预先准备好的票分给大家，乘坐马车每人两百泰铢。待大家坐稳，车夫一甩缰绳，马车噌的一下蹿出去了。前面的道路上随时会出现一堆堆褐色的马粪，在细雨中冒着热腾腾的水汽。

雨突然大起来，瓢泼大雨倾斜在车篷上，发出沉闷的声响。森林里不断显现的古迹遗址和断墙残壁，仿如一幅幅名画，经雨幕尽情的洗刷，变得迷蒙而遥远。

幼儿园每天都有午睡。这天下午阿格醒来就发觉有些异样，浑身瘙痒难熬，幼儿园老师见他迟迟不起床，过来帮他穿衣服，阿格不让老师碰他，说我痒我痒，小手不停地挠着手臂，老师往上撸开阿格的衣袖，突然惊叫起来：阿格的手臂上密密麻麻显现一大片红色的肿块。

老师开始是给女人打电话的，女人下午上课要上到四点，老师又给男人打电话，男人在海关当报税员，听说阿格病了，找了个顶班的，风风火火赶到幼儿园。男人背着阿格坐公共汽车去儿童医院，一路上男人嘴里像念经一样不停给阿格念着"摇啊摇,摇到外婆桥"。儿童医院人满为患,阿格浑身难受,哼哼唧唧,一个多小时后才看上病。医生给阿格量体温,用听筒检测阿格的胸腔,然后开了过敏的药,嘱咐回去服药后没有好转的话赶快来复诊,假如肿块退了就不必再来。

离开医院回到家,在公寓门口男人想放下阿格,阿格扭怩着死活不从,男人只得气喘吁吁把他背到三楼。男人朝女人的房间走去,他怕阿格受不了客厅里百合花的香味,医生说阿格患的病俗称风疹块,体虚加上过敏导致的。谁知到了女人房间门口,阿格的双腿在男人的背上倒腾,坚决不肯去女人房间。女人有洁癖,她的房间不让别人进,她每天下班,都要在客厅衣帽间换了睡衣才进房的,拖鞋都不穿进房间。有一次阿格睡着了,男人将他放在女人的床上,女人回来后爆发了激烈争吵,吵醒了熟睡的阿格。后来男人把阿格抱走,幼小的阿格很长记性,从此再也没有踏进过女人的房间。

男人只得将阿格轻放在客厅的单人床上,然后去楼下倒来一杯温水,扶着阿格的后脖服下一片药。抗过敏药有催眠作用,男人做完晚饭上楼,阿格已经入睡,红红的脸庞在壁灯的照射下熠熠闪光。

阿格是被尿憋醒的,窄窄的小窗外是黑沉沉的夜色,他不知道什么时候睡到亭子间来的。亭子间不大，十平米出头，只能放一张三尺二的床，一个床头柜。阿格看见床头柜上放着一杯水和一碗皮蛋粥。

阿格拉开亭子间的门，楼上顿时传来邓丽君压得很低的歌声，三楼客厅的门虚掩着，灯光昏暗。他慢慢沿着木质楼梯拾级而上，门缝里可以看见一条条腿，随着音乐缓慢交叉移动，像大海上的小舢板，时高时低，时浮时沉。

他悄悄绕过客厅的门，朝卫生间轻手轻脚地迂回过去，卫生间在靠左侧的过道里，阿格闪躲进去美美地尿了一泡。他来到立式白瓷洗脸盆前洗手，洗脸盆前有面大镜子，四周的镜面已锈迹斑斑。阿格看见自己幼小紧张的脸庞有些变形，他撸起袖管，身上的风疹块全退了，脸也没有那么红了。他走到浴缸边的毛巾架边擦拭双手，然后轻轻拉开门，轻手轻脚跑过走廊，滑下楼梯，溜回了亭子间。

阿格再度醒来已是深夜。他的风疹块似乎又发作了，浑身奇痒难忍。他的本能告诉他应该继续吃药，他拉开亭子间的门，准备出去找男人。他慢慢爬上楼梯，客厅里的一盏壁灯亮着，那些男男女女已不见踪影，房间里杯盘狼藉杂乱不堪。

他溜进客厅，通往女人房间的客厅门虚掩着，他踮着脚慢慢走过客厅，来到窄窄的走廊，这时，他看到左侧女人的房间门口的地毯上，有两双鞋像一对并蒂莲一样盛开，像百合花的花瓣柔软地铺展在柚木地板上，一双是女人的，一双是男人的……

十

惠子在大堂等着结账，建国与大胖提着行李先后下楼。足足等了十几分钟，阿格还是没有下来，惠子让酒店总台给阿格房间打电话，没人接。这时前台经理走过来说，你们是等阿格先生吧？他很早已经出门了，他说请你们先去机场，在那里等他。

去机场的路上建国和大胖分别给阿格打电话，始终是忙音。

到达清迈机场，惠子脸上愁云密布，拿着手机看看建国又看看大胖，眼睛里是求助和无奈的目光。关键时刻少一个人对导游来说是最棘手最头痛的事情。

这时候，建国显示出多年漂泊欧洲处乱不惊的气度，他跟惠子互加了微信，然后告诉她不要慌，万一阿格需要帮助的话，请她务必多多费心。

一直到开始登机，阿格也没有出现。建国和大胖走去头等舱检票口，登机牌被扫描后发出滴的一声，两人步入廊桥，这时，建国的手机突然发出叮咚的响声，有一条微信跳进来，建国掏出手机一看，是阿格发来的短信：

建国大胖：你们先回，我再待几天，泰国警方找到我哥的下落，他是我在这个世界上唯一还活着的亲人，我要留在清迈一段时间。建国说我们都是与妈妈走散的孩子，我们怎么那么不走运，注定要与最亲的亲人走散？事先没打招呼，因为是私事，不想麻烦你们。抱歉！我的朋友。

依次进入机舱，建国与大胖挨着坐，隔着过道空着的位置，应该是阿格的座位。往前十几排的地方，是一个泰国僧侣旅行团，约莫有十几号人，全穿了大襟的浅棕色布袍，一大片光秃秃的脑袋。

飞机在跑道上开始滑翔，忽然腾飞，天空无比蔚蓝，云彩朵朵飘移，清迈的一排排房屋和田野河流在视线里渐行渐远。

不一会儿，飞机一点点摸高上升，云彩急速地往后飘浮，进入巡航飞行时段，在飞机巨大的轰鸣声中，大胖开始昏昏欲睡，建国的眼睛也开始耷拉下来。

前排的一个光头僧侣站起身，大概是要上厕所，僧侣趔过身，朝机舱后排走去，路过建国和大胖的座位，建国紧闭的眼帘微启，露出隐隐约约的光亮，僧侣模糊的面容倏忽晃过。少顷，建国忽然觉得有什么地方不对头，直起身子，僧侣已飘然而去。建国侧身回头一望，这下让他惊呆了：僧侣的后背挎着一个双肩包，拉链没拉严实，贸贸然露出半截木雕的头颅，诙谐戏谑的造型，有几缕稀松的褐色头发披挂下来，建国清晰记得，在长脖子村见过这尊太阳神木雕，阿格当时买下后来又在spa店丢失，无论造型还是刀工，都给建国留下极为深刻的印象。这尊太阳神木雕怎么会出现在僧侣的挎包里呢？

建国松开保险带，站起身朝机舱后面慢慢走去。

卫生间上方的电子屏显示红灯，那个僧侣朝里面壁而站，佝偻着身子，僧侣的个子比建国矮，所以建国非常顺手便从他的背包里抽出太阳神木雕，木雕缓缓上升，忽地露出一张滑稽怪诞的笑脸。

改定于2020年5月31日

后记

收在这本集子里的五篇小说，其中四篇是疫情期间新写或改写的，一篇是重新修订的小说。

2019年年底开始新冠来袭，春节我与家人是在马尔代夫度过的，从马累机场回国，中国游客开始纷纷戴上口罩，机场内口罩断供，在免税商店门口，遇到几个面带微笑的中国女营业员，她们慷慨地给所有路过的人发放口罩，于是我们也能戴上口罩，踏上回国的归途。在登机口排着两排队伍，戴口罩的一排大多是中国人，不戴口罩的是皮肤黝黑的外国人。回到上海，路上行人稀少，去超市只能带回几个红薯。禁足期间，每天手持一杯红酒，仰望浩瀚夜空，浮想联翩，借鲁迅先生的一句诗来说，就是"心事浩茫连广宇"。

我的简历里给自己的定位是职业编辑业余作家，每天闷在家中，看完所有必须要看的稿子，又把一直想读的几本书读完，捧着特朗斯特鲁姆的诗集陷入沉思与冥想。后来实在无聊，尝试着转换身份，从"职业"过渡到"业余"，坐在电脑前把开了个头的《青城山记》硬着头皮往下写，写着写着邓丽君的歌就跳了出来。前些年为了搜集资料我曾专门去了一趟清迈，并做了很多笔记，写作就是这么神奇的一件事，踏破铁鞋无觅处，得来全不费功夫，我一口气把《我的清迈，我的邓丽君》写完，回过头再写《青城山记》就顺得多。《青城山记》因为涉及历史、武林和超能力，写作的过程尤为艰辛。完成《青城山记》的初稿，我借机去了一趟成都，《青年作家》的卢一萍陪我故地重游，在青城山流连忘返，山水密林间，一次次幻想主人公习武的情景。

2021年花了两个月的时间写完《若只初见》之后，又重写了《风的形状》，这是根据原先发表过的一个短篇《风之影》改写的，那个短篇格非苏童看过，从他们委婉的语气中，我知道这是一篇未完成的作品，一直想重写，假如没有疫情，不知道猴年马月才能实现夙愿。《麻将世界》当年发表在《上海文学》，发表时编辑部把题目改成了《生活中没有"假如"》，当时我与责编软磨硬泡，终究无济于事，既不可以用《麻将世界》，也不可以用《东南西北中发白》。九十年代，一个籍籍无名之辈，能在《上海文学》上发表作品是多么不容易的一件事，感恩都来不及，就别想着讨价还价了。但不知为什么，在巨大的欣喜背后还是有一点点小失落。后来走东走西，很多人来跟我讨论这篇小说，我都支支吾吾，王顾左右而言他。这次结集，感谢上海文艺出版社的宽容，允许我还原这篇小说的初始样貌。

几十年里，不停地与作家朋友们探讨小说写作的方方面面，当作品的一面镜子是一回事，自己写作又完全是另一回事。比较庆幸的是这五篇小说是完全不同的风格，它们是我长期从事文学工作的一种体悟和实践，写得好不好，读者喜不喜欢，那就是天意了。

2021 年 11 月 1 日

附录

程永新的风[1]

苏童

《风之影》是程永新青年时期的习作，我应该读过，但确实没有多少印象了。三十多年后，《风之影》被程永新重写了一遍，更名为《风的形状》。徐坤大概是从中发现了某种沧桑感，嘱我一定要为其写一篇配文，言明是那种"印象记＋作品评论似的小文"。我并不知道这样的文章该如何入手，但我毫不犹豫地回复她，好的。这几乎是条件反射，无须思考，不容思考，因为程永新，思考即背叛。

然而现在我开始思考了。写程永新印象记，与《风的形状》有什么关系？如果《风的形状》是对《风之影》的再次发掘，那发掘的是一颗遗珠，还是一颗历久弥新的小

---

[1] 本文首发于《小说选刊》2022年第1期，系《小说选刊》为程永新小说《风的形状》的评论约稿。

说之心？我的答案似是而非。或者，这两件貌似不同的事，其实拥有同一个主题，在我还没有能够表达清楚这个主题之前，我预先感受到了某种巨大的温暖。

还是与文学有关。概括地说，这个主题是一堂文学课，伴随了我们一生。无论是程永新还是我自己，又或者是程永新的其他文坛好友余华、格非、马原、李洱等人，我们不知不觉闯入这课堂，从来听不到下课的铃声，不知何时毕业，我们因此一生厮守于此，成了永远的同学。那些年与这些年，时间在流淌，文学的境遇在改变，我们在变老，但无论是端坐、疾走还是平躺，身体疲惫而厌倦，而灵魂始终保持运动，甚至会在一声哈欠中激荡起来——必须感激文学，使我们免于沉沦。无论我们在瞌睡、聆听还是思考，都是在这堂文学课的课堂上，它很狭小，但很辽阔，足以供养我们的灵魂。

文学圈的朋友们都熟知程永新的名字，过去是作为著名的《收获》的编辑、副主编、主编，现在是作为一个著名的"新人"作家了。这些年来他交出了很多作品，看起来是拖欠的课堂作业，为自己过往的静默做出解释，或者补偿，但我以为这很像酿酒行为，一种愿望常年封存，开坛之时会有醇厚的香气，他因此也完成了一份延宕的协议，合作方其实是他自己的内心。

程永新的文学生涯与绝大多数作家有所不同,在他漫长的编辑生涯里,每天面对着《收获》这块金黄色的文学殿堂的牌匾,但他心里的田野总是处于耕耘之中,即使眼见绿色,也是别人生长的颜色,从这个意义上说,他是佃农,他春耕,别人秋收。但我以为这不是单纯的遗憾,都说编辑这份职业为他人作嫁衣,但有一套嫁衣,可以属于他们自己。几十年来潮起潮落的文学现场,程永新始终在场,在前沿听浪观涛,经年累月地审视他人,让他能更加敏捷地发现自己。如果说我们每人心中都有一张文学的航海图,程永新的航海图,应该是很早就在他心里开始绘制了,去到何处,他定有目标,船也是造好了的,只是没有足够的精力与时间远航,那船锚就怀着歉意,暂时沉在魔都的巨鹿路上了。

二十世纪八十年代的某一天,夏末时节,程永新来南京探访圈内朋友,到我居住的小阁楼来做客。一群好友谈天说地到夜深人静,忽然想到没有人为这位贵客预定过旅馆,我非常热情地留宿程永新,程永新也愿意赏光,之后我们都意识到有种热情是荒唐,这个阁楼其实是没有资格留宿朋友的。程永新环顾四周,目光省略了我的唯一一张床垫,坚定地选择了地板。我至今记得我在内疚中入睡,隔天清晨睁开眼睛,一眼看见地板上的客人沐浴在晨光里，程永新和衣侧卧，身体略微地蜷缩，衣着与白天一样，从我的角度看，他像是站立在那里，与白天一样挺拔。在阁楼主人满含歉意的目光里，这个客人睡得无怨无悔。阁楼的地板很少擦洗，不一定干净，但程永新那么洁净，我因此感到了某种安宁，甚至温暖。

当年的阁楼一夜，现在他可能已经忘了。我们当时谈论了什么，现在我也想不起来了。但可以确定的是，我们一定谈论了创作，我的，或者他人的。他不谈他自己。沪宁线很短，三十多年来我与程永新经常能够见面，这些年来我从未听见他谈论自己的创作。现在当程永新的创作喷薄而出，我们才知道他的航海图一直在暗处闪光，八十年代就造好的船，现在启航了。我们看见那船急速地穿越暗黑的洋面，也穿越了时光，留下一路银色的水花。我们听见某种海浪般的声音，那个声音时而澎湃，时而宁静，说的是时间的故事，也是探险的故事。

好的，就说时间，就说探险。《风的形状》从故事层面上看是个探险故事，实则就是时间的故事。米林这个叙事者形象，让人联想起青年时代的程永新自己。他在一个酷热的下午敲开图书馆的铁门，也叩开了一座大都市幽闭的内心，这内心很不情愿地向这个青年开放，连褶皱处都结满了时间的青苔，它是绿的还是黑的，与光线有关，也与米林的视觉有关。米林是一座神秘图书馆的闯入者,是都市之心的闯入者,也是时间的闯入者。从米林看见看门老头那张古怪面孔的瞬间,凝固的时间便开始骚动,随着老头手里的一串钥匙发出响声,引导米林进入,一曲时光交响乐响起了前奏。米林是这乐曲的听众。从某种意义上说,他并不一定是去图书馆工作的,他是去听音乐会的。看门老头以某种大提琴低沉甚至狰狞的音色,怨诉时间的荒凉,都一敏过往的坎坷身世,现时的平静生活,以及其女儿正在进行中的恋爱,很像钢琴与小提琴的交互表现,那正是对时间流逝最平缓的铺陈,都一敏之死,是小提琴琴弦的断弦之时,也是时间发出尖叫之时,在这一声尖叫中,乐曲抵达高潮,而听众受到惊吓,这惊吓来自时间本身。

小说多处描绘了图书馆的建筑、花园以及藏书,用笔细致,娓娓道来,令人印象深刻。当然,故事的核心细节是花园里的爱神雕像。那雕像偏离鱼池的中轴线,给米林们的探险以足够的动机,但我想,那种偏离,同时也可能是一种隐喻。不知道是什么事物,什么引力,让我们在本该工整匀称的世界,偏离了中轴线。那爱神雕像是我们大家的写照,我们很多人找不到中轴线,不知是什么时候,偏离成了某种宿命,我们就这样被甩出去,心里还在嘀咕,这应该是怪风,还是怪别的什么?

图书在版编目（CIP）数据

若只初见/ 程永新著. -- 上海：上海文艺出版社,2021.12
ISBN 978-7-5321-8255-8
Ⅰ.①若… Ⅱ.①程… Ⅲ.①中篇小说－小说集－中国－当代
②短篇小说－小说集－中国－当代 Ⅳ.①I247.7
中国版本图书馆CIP数据核字(2021)第269652号

发 行 人：毕　胜
责任编辑：李伟长　张诗扬
封面设计：钱　祯
封面插图：邓君豪
内文制作：艺　美

书　　名：若只初见
作　　者：程永新
出　　版：上海世纪出版集团　上海文艺出版社
地　　址：上海市闵行区号景路159弄A座2楼 201101
发　　行：上海文艺出版社发行中心
　　　　　上海市闵行区号景路159弄A座2楼206室　201101 www.ewen.co
印　　刷：上海盛通时代印刷有限公司
开　　本：889×1168 1/32
印　　张：11
插　　页：5
字　　数：194,000
印　　次：2021年12月第1版 2021年12月第1次印刷
Ｉ Ｓ Ｂ Ｎ：978-7-5321-8255-8/I.6521
定　　价：58.00元
告读者：如发现本书有质量问题请与印刷厂质量科联系　T:021-37910000